Schon seit Kindertagen hat es sich der Erzähler von Christian Hallers neuem Roman zur Angewohnheit gemacht, allen Anforderungen und Erwartungen auszuweichen. Jetzt ist er Anfang zwanzig, auf der Suche nach einem Sinn für sein Leben, und er merkt, dass er sich aus seinen Rückzugsräumen hinaus in die gesellschaftliche Gegenwart begeben muss. Da er mit seinen eigenen poetischen Arbeiten nicht vorankommt, stürzt er sich in das Unterfangen, den unüberschaubaren Nachlass des Dichters Adrien Turel zu sichern sowie in einem kleinen Schweizer Dorf eine Stelle als Lehrer anzutreten. Während sich unerfüllte Hoffnungen und Träume immer mehr in ihm aufstauen, bricht unerwartet der Damm: Eher zufällig kommt er an das Gottlieb Duttweiler-Institut bei Zürich, macht Karriere, der Fluss seines Lebens trägt ihn in höchste gesellschaftliche Kreise. Doch mit dem Einblick in die Machenschaften von Politik und Wirtschaft muss er erkennen: Auch dies kann – trotz Aufstieg und Erfolg – nicht sein Weg sein.

CHRISTIAN HALLER wurde 1943 in Brugg, Schweiz geboren, studierte Biologie und gehörte der Leitung des Gottlieb Duttweiler-Instituts bei Zürich an. Er wurde u. a. mit dem Aargauer Literaturpreis (2006), dem Schillerpreis (2007) und dem Kunstpreis des Kantons Aargau (2015) ausgezeichnet. Zuletzt sind von ihm der Roman »Der seltsame Fremde« sowie der erste Teil seiner autobiographischen Trilogie, »Die verborgenen Ufer«, erschienen.
Er lebt als Schriftsteller in Laufenburg.

Christian Haller

Das unaufhaltsame Fließen

Roman

btb

Sollte diese Publikation Links auf Webseiten Dritter enthalten,
so übernehmen wir für deren Inhalte keine Haftung,
da wir uns diese nicht zu eigen machen, sondern lediglich auf
deren Stand zum Zeitpunkt der Erstveröffentlichung verweisen.

Verlagsgruppe Random House FSC® N001967

1. Auflage
Genehmigte Taschenbuchausgabe August 2019
Copyright © der Originalausgabe 2017 Luchterhand Literaturverlag,
München, in der Verlagsgruppe Random House GmbH,
Neumarkter Str. 28, 81673 München
Covergestaltung: semper smile, München,
nach einem Entwurf von buxdesign, München,
unter Verwendung einer Illustration von © Ruth Botzenhardt
Druck und Einband: GGP Media GmbH, Pößneck
cb· Herstellung: sc
Printed in Germany
ISBN 978-3-442-71829-0

www.btb-verlag.de
www.facebook.com/btbverlag

Abend, Ende Juli. Der Presslufthammer ist verstummt. Nach Tagen und Stunden sich wiederholender Salven liegt eine Stille über dem Fluss, der serpentingrün und mit beruhigter Spiegelung vorbeizieht.

– Der Abbruch ist beendet, sagte der Bauleiter, nachdem er geklingelt und mich gebeten hatte, ihn zu begleiten.

Während eines Hochwassers war vor sechs Wochen ein Teil der Terrasse unseres Hauses weggerissen worden. Mauerteile, die einzustürzen drohten, mussten abgebrochen werden. Zugleich war es notwendig, Fels als Fundament zu finden, auf dem ein Balkon abgestützt werden konnte.

– Was beim Ausheben des Füllmaterials hinter der Mauer zum Vorschein gekommen ist, will ich Ihnen zeigen.

Vom Flussgarten des Nachbarhauses stiegen wir über einen Brettersteg in die Baugrube unter den Veranden. Die Arbeiter an ihren Seilsicherungen warteten, standen da auf Pickel und Schaufel gestützt, acht, zehn Meter über dem Strom. Der Bauleiter setzte den Helm auf, und bevor er mit Erklärungen begann, befragte er jeden der Arbeiter, hörte sich an, was sie zu sagen hatten. Es war diese

Art der Zusammenarbeit, die mich beeindruckte und mir das Vertrauen in das Urteil des Bauleiters gab. »Wir arbeiten am Fels«, sagte er, als ich das eingespielte Vorgehen beim Abbruch lobte. »Wir arbeiten am Fels«, das hieß, in gefährlichen Lagen, unter unsicheren örtlichen Bedingungen, und ich empfand Hochachtung vor diesen Leuten: Sie kannten sich mit dem Gestein, den Mauern und Fundamenten aus, verstanden sich auf deren Befestigung und wussten, welche Gefahren bei der Arbeit drohten.

Der Bauleiter sagte:

– Die rheinoberseitige Flügelmauer muss vollständig neu aufgebaut werden. Doch da gesunder Fels zum Vorschein gekommen ist, können wir auf ihn die neue Mauer auflagern. Bei der rheinunterseitigen Flügelmauer jedoch ist der Zustand komplizierter. Schauen Sie dort, in der Ecke, was wir nach dem Freilegen entdeckt haben.

Wir stiegen in eine Vertiefung hinab. Der Bauleiter zeigte mir den losen, eingebrochenen Mauerteil, von Rissen durchzogen, und meinte, der Untergrund sei in diesem Teil der eingestürzten Terrasse nicht stabil, der Fels werde vom Strom unterspült und sei brüchig. Durch Betoneinspritzungen müssten sie das lose Material erst verdichten. Danach würde eine armierte Betonwand vor die alte Mauer und das Fundament des Hauses gesetzt. Auf die neue Befestigung ließe sich dann ein Balkon auflagern, der durch Drahtzüge im Fels des Tonnenkellers verankert würde.

Ich nickte, dachte an die Kosten. Sie würden hoch ausfallen.

– Können Sie uns eine Offerte für die von Ihnen vorgeschlagene Lösung machen, inklusive der Konstruktion eines Balkons?

Die Zeit drängte. Wegen einer Abwasserleitung, die zum Vorschein gekommen war, mussten die Arbeiten vor dem Winter abgeschlossen sein. Provisorien sind teuer, und das Projekt bewilligt zu erhalten, brauchte Zeit, die Kosten zu sichern, brächte noch einige Mühe mit sich.

Am Tag der Katastrophe Mitte Juni war mir die weggerissene und in die Tiefe gestürzte Terrasse wie ein Abbild meiner Lebenssituation erschienen. Ich begann mit Nachforschungen, suchte nach den Ursachen, weshalb auch mein »Lebensgebäude« in Teilen weggerissen worden war.

Und nun traf mich der Anblick des festen und zerrissenen Gesteins ein zweites Mal heftig, zwang mich zur Frage, ob der Zustand meines Fundamentes, auf dem ich aufbauen wollte, nicht ähnlich gewesen sei. Während ich dem Bauleiter zuhörte, wie er von dem »gesunden Fels« sprach, der zum Vorschein gekommen sei, mir aber auch den »unterspülten, brüchigen« Untergrund bei der anderen Mauer zeigte, fühlte ich mich an den inneren Gegensatz erinnert, den ich als junger Mann in Zürich empfunden hatte. Einerseits fand sich damals ebenfalls ein »fester, gesunder« Fels in mir, von dem ich mich abstoßen konnte, weg von meinen Rückzugsgebieten, hinein in die Welt und die Gegenwart: Ich beschäftigte mich mit dem Nachlass eines Schriftstellers, begann ein Studium, machte Karriere an einem international tätigen Institut. Ein anderer Teil meiner Grundfeste aber war, wie die alte, rheinabwärts gelegene Mauer, zerrissen und brüchig. Und doch konnte sich mein Schreiben, das mir zur Hauptsache geworden war, nur auf sie abstützen.

TEIL 1

Mikrofilme

1

»*Wo stehe ich heute auf meinem Weg, vier Jahre nach dem Entschluss, Schriftsteller zu werden?*«

Ich schrieb die Frage auf ein Blatt Papier, suchte die Bambusstäbchen hervor, die ich im Sommer zugeschnitten hatte, und hockte mich auf den Teppich in meiner Mansarde. Ich konzentrierte mich auf die Frage, die ich nicht zu beantworten wusste, teilte das Bündel Stäbchen in zwei Haufen und begann, sie nach der Vorschrift auszuzählen.

Ich war im Frühsommer auf das »I Ging, Buch der Wandlungen« gestoßen. Mein literarischer Lehrmeister Max Voegeli hatte es während eines Gesprächs im Kaffeehaus erwähnt, und da ich mir stets die Autoren und Buchtitel merkte, die er erwähnte, kaufte ich die von Richard Wilhelm übersetzte Ausgabe in der folgenden Woche. Den Band schlug ich in eine alte Zeitung ein und nahm ihn mit in die Ferien. Mathias Gnädinger hatte Pippa und mich gefragt, ob wir nicht Lust hätten, mit ihm und seiner Freundin Gerda an den Lago Maggiore zu fahren, sie hätten in einem Dorf auf der italienischen Seite ein Haus gemietet.

Carmine Superiore lag auf einer Felsrippe über dem See, und von der Bushaltestelle führte ein gewundener Pfad zur

Kirche hoch, von deren Vorplatz eine Pforte ins Dorf führte, das sich hinter der Kirche beidseits einer Gasse den Berg hinanzog und an den zerfallenden Terrassen eines Rebgartens endete. Die Häuser, aus Bruchsteinen gebaut, waren verlassen, hatten leere Fenster und eingesunkene Dächer. Einzig die geschlossene Zeile über der Schlucht war instand gehalten, teilweise renoviert, und in ihr wohnten noch wenige alte Leute wie »Methusalem«. So nannten wir den Nachbarn des von uns gemieteten Ferienhauses, ein Bauer, der am Fenster lehnte, den Filzhut auf dem Kopf, und hinab in die Tiefe des Bacheinschnitts sah, zu den einstigen Gemüsegärten, die jetzt von Bambus und Büschen überwuchert waren.

In der Morgendämmerung, wenn Pippa und die Gnädingers noch schliefen, stieg ich durch die Gasse zur Kirche hinunter, betrat den Vorhof, von dem aus sich der Blick auf den See und die gegenüberliegenden Berge weitete. Die Stille der frühen Stunde lag wie ein Schleier von Dunst über dem Wasser, das ruhig und schiefergrau zwischen den Ufern lag. Ich setzte mich auf die Steinbank an der Kirchenmauer, schlug das »Buch der Wandlungen« auf, las im Dämmerlicht den Text zu den vierundsechzig Zeichen durch, beschäftigte mich mit den geschichtlichen und philosophischen Grundlagen im zweiten Teil des Bandes, ging dann zu den »Kommentaren der Entscheidung« im dritten Teil über. Jeden Morgen verbrachte ich drei, vier Stunden auf der Steinbank, spürte die Sonne aufsteigen, das allmähliche Warmwerden der Mauersteine, kehrte dann zum Haus zurück, in dem es nach Kaffee roch und das Frühstück zubereitet wurde.

Die Beschäftigung mit den Texten des I Ging, dieses neue, mir unbekannte Wissen, spann mich in eine Hülle von Bildern und Gedanken ein, die sich mit der kargen Atmosphäre des Dorfes und den Stunden auf dem Felssporn über dem See verband. In den Texten reihten sich fremdartige, manchmal unverständliche Metaphern aneinander, waren aus einer urtümlichen Kosmologie von Kräften und ihren Beziehungen untereinander abgeleitet und fügten sich doch zu einem abstrakt-logischen System aus Zahlen und Strichen zusammen. Diese Verbindung von Bild und Zeichen, von sinnlicher Anschauung und mathematischer Abstraktion, faszinierte mich durch ihr Ineinandergreifen von Gegensätzlichem. Der Felssporn mit dem ummauerten Vorplatz der Kirche ließ mich an jenen letzten Sommer meiner Gymnasialzeit denken. Ich war damals ohne meine Freundin Veronique nach Ponte Brolla gefahren, hatte Stanislawskis »Die Arbeit des Schauspielers an sich selbst« im Gepäck. Ich wollte mich auf die Prüfung an die Schauspielschule vorbereiten. Doch während der Tage, die ich in einem Albergo verbrachte, spürte ich, wie meine Theaterträume brüchig wurden, mein Talent, wie ich bei Stanislawski las, durch Laienaufführungen bereits verdorben war, und ahnte in Ton und Klang der spärlichen Briefe Veroniques das Ende meiner ersten Liebe. Meine Pläne und Hoffnungen für die Zeit nach dem Lehrerseminar begannen sich aufzulösen, stürzten mich in eine ängstliche Ratlosigkeit.

An einem Nachmittag stieg ich, statt hinab in die Schlucht der Maggia zu gehen, hinauf zu einer Kapelle, die leuchtend aus der Bergflanke ragte. Auf dem Pfad, der durch einen Hain alter Kastanienbäume führte, fielen mir unerwartet Wörter zu, die zu meinem ersten Gedicht wurden.

Und nun, knapp vier Jahre nach dem Erlebnis, mit dem mein Schreiben begonnen hatte, verbrachte ich die Morgenstunden an einem ähnlichen Ort, studierte im Vorhof der Kirche das I Ging und fragte mich, wie weit ich mit meinem Wunsch, Schriftsteller zu werden, in der Zwischenzeit gekommen sei.

Könnte mir nicht das »Buch der Wandlungen« eine Antwort auf die Frage geben?

Nach den Ferien entschloss ich mich, den Anweisungen des I Ging folgend ein entsprechendes Orakelzeichen zu ermitteln. Dazu waren Stängel von Schafgarben nötig, die nach einem aufwendigen Verfahren ausgezählt werden mussten. Da ich in Carmine keine Schafgarben gefunden hatte, war ich an einem Nachmittag unter »Methusalems« Fenster ins Bachtobel hinabgestiegen, hatte junge Bambusruten geholt, die ich zu fünfzig »Stängel« schnitt. Diese teilte ich jetzt, auf dem Teppich in meiner Mansarde sitzend, in zwei Haufen und zählte die Stäbchen aus. Durch das sechsfach wiederholte Auszählen, das einige Zeit in Anspruch nahm, ergaben sich die Linien – weich, fest oder sich wandelnd – aus denen ein Zeichen aufgebaut wird.

Ich rechnete und schrieb, und als ich endlich sechs Striche ausgezählt und übereinander angeordnet hatte, schlug ich neugierig, auch aufgeregt, das »Schema zum Auffinden der gezogenen I Ging-Zeichen« nach. Es müsste, so war ich versucht zu glauben, mein Schicksalszeichen sein.

Ich erhielt die Nummer 29:
KAN / DAS ABGRÜNDIGE, DAS WASSER.
Es ist eines der acht Doppelzeichen. Keiner der Striche war in Wandlung, und beim Kommentar las ich, dass KAN dem Norden angehöre, ein Zeichen der Mühe sei und als Symbol die Schlucht habe. Während ich mich über den Text beugte, zu verstehen suchte, was »Das Urteil«, »Das Bild«, »Die einzelnen Linien« bedeuteten, wuchs ein dumpfes, beschwerendes Gefühl in mir, brach ein und sackte ab, als öffnete sich die durch das Zeichen symbolisierte Schlucht in mir. Ich war enttäuscht, gestand mir ein, etwas Großartigeres erwartet zu haben, ein Zeichen der Bestätigung, der Ermutigung vielleicht. Doch Mühe, Abgründigkeit, Gefahr? Das klang nach Unerlöstem, Problematischem, und ich setzte mich an die Schreibmaschine, tippte den Text ab, um die Wörter von »Das Urteil«, »Das Bild«, »Die einzelnen Linien« besser akzeptieren zu können. Bei dem Satz im Kommentar hielt ich ein: »*Wie das Wasser keine Mühe scheut, sondern sich immer der tiefsten Stelle zuwendet, weshalb ihm alles zufließt, so ist der Winter im Jahreslauf und die Mitternacht im Taglauf die Zeit der Sammlung.*« War ich damals, in Ponte Brolla, auf den Felsen der Schlucht, nicht zu einer ähnlichen Einsicht gekommen, als mir die Felszeichnungen wie eine durch das Wasser herausgeschliffene Schrift erschienen waren? Je mehr und je länger ich über das Zeichen nachdachte, desto zutreffender fand ich es. Der Pfad, den ich gehen wollte, war gefährlich, die Schlucht ein Abgrund, in den mich ein Fehltritt stürzen konnte. Doch in der Tiefe strömte das Wasser, war ein unaufhaltsames Fließen, das mir zeigte, wie Schwierigkei-

ten überwunden würden: Es folgt den sich öffnenden Gefällen, füllt durch Sammeln die Hemmnisse auf, und der Kommentar zu dem Zeichen hieß:

»*So kommt das Wasser ans Ziel.*«

2

Ich entschloss mich, alle Texte wegzulegen, an denen ich in den letzten Wochen gearbeitet hatte: Einen Zyklus von fünf Gedichten, »Genesis«, der mein Ausgetriebenwerden aus Dunkelheit und Leere in die Labyrinthe der Stadt thematisierte, und ein Dialogstück »Brahm«, in dem die Macht aus der immer wieder neu geschöpften Hoffnung ihres Gegenspielers erwächst. Mit beiden Arbeiten war ich nicht zufrieden, hatte sie mehrmals umgeschrieben, ohne wirklich voranzukommen. Beide Stoffe hatten mit der Vergangenheit zu tun, die Gedichte mit der Zeit ohne Veronique, nach dem Ende meiner ersten Liebe; das Dialogstück mit dem Ruin meines Vaters durch die Machenschaften eines Geschäftspartners. Ich aber hatte gegenwärtige Probleme. Die Beschäftigung mit dem Zeichen KAN liess mich bewusst werden, wie sehr mein Leben und Arbeiten gestaut und nicht in Fluss war. Den Band Märchen, an dem ich die letzten Jahre gearbeitet hatte, würde kein Verlag herausbringen wollen. Aus Trotz hatte ich mich in eine Arbeitswut gesteigert, in der ich nichts mehr um mich wahrnahm, vor allem nicht, dass ich im Begriff war, meine jetzige Freundin Pippa zu verlieren. Sie war eine Nacht nicht nach Hause gekomen. Seither wusste ich nicht, wie es mit uns weitergehen sollte. Ich fand keine Kraft mehr zu arbeiten, die Texte waren tot, und ich lag auf dem Bett, versuchte zu lesen, doch die Wörter blieben stumm, drangen nicht in mich ein. Pippa hatte Probe im Theater, und ich wusste, dass sie dort auch den Kollegen wieder traf, bei dem sie die Nacht verbracht hatte. Die Eifersucht lähmte mich, ich war aber auch traurig und selbstmitleidig, haderte und quälte mich, versuchte, mir klar zu werden, wie ich mich Pippa gegenüber verhalten sollte. Da schoss aus dem linken Augenwinkel ein Traumbild hoch, stand gewaltig über mir: Eine riesenhafte, dunkle Gestalt, wie ein Geist oder Dämon aus den Märchen. Dieser hatte langes, zottliges Haar, einen Bart um den offen stehenden Mund, in dem spitze, entstellte Zähne standen wie bei den hölzernen Masken aus dem Lötschental. Erschreckend waren die leeren Augen, schwarze Höhlen, die dennoch giftig glänzten, mich mit einem Blick ansahen, den ich nicht ertrug. Während ich ihm auswich, sah ich über dem Dämonenhaupt eine junge Frau aufsteigen. Ihr Haar, das Gesicht, die Körperhaltung ließen keinen Zweifel: Es war Pippa, und sie lächelte mitleidig und traurig zu mir herab. Sie stieg höher und höher, ließ zuoberst die Griffe in den Falten eines Theatervorhangs los, wich ein wenig zur Seite, als habe sie etwas ohne Absicht berührt oder wollte sich dafür entschuldigen, breitete die Arme aus, schwebte einen Augenblick lang im Zustand dieser Überhöhung. Sie würde stürzen, wenn ich mich nicht endlich bewegte, ausbräche aus dem lähmenden Brüten. Ich schreckte hoch. Mein Herz hämmerte, *»wie ich es noch nie in meinem Leben verspürt habe«*.

Ich fuhr mit der Straßenbahn in die Stadt, lief durch die Straßen, ziellos und schon leicht enttäuscht, dass sich wieder nichts Befreiendes einstellen würde, »kein Gefälle«, dem ich folgen könnte, wie das Wasser seinem Weg. Aus Gewohnheit und auch Langeweile betrat ich ein Antiquariat, stand nach dem Klingeln der Türglocke in einem von Neonlicht beleuchteten Raum. Ein Gefühl des Bedauerns beschlich mich: Statt wie erhofft Menschen zu begegnen, war ich durch meine Flucht in die Stadt nur wieder bei Büchern angelangt. Jetzt müsste ich wohl oder übel ein paar Regale durchsehen, und so fragte ich den älteren Mann, der im Hintergrund an einem Pult saß und bei meinem Eintreten hochgeblickt hatte, ob ich mich umsehen dürfe. Ohne seine Antwort abzuwarten, entzog ich mich seiner Beobachtung, trat zwischen die Regale, ließ den Blick über die Reihen meist schon vergilbter Umschläge gleiten. Ich schaute flüchtig die Abteilungen Philosophie und Psychologie durch, verweilte etwas länger bei den Romanen und Erzählungen. Seit ich Antiquariate besuchte, galt meine besondere Aufmerksamkeit dem stets schmalen Segment mit den dünnsten Bänden. Gerade dort hatte ich Funde gemacht, die mich prägten: Die Gedichte Robert Walsers und Alexander Xaver Gwerders. Auch jetzt verweilte ich etwas länger vor dem Regal, das zwischen den Abteilungen »Literatur« und »Theologie« eingeklemmt war, sah die Rücken durch, nahm einzelne Bändchen zur Hand, um Autor und Titel zu lesen. Ich achtete besonders auf die etwas älteren Ausgaben, waren sie doch oftmals schön gestaltet, hatten eine Radierung oder eine Lithographie auf dem Vorsatzblatt, und solch einen Band zog ich jetzt aus dem Regal. Ich schlug ihn an einer beliebigen Stelle auf, las den Titel des auf Büttenpapier gedruckten Gedichtes, und war versucht, den Band augenblicklich zurückzustellen. »Der Kuss«, so lautete der Titel. Das gewohnte Durchsuchen der Lyrikregale hatte mich gelehrt, dass ein Großteil der vor sich hin alternden Bändchen von ebenso gealterten Gefühlsüberschwängen zeugten, und es war nicht so sehr Interesse als die Genugtuung, den Dichter mit solch einem Kitschtitel scheitern zu sehen, die mich die erste Strophe lesen ließ:

> *Ich liebe dich und glaub' dich nicht zu kennen.*
> *Ich halte dich und weiß das kaum zu nennen,*
> *Was deine Wangen schlaff und fröhlich macht,*
> *Es ist des Geistes innigste Empfängnis*
> *Von Mensch zu Mensch in Lust und in Bedrängnis*
> *Nur wie ein Ruf von Wandrern durch die Nacht.*

In den beiden Anfangszeilen war ein Klang, der mich berührte und einen Widerhall in den beiden Schlusszeilen fand. Trotz der verunglückten dritten Zeile war ich gespannt auf den Namen des Dichters, klappte den Band zu, las in Goldprägung und Kapitalen: »Adrien Turel, Es nahet gen den Tag« und stutzte. Den Namen hatte ich gehört, und als ich am Abend meinen Jugendfreund Fredi, dem ich zufällig in Zürich wiederbegegnet war, in der Bodega traf, erzählte ich ihm, dass ich mich beim Anblick der Prägeschrift auf dem Buchdeckel plötzlich erinnert habe. Vor etwas mehr als einem Jahr hatte ich bei Frau Bürdeke in der ehemaligen Buchhandlung gearbeitet. An einem Abend standen wir vor der Ladentür, und sie begann von der Witwe eines Schriftstellers und Philosophen zu erzählen. Frau Bürdeke, die selbst Gedichte schrieb, schaute über die Kirchgasse hinweg in den abendlichen Himmel, das Gesicht von einem inneren Bild für einen Moment reglos, bevor sie sich mir zuwandte und weitersprach:

– Sie müssen dort hingehen, Sie müssen das gesehen haben. Tausende von Manuskriptseiten, Stapel von Entwürfen, Notizbüchern, Skizzen, Abhandlungen – in Kasten und Regalen angehäuft. Adrien Turel war ein Verrückter, ein Besessener, der all die Jahre weiter- und weitergeschrieben hat, obwohl er kaum noch ein Buch publizieren konnte. Sie müssen seine Witwe besuchen und sich diesen Wust an Papier ansehen!

Mit Fredi hatte ich archäologische Entdeckungen, Grabungen und Forschungen gemacht, und ein wenig fühlten wir uns an die urgeschichtlichen Exkursionen in der Jugendzeit erinnert, als wir uns über den Stadtplan beugten, nach der Venedigstraße suchten, in der Turel gewohnt hatte und seine Witwe noch immer lebte. Gäbe es einen Fund von nationaler Bedeutung zu machen, wie damals die neolithische Grube am Goffersberg bei Lenzburg? Oder stießen wir auf das Geschreibsel eines verwirrten Geistes in einem engen, hohen Verlies voll Papierstapeln, Mappen, Schachteln, erhellt von einer nackten Birne, die an ihrem Draht von der Decke baumelt?

Mit der Straßenbahn fuhren wir zur »Enge«, einem Quartier am linken Rand des Seebeckens. Das Wetter war kalt und regnerisch. Unweit der Haltestelle bogen wir in ein kurzes Straßenstück, standen schließlich vor einem Haus der Belle Epoque, dessen Balkone mit Säulen und Rundbogen italienische Stilelemente zitierten.

Frau Turel empfing uns an der Wohnungstür, führte uns durch einen breiten Flur in ein Zimmer, das früher einmal der Salon oder das Speisezimmer gewesen sein mochte, jetzt als Arbeitsraum diente. Von zwei Seiten fiel das Nachmittagslicht herein, spiegelte auf dem Parkett und sammelte sich in einem Erker hell um einen Topf mit Farnfächern. Rechterhand, vor einem Schrank aus Nussbaumholz, stand am Fenster ein Pult. Es sei der Arbeitsort Turels gewesen, erklärte seine Witwe, an dem seit seinem Tod niemand mehr geschrieben habe. Schräg davor und gegen die Mitte des Zimmers hin bedeckten Stapel maschinenbeschriebener Manuskriptseiten einen Tisch, auf dem auch Schere und Leim, Lineal sowie Farb- und Bleistifte lagen: Dies sei ihr Arbeitstisch, an dem sie das Werk bearbeite.

Frau Turel trug einen Wollrock, dazu eine Bluse und leichte Strickjacke. Ihre Begrüßung an der Tür war knapp, ohne Herzlichkeit gewesen, und die Art, wie sie ins Zimmer voranging – etwas nachlässig und ohne uns noch weiter zu beachten – ließ uns eine distanzierte Überlegenheit spüren, die einen höflichen, gar herzlichen Empfang unnötig machte. Sie hieß uns am Tisch Platz nehmen, brachte aus der Küche ein Tablett mit Teekanne und Tassen, schob Manuskriptbündel zur Seite, und während sie einschenkte, fiel ihr Haar vom Mittelscheitel über die ausgemergelten Wangen zum Kinn.

Niemand wolle heute noch etwas von Turel wissen, sagte sie, schob mit beiden Mittelfingern die Strähnen zur Seite, schüttelte kurz den Kopf, dass ihr Haar in den Nacken fiel. Mit diesem großen Werk sitze sie allein da, arbeite Tag und Nacht an den Manuskripten, die sie lesbar machen müsse.

Turel sei auch heute noch seiner Zeit voraus. Selbst ein Künstler wie Max Bill, der zur Avantgarde gehöre und mit dem sie seit der gemeinsamen Zeit an der Kunstgewerbeschule befreundet sei, habe keinen Zugang gefunden und auch nie etwas für Turel getan, obwohl sie sich gut verstanden hätten.

Sie sah uns durch leicht zusammengekniffene Lider an, ein Blick, der verschleiert wirkte, als sehe sie durch uns hindurch in eine nur ihr zugängliche Ferne.

Sie bereite eine weitere Ausgabe von »Splittern« vor, aphoristischen Sätzen, die sie aus dem riesigen Material hinterlassener Manuskripte heraussuche und zu einem Band zusammenstelle.

Sie stand auf, ging zum Pult am Fenster, öffnete die beiden Schranktüren, und ich sah in Regale mit Mappen, Schachteln und verschnürten Manuskriptstößen. Im Schrankboden stapelten sich hektographierte Bücher, die Frau Turel in den letzten Jahren herausgegeben hatte, A4-große, heftartige Bände.

– Turel selbst hat seine Autobiographie »Die Bilanz eines erfolglosen Lebens« in dieser Form herausgebracht, als sich kein Verlag für das Manuskript finden ließ. Erst muss ich das Buch schreiben, hat er gesagt, dann das kleine Vermögen meiner Frau plündern, um es zu drucken, und dann muss ich meinen Freunden die Pistole auf die Brust setzen, dass sie es lesen.

Sie lachte ein keuchendes Lachen, das ihr Gesicht zu einem Ausdruck von Schmerz verzerrte, und ich war verblüfft, wie sehr Frau Turels Stimme sich beim Zitieren ihres Mannes verändert hatte. Sie sprach die Wörter gedehnt und in einer tiefen Tonlage aus, dazu in ungewohnter Emphase, die ich noch mehrfach und gesteigert an dem Nachmittag zu hören bekommen sollte. Kaum saß sie wieder am Tisch, griff sie zu der einen und anderen Manuskriptseite, las einzelne Stellen vor, auch Gedichte, und es war die Stimme ihres Mannes, die Art, wie er seine Texte gelesen haben mochte, die sie nachahmte. Während des Lesens straffte sich ihr Körper, Frau Turel saß aufrecht am Tisch, die Manuskriptseite in den aufgestützten Händen und war vielleicht auch in dieser Haltung ein Abbild ihres Mannes. Am Ende jedes Vortrags sank sie im Stuhl zurück, verwandelte sich in eine bewundernde Zuhörerin. Sie strich ihr Haar aus der Stirn und schüttelte es in den Nacken, ließ ein geflüstertes »Großartig« oder »Wunderbar« hören, dem sie ein nach Bestätigung verlangendes »Nicht – nicht« hinterhersandte.

Frau Turel gab uns beim Abschied von ihren hektographierten Büchern mit, mir dazu noch einen Stoß Manuskripte. Ich solle die Seiten überarbeiten. Denn viele Texte, wie sie sagte, seien Entwürfe und müssten umgeschrieben, einfacher und lesbarer gemacht werden.

Fredi hatte nach dem Besuch das Interesse an Turel verloren. Ich jedoch saß in meiner Mansarde am Fenster, vor mir auf dem aus einer Kiste gezimmerten Tisch die vergilbten, brüchigen Manuskriptseiten. Mit verbrauchtem Farbband war eine Fülle an Gedanken auf engen, unregelmäßigen Zeilen getippt. Ich las von Freuds Psychoanalyse, die mit Ergebnissen der Atomphysik verknüpft wurde, folgte evolutionstheoretischen Betrachtungen und geschichtlichen Exkursen, lernte auf den Seiten ein anarchisches Denken kennen, das mich zutiefst beeindruckte. Ich begegnete auf den vergilbten Blättern einer geistigen Universalität, die alles und jegliches aus der Welt an sich zog und dem eigenen Schauen anverwandelte. Aus den Zeilen gehämmerter Buchstaben wuchs ein Kosmos, in dem die Wörter die Luft zum Atmen waren und in dem die Freiheit herrschte, die Stoffe zu kneten und umzuschaffen, sie nach eigenen Visionen zu gestalten. Ihre Grundlagen bildeten historische und naturwissenschaftliche Fakten, sie waren belegt durch Ergebnisse der Forschung und bewahrheitet durch die Dichtung. Die Reise in diesem weiten, über Zeiten und Kontinente sich hinziehenden Wörterraum wurde durch Assoziationen vorangetrieben, führte zu phantastischen Ausblicken, aber auch zu Einsichten, die für mich neuartig waren und mich zu eigenen Spekulationen über technische und gesellschaftliche Entwicklungen anregten.

Allerdings verunsicherte mich ein Mangel an Sorgfalt: *»Ich arbeite an den Schriften«*, schrieb ich in mein Tagebuch, *»die eine Fülle neuer und wesentlicher Gedanken bergen. Leider sind sie sprachlich und formal durchwegs ungenügend, ohne Richtung.«* Ich grübelte darüber nach, ob es Erkenntnisse geben konnte, die nicht wirklich klar und präzise formuliert waren. Max Voegeli hatte während meiner

Seminarzeit öfter Schopenhauer zitiert, es ginge darum, komplizierte Dinge einfach zu sagen und nicht einfache Dinge kompliziert. Auf den von Frau Turel mitgegebenen Seiten fanden sich jedoch nicht nur komplizierte Sätze, sondern auch Geschmacklosigkeiten, schiefe Bilder, Rückschlüsse vom Tier auf den Menschen, die ich für unstatthaft hielt. Die Unbekümmertheit, von Plato bis Marx, von der hellenistischen Mythologie bis zu Nietzsches Zarathustra alles zu nehmen und in eine eigene gedankliche Knetmasse zu rühren, faszinierte mich zwar, machte mich gleichzeitig aber auch stutzig: Womit hatte ich es auf diesen alten, brüchigen Seiten zu tun? Wer war Turel, ein Scharlatan oder ein Genie? Oder bloß ein Verrückter, wie Frau Bürdeke an jenem Abend auf der Kirchgasse gesagt hatte?

»28. Februar 1952 (zu Dante-Variationen)
…Die tiefsinnigen Metaphysiker müssen es dem lebendigen Leben schon verzeihen, wenn man sich um ihre Verbote nicht immer kümmert. Auch Planck, Einstein und die Nuklear-Physiker der Epoche von 1895 bis 1945 (erste Realisation des »Jenseits« durch Explosion einer Atombombe) werden sich damit abfinden müssen, dass das Massenbewusstsein des Menschen alle Hürden kantianischer Erkenntnisbeschränkung überspringt und jählings den perspektivischen Standpunkt der vollentwickelten Nuklear-Physik besetzt, um von hier aus die Substanz oder Materie der Welt unter geradezu verklärten Gesichtspunkten zu betrachten.

Bei diesem Wechsel der Barrikadenseite fragt es sich dann, ob der Mensch die alten Formen der Sinnlichkeit und der Realitätsbeziehung endgültig preisgeben muss, um des neuen Standpunktes teilhaftig zu werden. Schon seit langem scheinen die großen

Mathematiker und Physiker ihre machtvollen Einsichten durch eine fast selbstmörderische »Zerstreutheit« mit Bezug auf die irdischen Geschäfte erkaufen zu müssen. Auch von den großen religiösen Denkern und Visionären wissen wir, dass sie in einem gewissen Sinne Fähigkeit und Interesse zu den irdischen Geschäften verlieren. Dazu kommt, dass die Masse der Menschen offensichtlich zu einer Art von Rentnertum drängt, wobei sich der Mensch (Mann und Weib, Rentner und Witwe) vom eigentlichen »struggle for life« des Wirtschaftskampfes emanzipiert, sich ihm entfremdet, um eine Art von buddhistisch verklärtem Mönchsleben zu führen, welches ihm die Illusion der Entrücktheit vermittelt.

Solche Illusionen bilden eine reale Gefahr für unsere Bevölkerungsmassen, denn sobald der heutige Kleinbürger aufhört, vor der Atombombe zu zittern, beginnt er von einer unendlichen Wirtschaftsenergien spendenden Nukleartechnik zu träumen, welche die Oberfläche der Erde sozusagen von innen bengalisch durchleuchtet und in eine behagliche Couch verwandelt.

Die Realität unseres kommenden Nuklear-Zeitalters wird ganz anders aussehen. Es wird weder den ach! nur allzu bequemen Weltentod Sardanapals durch Atombomben bringen, noch auch das »Paradies« eines Rentnertums, das durch unendliche Energien noch weit über Frigidaire und Staubsauger und Fernseher im Sinne einer märchenhaften Erfüllung aller kindischen Wünsche hinausgehen wird ...«

Ich begann die Seiten zu redigieren, weil Frau Turel es gewünscht hatte, las mich parallel weiter in das Werk ein, besorgte mir die zu Turels Lebzeiten gedruckten Bücher. An einem Nachmittag, als das winterliche Licht auf die

Seite vor mir fiel, sah ich nicht die Gedanken, die sprachlichen Nachlässigkeiten, die fragwürdigen Vergleiche und Bilder. Ich sah die Seite selbst, als ein Dokument, als die Hinterlassenschaft eines Schreibvorgangs, von dem ich nichts wusste. Wie kam ich dazu, darin herumzukorrigieren und nach zwanzig, dreißig Jahren in das Werk eines mir weitgehend unbekannten Schriftstellers einzugreifen? Was wusste ich von der Art Prozess, in dem Turel sich bei der Niederschrift befunden hatte, Seiten, die bestimmt nicht zur Publikation vorgesehen waren, sondern einen Gedankengang festhalten, einen Einfall skizzieren wollten?

Ich rief Max Voegeli an und bat um ein Treffen, ich würde dringend seinen Rat benötigen. Im Kaffeehaus erzählte ich ihm von meinem Besuch bei Frau Turel und dass sie mir ein Bündel Manuskripte mitgegeben habe. Nach meiner Einschätzung handle es sich um Notizen, und mir seien bei der Redaktion Zweifel gekommen, ob ich mit meinen Korrekturen nicht eine Art von Verfälschung betreibe. Auch wenn es sich um offensichtliche Fehler handle, so griffe ich genauso wie Turels Witwe in ein Werk ein, in das einzugreifen ich mich nicht berechtigt fühlte.

– Sie haben nicht nur keine Berechtigung, sagte Max Voegeli, während der Rauch der Zigarette einen Faden ins Licht der Tischlampe spann, es ist ganz und gar unstatthaft. In was Sie Einblick nehmen durften, sind Werkstattblätter: Entwürfe, Versuche – Niederschriften aus einem Moment, der vielleicht bestimmt war durch eine Anregung, einen Einfall, durch ein gedankliches Bedrängtsein.

Die Seite ist das nicht zu entschlüsselnde Zeugnis jenes Schaffensmoments. Was wollen Sie daran ändern? Ihn der Konvention korrekter Schreibweise angleichen? Ihn in eine »anständige Form« bringen?

Max Voegeli nahm mit seiner zittrigen Hand die Zigarette von der Packung, auf der sie glimmte, sah mich durchdringend an, ein prüfender Blick. Dann sagte er:

– Turel war ein »Echter«, der aus einer inneren Zerrissenheit heraus gearbeitet hat. Ich bin ihm mehrmals begegnet, und was immer er geschrieben haben mag, er gehört für mich zu den wenigen, die kompromisslos ihren Weg gegangen sind.

Ja, dachte ich auf der Zugfahrt nach Hause, das ist, was auch ich tun will: Meinen Weg gehen und einzig dem eigenen Erkennen vertrauen und dafür einstehen, auch wenn es zu Widerspruch führt, wie Max Voegeli erzählte:

– »Dein Werk soll deine Heimat sein«, das hat Turel bei einer Tagung des Schweizerischen Schriftstellervereins den nationalistischen Kollegen entgegengehalten, die während der Kriegsjahre Stimmung gegen die aus Deutschland emigrierten Schriftsteller gemacht haben. Sie fürchteten deren Konkurrenz, schwafelten von Heimat und schweizerischem Volksgut und beschimpften Turel als unzuverlässigen Staatsbürger.

3

Ich hielt das Bündel Manuskriptseiten auf den Knien, saß an Frau Turels Arbeitstisch, etwas unbehaglich. Sie hatte, wie schon das erste Mal, Tee gekocht, und während ich von der handbemalten, hauchdünnen Tasse einen Schluck nahm, hoffte ich auf einen Einfall, wie ich erklären konnte, weshalb ich die maschinenbeschriebenen Seiten nicht korrigieren wollte. Ich müsste eine vorsichtige Begründung finden, Frau Turel würde diese sonst als einen Einwand gegen die eigenen »Verbesserungen« verstehen, ihre – wie ich jetzt überzeugt war – genauso unstatthaften Eingriffe, wie ich versucht gewesen war, sie vorzunehmen. Ich rühmte die neuen und außerordentlichen Gedankengänge, fuhr dann fort, dass es auch Fehler und sprachliche Unsorgfältigkeiten gebe. Nun fehlten mir jedoch die philologischen Kenntnisse für eine weitergehende Arbeit an den Manuskripten. Auch besäße ich nicht die intime Vertrautheit mit dem Werk wie sie, die Jahre mit Turel zusammengearbeitet habe, um in die Texte redigierend eingreifen zu dürfen. Frau Turel hörte mir zu, das schmerzvolle Lächeln im Gesicht, das ich bereits kannte und zu sagen schien, sie habe nichts anderes erwartet. Jeder, der sich für Turel begeistere, sagte sie, ziehe sich nach den ersten Besuchen wieder zurück, und Frau Turel schob sich die Strähne aus dem Gesicht, schüttelte das Haar in den Nacken, blickte zur Zimmerdecke. Das Licht vom Fenster fiel auf ihre hageren, verbitterten Züge. Ich sah eine Frau, die einsam und verloren inmitten einiger Relikte saß, welche die Enttäuschungen ihres Lebens als ein Skelett zurückgelassen hatten: Die großbürgerliche Wohnung ihrer Eltern, das Pult und der Schrank voller Manuskripte ihres Mannes, ihr Arbeitstisch, an dem sie in den Seiten vergangenen Lebens grub, seit ihr Mann Mitte der Fünfzigerjahre gestorben war. Keine Stunde ging über dem Teetrinken hin, da sie nicht von ihren Eltern erzählte, dass sie einer Bundesratsfamilie entstamme und ihr Vater Stadtrat von Zürich gewesen sei. In den Räumen, wo sie an einer Zukunft arbeitete, die aus vergilbten Blättern bestand, waren die ersten Kreise der Stadt zu Gast gewesen. Und wenn sich Frau Turel in ihrer Kleidung eine bewusste Nachlässigkeit leistete, so war sie trotz dieser Extravaganz, zu der auch ein »Bohémien« wie Turel gehörte, eine Dame, geprägt von einer Lebensform, die es nicht mehr gab, doch in den hohen Räumen und dem handbemalten Porzellan seine Spuren hinterlassen hatte. Ich kannte diese rückwärtsgewandte, glorifizierende Haltung nur zu gut von Mama. Und während ich in einem erschreckenden Moment sah, wohin das Sich-Zurückziehen und Verharren in Gewesenem auch in meinem Leben führen konnte, entschloss ich mich, vorwärts zu gehen, aus meinem Mansardendasein hinauszutreten, Erfahrungen zu sammeln, und ich glaubte, Turels Nachlass böte mir dazu Gelegenheit: Ich würde mich für seine unverfälschte Erhaltung einsetzen.

Frau Turel verbesserte nicht nur Wörter und Sätze auf Fehler hin, wie ich am Anfang gedacht hatte, sie veränderte die Texte, kürzte Abschnitte oder schrieb Passagen um. Sie schnitt einen Satz aus einer Seite aus und fügte ihn mit anderen ebenso ausgeschnittenen Sätzen zu neuen Seiten zusammen, machte Collagen, und mir kam der Verdacht, sie wolle Turels Texte nicht nur leichter lesbar machen, sondern sie auch von »politischen Unkorrektheiten« reinigen. Im Gegensatz zu Turel, der in Sankt Petersburg geboren und in Berlin aufgewachsen war, kannte sie die Empfindlichkeiten, die in der Schweiz Begriffen wie »Marx«, »Kommunismus«, »entfremdete Arbeit« oder »Imperialismus« anhafteten. Ihr Vater hatte schließlich von der Terrasse des Bankvereins den Polizeieinsatz am Paradeplatz während des Generalstreiks 1918 geleitet, und seit dem Ungarnaufstand 1956 war jeder Begriff, der auch nur an Sozialismus erinnerte, verwerflich und verräterisch. Durch ihre vermittelnde Arbeit an den nachgelassenen Texten milderte sie polemische Stellen oder Behauptungen durch ein »Vielleicht« oder ein »Möglicherweise«. Sie glaubte, in Turels kompromissloser Art, auch seines politischen Vokabulars, einen Hauptgrund für das Nichtbeachten seiner Schriften zu sehen.

Aufgewühlt von meinem Besuch ging ich am See entlang nach Hause. Das Ausmaß der Eingriffe hatte mich überzeugt, es sei meine Pflicht, für die Erhaltung des Nachlasses zu sorgen. Es sei die mir gestellte literarische Aufgabe, zumal Turels Werk für das stehen konnte, was mich selbst bei meinem Schreiben leiten sollte: Diese anarchische

Freiheit des Denkens, die Unbeirrbarkeit, den eigenen Weg zu gehen, kompromisslos zu benennen, was ich erkannte, ohne Rücksicht auf Opportunitäten, ohne Konzessionen an Lesbarkeit und öffentliche Meinung.

Dafür lohnte es sich zu kämpfen.

Der Entschluss beflügelte mich, doch während ich beim Gehen auf den See blickte, der schiefergrau zwischen den Ufern lag, aufgeraut vom Südwestwind, kamen auch schon die Bedenken gegenüber meinen hochfliegenden Absichten. Ich würde Frau Turel verraten, sie bloßstellen in ihrer Arbeit am Werk ihres Mannes. Sie würde mir den Vertrauensbruch nie verzeihen, und es wäre eine weitere bittere Kränkung, ein Undank für all das, was sie in den Jahren geleistet hatte.

Ich war auf meinem Gang nach Hause noch nicht bei der Seebrücke angelangt, als ich von meinem Vorhaben nicht mehr ganz so überzeugt war. Frau Turel würde den Nachlass nie aus der Hand geben, ihn der Obhut einer Bibliothek oder eines Archivs anvertrauen. Turels Schriften waren längst zu ihren eigenen geworden, und ihre Bearbeitungen hatten als letzte gültige Fassung zu gelten. Ich würde mir sehr viele Unannehmlichkeiten einhandeln. Und wozu sollte ich das tun? Wäre es nicht gescheiter, mich um das eigene Schreiben zu kümmern als um das Werk eines toten Autors? Und wie sollte ich, um Turels Nachlass zu schützen, vorgehen? An wen mich wenden? Wie den finden, der Turels Schriften für ebenso wichtig hielt wie ich selbst?

Ich kopierte einige von Frau Turel stark korrigierten oder aus Textschnipseln zusammengestellten Seiten und heftete sie in ein Mäppchen als Belege für die Art ihrer Eingriffe in die Texte. Während der Zeit, in der ich an der Kirchgasse bei Frau Bürdeke gearbeitet hatte, war ich täglich beim Hochsteigen in meine Mansarde an der Tür des "Schweizerischen Schriftstellervereins" vorbeigegangen. Nun blieb ich vor der Tür stehen. Sollte ich klingeln? Was würde ich mit diesem ersten Schritt auslösen? Eine alte Frau denunzieren? Wollte ich das? Und was war mit meinen eigenen unzulänglichen Arbeiten, die unfertig auf dem Schreibtisch in der Mansarde lagen?

Nein, er habe absolut keine Zeit für ein Gespräch, sagte der ältere Herr im grauen Anzug, der auf das Klingeln hin die Tür geöffnet hatte. Er müsse als Sekretär des "Schweizerischen Schriftstellervereins" die Jahrestagung vorbereiten, verreise morgen ins Ausland, und erst als ich den Namen Turel nannte, hellten sich Doktor Beidlers Gesichtszüge auf, wurden glatt und freundlich.

– Warum sagen Sie das nicht gleich?

Er führte mich in sein Büro, beugte sich über das Mäppchen, das ich mitgebracht hatte, hörte mit leicht geneigtem Kopf zu, während ich von Frau Turels gut gemeinten, jedoch sinnverfälschenden Bearbeitungen erzählte.

– Ich bin froh, dass Sie zu mir gekommen sind.

Turel sei ein sehr bedeutender Schriftsteller, der überzeugt war, dass wir durch die Entdeckungen der Kernphysik und Molekularbiologie in ein »Ultratechnoikum«, in ein völlig neues Zeitalter der Menschheitsgeschichte eintreten würden. Er habe ihn gut gekannt, ein schwieriger

Mann, der einen in Grund und Boden reden konnte. Doch er habe ihn immer geschätzt und verteidigt.

– Turel hat nach der Machtergreifung der Nazis aus Berlin emigrieren müssen, wie ich auch.

Und Dr. Beidler ließ mich wissen, dass er der Enkel Richard Wagners sei, sich jedoch gegen die Familie gestellt habe. Bayreuth sei mitverantwortlich an den Gräueltaten Nazi-Deutschlands. Er habe gegen den Wagner-Clan angekämpft, sei jedoch erfolglos geblieben – wie Turel letztlich auch.

– Sie werden seine Autobiographie »Bilanz eines erfolglosen Lebens« kennen?

Er empfahl mir, mich mit Rudolf Jakob Humm in Verbindung zu setzen. Er sei mit Turel befreundet gewesen, ein Schriftstellerkollege, der noch immer vielfache Beziehungen habe, die nützlich sein könnten. Doch mein Anruf im bekannten »Rabenhaus« am Hechtplatz wurde krächzend und schimpfend beantwortet. Nichts wolle er mit der Sache zu tun haben, Turel habe ihn wegen einer Kritik beschimpft, und aus dem Hörer klang der Summton.

Während der Zeit bei Bürdeke hatte ich auf Empfehlung von Arturo Fornaro Gedichte an Werner Weber, Feuilletonchef der NZZ, geschickt, und wenn seine Antwort auch negativ gewesen war, so entschloss ich mich dennoch, ihn wegen Turels Nachlass aufzusuchen. Wen hätte ich für mein Anliegen sonst interessieren können, nachdem der Weg über den Schriftstellerverein keinen Erfolg versprach. Mit feuchten Händen und dem Mäppchen abgehefteter Kopien machte ich mich auf den Weg zur

Falkenstraße. Am Empfang wurde ich nachsichtig darauf aufmerksam gemacht, dass ohne festen Termin an einen Besuch nicht zu denken sei, und so rief ich von der Telefonzelle am Römerhof in den folgenden Tagen an. Doch »Herr Doktor Weber« war unerreichbar. Er sei in einer Sitzung oder im Militärdienst, auf Auslandsreise, habe Besuch oder schreibe an einem wichtigen Artikel. Die freundliche Stimme speiste mich ein ums andere Mal ab, bis ich begriff, dass ich niemals dort vorgelassen würde. So blieb einzig noch die andere mir bekannte Möglichkeit übrig. Erwin Jaeckle hatte das Feuilleton der Zeitung »Die Tat«, das unter seinem Vorgänger Max Rychner über die Grenzen hinaus Beachtung gefunden hatte, zu einer literarischen Beilage erweitert. Neben Buchbesprechungen, Aufsätzen und Essays erschienen wöchentlich auch Gedichte, denen Erwin Jaeckle, der selbst Gedichtbände veröffentlichte, stets eine Spalte einräumte. Ich schrieb Herrn Jaeckle, bat um einen Termin und war überrascht, umgehend einen Vorschlag für ein Treffen zu erhalten.

Ich wartete an der Rezeption, während die Dame mich anmeldete und in Begleitung der Chefsekretärin zurückkam. Diese bat mich, ihr zu folgen, führte mich durch einen Flur in ein Vorzimmer, überfüllt mit Büchern, eingereiht in Regalen, gestapelt auf dem Boden, dazu Bündel von Manuskripten und Zeitungen. Vorgebeugt pochte die junge Frau an die Tür, lauschte auf das »Herein!«, während sie an ihrem locker geschlauften Seidentuch zupfte, heftete dann eine Strähne ins hochtoupierte Haar, bevor sie die Tür aufstieß. Gerahmt vom Türsturz stand seitlich des Pultes, in grauem Anzug, Erwin Jaeckle. Er blickte mir mit unbewegtem Gesichtsausdruck entgegen, ernst und grußlos, ein Mann Mitte fünfzig vielleicht, von fülliger Statur, mit hoher Stirnglatze. Ich betrat das helle, mit Spannteppich belegte Büro, näherte mich dem Pult, auf dem sich kein einziger Gegenstand befand, und während Herr Jaeckle sich in den Sessel fallen ließ und sich zurücklehnte, wies er mit einer knappen Geste zum Besucherstuhl, womit er mir bedeutete, dass er bereit sei zu hören.

Dr. Jaeckle blieb distanziert, gab zu verstehen, ich hätte es bei ihm mit einer Autorität zu tun, deren Zeit in Anspruch zu nehmen für einen jungen Menschen wie mich ein Privileg sei.

– Selbstverständlich habe ich Turel gekannt, sagte er, nachdem ich von den Korrekturen berichtet hatte, und mein Kollege Häsler hält große Stücke auf Turels politische Voraussagen. Ich rede jetzt nicht von den Visionen einer neuen Menschheitsepoche, das ist dichterisches Geflunker. Doch laut meinem Kollegen hat Turel schon Ende der Vierzigerjahre die Gründe genannt, weshalb der Kalte Krieg zu keinem heißen werden wird. Allem Anschein nach wird das tatsächlich nicht passieren, doch ebenso wenig wird geschehen, wovor Turel nicht müde wurde, zu warnen: Nämlich, dass in einer Art Umkehr der imperialistischen Bewegung Europa mit Flüchtlingen aus den ehemaligen Kolonialgebieten überschwemmt werde.

Ich wagte zaghaft den Einwand, für eine Beurteilung sei es vielleicht zu früh, wir erlebten erst jetzt, wie einzelne britische Kolonien, etwa Botswana und Lesotho, unabhängig würden, und auch der Krieg in Vietnam sei aus einem Kolonialkonflikt entstanden.

Die Heftigkeit mit der Herr Dr. Jaeckle reagierte, erinnerte mich an Vater:

– Ihr Jungen heute, sagte er mit erhobener Stimme, gefällt euch in den Posen einer Endzeitstimmung, redet von Krise und schimpft auf unsere Wirtschaftsordnung. Doch Krise war in den Dreißigerjahren, uns ist es noch nie so gut gegangen wie eben heute.

Er nahm mein Mäppchen zur Hand, blätterte und ließ seinen Ärger in einem Gemurmel auslaufen:

– Dichterwitwen sind eines der größten Übel, dafür gibt es genügend Beispiele.

Und während er von Hesses Nachlass als Ausnahme sprach, die Witwe habe ihre Korrekturen lediglich in Fußnoten angemerkt, klingelte das Telefon. Dr. Jaeckle ließ die Sekretärin rufen, deckte mit der Hand den Hörer ab und fragte, mit wem sie ihn verbunden habe und worum es gehe. Es sei jener junge Mann, der schon einmal angerufen habe und einen Aufsatz schicken wolle. Er nickte, nahm die Hand vom Hörer, sagte:

– Ja, ich bin orientiert.

Während er der Stimme im Hörer lauschte, nahm er aus der Schublade seines Pults einen Schreibblock, notierte sich ein paar Stichworte.

– Dann schicken Sie den Aufsatz!

Und nachdem er den Hörer aufgelegt hatte, riss er das Blatt vom Block, zerknüllte es und ließ die Papierkugel in den Papierkorb fallen.

Er werde sich mit den Professoren Staiger und Wehrli

besprechen, dann Pro Helvetia, vielleicht auch den Kanton um einen Kredit angehen. Das Beste sei, den gesamten Nachlass auf Mikrofilme aufzunehmen, damit sei das Material, unabhängig davon, was Frau Turel mit den Papieren anstelle, gesichert. Er gebe mir gelegentlich Bescheid.

Doch auch mein Anliegen fiel, bevor ich die Tür des Büros hinter mir geschlossen hatte, als eine zerknüllte Notiz in den Papierkorb. Der »gelegentliche Bescheid« traf nie ein.

4

Kleck, mein Kollege aus der Seminarzeit, stand an einem Nachmittag unerwartet vor der Tür meiner Mansarde an der Titlisstraße. Wir hatten uns seit der gemeinsamen Schulzeit und den Tagen im Café »Domeisen« kaum einmal gesehen. Wie ich auch, gehörte er zum Kreis um Max Voegeli, mit ihm zusammen hatte ich meinen Lehrmeister kennengelernt, doch unsere Freundschaft war zunehmend durch die Konkurrenz um Max Voegelis Aufmerksamkeit belastet worden: Kleck, wie sein Studentenname lautete, gab sich im Kaffeehaus schon bald als ein von Max Voegeli in die literarischen Geheimnisse Eingeweihter aus, der über ein Wissen verfüge, für das wir anderen nicht reif genug wären. Durch Andeutungen und ein angriffiges Besserwissen brachte er mich in eine Abhängigkeit, die einen Zug ins Unterwürfige hatte: Ich war Kleck nicht gewachsen und versuchte, entgegen meinen Gefühlen, seinen Vorstellungen von Dichtung und charakterlicher Bildung zu entsprechen. Nach der Matura hatte ich mich aus dem Kaffeehauskreis zurückgezogen, brach bewusst den Kontakt zu Kleck ab, hörte während des Jahrs als Lehrer in Rheinfelden und den Monaten bei Bürdeke nichts mehr von ihm. Doch nun stand er vor der

Tür zu meiner Mansarde, kleingewachsen, alert, mit dem schmalen, zum Kinn spitz zulaufenden Gesicht. Ich war überrascht, wusste nicht, wie er zu meiner Adresse gekommen war, doch spürte ich, wie im Moment, da Kleck meine Mansarde betrat, er meinen Studier- und Rückzugsort in Besitz nahm. Als veränderte sein forschender Blick die Atmosphäre: Meine Dachkammer kam mir leer, auch etwas schäbig vor, und die Märchen- und Gedankenwelten, die ich hier auf Papier zu bringen versuchte, waren fort- und weggeblasen. Klecks Blick durch eine randlose Brille glitt hinter der pendelnden Kompassnadel seiner stark vorspringenden Nase über meinen Arbeitstisch.

– Woran schreibst du, fragte er, und wer ist Turel, von dem du Bücher und Manuskripte sammelst?

Ich erzählte, wie ich auf Turel gestoßen sei und an verschiedenen Orten wegen einer sicheren Aufbewahrung des Nachlasses vorgesprochen hätte. Es sei ein umfangreiches Werk und bestünde schätzungsweise aus dreißigtausend Typoskriptseiten. Und noch während ich ihm Bücher und hektographierte Ausgaben zeigte, hörte ich das Staccato von Pippas Schritten auf dem Dachboden.

Sie war in den knöchellangen, schwarzen Wollmantel mit Pelzbesatz an Kragen und Saum gehüllt, und ihr Haar wehte in luftigen Wellen um ihr Gesicht, als sie eintrat. Sie blickte überrascht aus ihren großen, durch einen Lidstrich betonten Augen auf uns, die wir am Tisch über den Büchern standen. Sie hatte Rouge aufgelegt, lächelte, doch während ich die beiden bekannt machte, wurde der Glanz ihrer Augen dunkel, ihr Blick undurchdringlich, und mir entging nicht, wie souverän Pippa uns gegenüber wirkte, selbstsicher und klar.

Kleck gab sich charmant, packte sein intellektuelles Instrumentarium aus, spielte mit Zitaten und Wendungen, sagte, »wie Wittgenstein, den Sie selbstverständlich kennen, geschrieben hat«, zeigte seine Belesenheit, die in der Regel beeindruckte. Pippa hatte jedoch ein untrügliches Gespür für das, was ihr vorgespielt wurde, schließlich kam sie aus einer Theaterfamilie und war selbst Schauspielerin:

– Ach nein, antwortete sie ganz unbefangen, sie kenne den Verfasser des »Tractatus logico-philosophicus« nicht, sie sei aber interessiert zu hören, ob er auch eigene Gedanken habe.

Kurz wurde Klecks Blick »staubig«, ein Anzeichen, wie ich von der Seminarzeit her wusste, dass er sich angegriffen oder verletzt fühlte. Meistens folgte blitzschnell der Gegenangriff, doch er hielt sich zurück. Pippa war meine Freundin, und was ihm mehr bedeutete, sie war beim Theater. Die Inszenierung von Ionescos »Die Stühle« war so erfolgreich, dass die Vorstellungen verlängert worden waren, und Kleck wollte unbedingt eine der nächsten Aufführungen sehen. Ich solle ihn bei der Gelegenheit auch mit Frau von Ostfelden bekannt machen, und genauso bedrängte er mich, ihn Frau Turel vorzustellen. Er verschaffte sich sogleich Bücher von Turel, und bei einem der nächsten Besuche begleitete er mich zur Venedigstraße, drang auch da in die Wohnung ein, beobachtete die alte Frau, die an ihrem Arbeitstisch saß, ihr schmerzhaftes Lachen lachte und Gedichte und Aphorismen gedehnt, in der dunklen Stimmlage Turels las. Kleck hörte mit schief gehaltenem Kopf zu, ein spöttisch-ironisches Lächeln um seinen Mund, dessen Lippen das einzig Wohlgestaltete in seinem Gesicht waren.

– Sie ist eine widerliche, unerträgliche Person, sagte er nach dem Besuch, während wir zur Straßenbahn gingen. Man muss sofort etwas unternehmen. Am besten wäre, ihr den ganzen Nachlass wegzunehmen.

Es folgte eine Tirade über ihr Vorlesen, er imitierte sie und machte sich lustig, verhöhnte sie als eine »Tochter aus gutem Haus«, eine typisch großbürgerliche Hysterika, die sich in ihrem Unverstand am Geistigen vergreife. Doch während er schimpfte, verspürte ich einen aufkeimenden Trotz gegen Klecks Herabsetzungen von Frau Turel, die an ihrem Arbeitstisch saß, allein, doch überzeugt von der Bedeutung des Werks ihres Mannes. Sie hatte Turel finanziell unterstützt, einen Krüppel, Säufer und Egomanen, den zu ertragen allein schon eine Leistung war. Dass sie mit falsch verstandenen Mitteln seinen Büchern zum Durchbruch verhelfen wollte, fand ich nachvollziehbar, auch wenn ich alles daran setzen wollte, weitere Änderungen seiner Texte zu verhindern.

Pippa wunderte sich.

– Warum gibst du diesem Kleck die Möglichkeit, sich in deine Belange einzumischen? Warum wehrst du dich nicht, wimmelst ihn nicht ab?

Ich hatte ihr von dem Besuch bei Frau Turel erzählt, und Pippa sagte, sie habe Kleck schon beim ersten Besuch als unsicheren Kerl durchschaut, der sich auf ein paar Kniffe verlasse, mit denen er andere zu beeindrucken versuche. Er sei ein kleiner Faun mit Hang zur Mystik und dem Bedürfnis, sein Selbstwertgefühl durch das Herabsetzen anderer Leute zu heben.

– Dich herabsetzen, zum Beispiel.

Er sei für sie eine Molière'sche Figur, wie der eingebildete Kranke.

– Nur würde mich interessieren, warum du dich so leicht von ihm bestimmen lässt.

Ganz so leicht wie während der Seminarzeit ließe ich mich von Kleck nicht mehr beeindrucken, entgegnete ich. Durch meine Beschäftigung mit Turel besäße ich einen intellektuellen Rückhalt, durch den ich mich gegen seine spitzfindigen Argumente wehren könne.

Pippa hatte eine wunderbare Art, bei einem Gespräch ihre Skepsis auszudrücken: Sie schaute mich aus ihren dunklen Augen nur leicht schräg und von unten an. Doch der Glanz, der in dem eher sanften Blick aufblitzte, besagte, sie möchte gerne glauben, was ich bekräftigend vorbrachte. Nur: Ihr Zweifel blieb, und er war berechtigt.

Turel half mir nicht, wenn es um mein eigenes Schreiben ging, um die Märchen, die ich wieder und wieder überarbeitete, um die Erzählungen, die Bruchstücke blieben und kein Ende fanden, um die Gedichte, die misslangen. Doch es gab noch einen anderen, verdrängten Bereich, über den ich mit Pippa nicht reden konnte, schon weil ich mich selbst darin nicht zurechtfand. Einen Bereich, den Kleck mit seiner bisexuellen Anlage sehr wohl spüren musste: Ich kam mit meiner Sexualität nicht wirklich zurande.

Pippa hatte mir zwar versichert, die Geschichte mit dem Kollegen, bei dem sie die Nacht verbracht habe, sei nichts

Ernsthaftes gewesen, nur eben »etwas, das passiert«. Doch das tröstete mich nicht. Mir war es nie »passiert«, doch wusste ich seit einiger Zeit um eine Art »*loses Ende meiner Seele*«, wie ich in mein Arbeitsbuch notiert hatte. Dieses »Etwas« war ein Teil seelischer Energie, der sehnsüchtig und unerfüllt stets versuchte, sich an jemanden oder an etwas zu heften. Während der Zeit mit Veronique war dieses »lose Seelenende« fest an sie gebunden gewesen. Doch bei Pippa hatte sich nach einiger Zeit ein Seelenteil abgelöst, begann frei zu schweben, und während ich in meiner Mansarde darüber nachdachte, beunruhigt durch diesen aufschießenden Dämon, den ich gesehen hatte, begriff ich die eigene Sexualität als eine mich bedrohende Kraft, unfassbar und in ihrer Ausrichtung unklar, von ödipalen Motiven gelenkt, wie ich durch Freuds »Drei Abhandlungen zur Sexualtheorie« erfuhr. Bei Turel stieß ich auf den Namen Sàndor Ferenczi. Er hatte 1924 im »Internationalen Psychoanalytischen Verlag« seinen »Versuch einer Genitaltheorie« publiziert, die ich durch den Bibliotheksdienst suchen ließ. Von den Arbeiten und den mir völlig neuen Ansichten über triebhafte Zusammenhänge in der menschlichen und tierischen Sexualität war ich so eingenommen, dass ich sogleich begann, eine eigene Genitaltheorie zu schreiben. Ich imitierte Turels »essayistische« Form der Auseinandersetzung, die mir ein freies Spekulieren erlaubte, ohne mich um eine umfassende Kenntnis meines Stoffes bemühen zu müssen. In der wissenschaftlich eingefärbten Sprache ließ sich leichter über mir peinliche Einsichten reden: Ich blickte im Fortgang der mit Füllfedertinte in meine Hefte geschriebenen Seiten auf ein von Spaltungen bedrohtes Terrain. Darin gab es durch Risse abgetrennte Schollen, wie homoerotische Phantasien oder das drängende Bedürfnis nach sexuellen Erfahrungen mit anderen Frauen. Ich wünschte sehnlichst, dass auch mir »passiert«, was Pippa in jener Nacht geschehen war, und hoffte, dieses »lose Ende meiner Seele« würde sich endlich an jemanden heften. Doch es blieb ungebunden, und ich wusste nicht, wie ich mich in dieser zerklüfteten Landschaft geschlechtlicher Ambivalenzen bewegen sollte. Kleck hatte meine Unsicherheiten erspürt, bot als Wissender seine Führung an, belehrte mich, wie Literatur und Erotik zusammenhängen: Er warnte mich vor dem »Weibe« als die mir feindliche Kraft, während die männlichen Kontakte fördernd und anregend seien, zu »gelösteren Verhältnissen« führten.

5

Im Winter 1966 beherrschte der »Zürcher Literaturstreit« die Feuilletons, eine Diskussion, die durch Emil Staigers Preisrede im Schauspielhaus ausgelöst wurde. Der Professor hatte eine Literatur angemahnt, deren Autoren sich im Schiller'schen Sinne erst »heraufgebildet« haben sollten, um der Öffentlichkeit dann mit Werken geistiger Reife die Räume des Schönen und Guten zu erschließen. Er donnerte ex cathedra gegen eine moderne Literatur, die effekthascherisch im Schmutz wühle und sich in Gesellschaft von Dirnen und Dieben begebe. Die Provokation gelang, die Entrüstung war groß, Schriftsteller, Feuilletonisten meldeten sich zu Wort, Leserbriefe wurden geschrieben. Neben dem Vorwurf, der Professor habe sich mit seiner Rede in die Nähe von Begriffen wie »entartete Kunst« begeben, war vor allem die Empörung über die pauschale Verurteilung der zeitgenössischen Schriftsteller groß. Max Frisch hielt in einer ausführlichen Entgegnung dem »Freund« vor, nicht zu nennen, wen er meine, und fügte einer Liste von Namen die Bemerkung hinzu: »Ich habe Nachweise, dass Du mich kennst.« Max Frischs Entgegnung war raffiniert, nahm den von Staiger hochgestimmten Ton als Einleitung ironisch auf und verwendete in der Richtigstellung umgangssprachliche Wendungen, die Staiger beklagt hatte.

Ich verfolgte die Diskussion, doch distanziert und im Gefühl, sie habe mit dem, was mich beschäftige, nicht viel zu tun. Professor Staiger kannte ich nicht, seine Sprache war altertümlich und die eines Bürgers, der wusste, »was sich gehört«. Sein Ton war autoritär und erinnerte mich in seiner Unduldsamkeit an meinen Großvater. Auch Erwin Jaeckle hatte ihn bei meinem Besuch in der Redaktion »Die Tat« angeschlagen, als er über »ihr Jungen« hergezogen war, und in diesem Ton waren Fredi und ich während der Tagung der »Schweizerischen Gesellschaft für Urgeschichte« vom Direktor des Landesmuseums abgekanzelt worden: Unsere Forschungen seien dilettantisch und deshalb wertlos.

»Homo Faber« hatte ich dagegen bewundernd gelesen, und als ich an einem Nachmittag über den Heimplatz ging, kam mir Max Frisch vom Schauspielhaus her entgegen. Ich zögerte, fand es lächerlich und unangebracht und trat dennoch an Max Frisch heran. Aufgeregt und stotternd sagte ich, dass es mir jetzt erginge wie ihm damals, als er dem Dichter Albin Zollinger begegnet sei… war mit der Anekdote, die ich aus dem Nachruf Frischs auf Albin Zollinger kannte, auch schon am Ende meiner Ansprache, stand hilflos da, ohne zu wissen, was ich noch sagen könnte, während mich Max Frisch durch die Brille und über seine rauchende Pfeife hinweg ansah, nickte und sich freundlich verabschiedete.

In seiner Entgegnung auf Staigers Rede war wieder dieser für mich neue Klang wie bei »Homo Faber«, dessen sprachliche Schwingungen über die Enge des Korrekten und Anständigen hinausgingen, eine Atmosphäre um die Wörter erzeugten, die eher an Jeans und ein Hemd mit hochgekrempelten Ärmeln denken ließen als an Anzug mit Krawatte.

Kleck lud mich auf dem Höhepunkt der Affäre für ein paar Tage zu sich nach Hause ein. Bei Minzentee erklärte er mir in seinem Arbeitszimmer, er wolle in die Diskussion eingreifen. Er habe einen Artikel zu Frischs Entgegnung geschrieben, um von ihm, wie er ausführe, »Rechenschaft für die heruntergewirtschaftete Sprache einzufordern, die er uns einst hinterlassen werde«. Er habe den Artikel an »Die Tat« geschickt mit dem Vermerk, dass er sich ebenfalls um den Nachlass Turel kümmere, doch Jaeckle habe abgelehnt, und deshalb werde er eine Streitschrift publizieren, die Staiger und Frisch gleichermaßen demontiere.

Kleck war seit Kurzem zur Überzeugung gelangt, seine hauptsächliche Begabung liege in der Kritik als literarischer Disziplin. Er zeigte mir, wie er sich die Gestaltung seiner Streitschrift vorstellte, und da ich vor zwei, drei Jahren in einem Antiquariat ein paar Ausgaben der »Fackel« von Karl Kraus gekauft hatte, erkannte ich das Vorbild und den Anspruch, mit denen Kleck sich eine Stellung im Literaturstreit schaffen wollte: Eine aus Zitaten montierte Theaterszene sollte das Heft einleiten, die Einschübe von Zitaten würden wie bei der Fackel zweispaltig sein, und verschiedene Schriftgrößen setzten die Gewichtungen. »Frischauf gesteigert« war der Titel der Broschüre, und Kleck sezierte stilistisch in Kraus'scher Manier Frischs Sprache – und selbstverständlich auch die des Professors –, wobei im Hintergrund das schwere Geschütz von Karlheinz Deschners Polemik »Talente, Dichter, Dilettanten« aufgefahren stand, eine beispiellose Abrechnung mit der Generation jüngerer Autoren deutscher Literatur.

Kleck ließ die Streitschrift an seinem Wohnort auf eigene Kosten drucken, wir standen vor dem Schauspielhaus, ein Bündel der Heftchen unter dem Arm, und verteilten sie an die Theaterbesucher. An spielfreien Tagen half auch Pippa mit, obwohl sie von der Aktion nicht viel hielt. Sie tat es meinetwegen, und weil sie sich Kleck gegenüber verpflichtet fühlte. Er hatte ihre schauspielerische Leistung in »Die Stühle« von Ionesco in dem eher orangefarbenen als roten Heft als Beispiel erwähnt, wie hohe Kunst in Zürich unbeachtet bleibe, während sich die großen Namen in helvetisch-schlechtem Deutsch herumstritten.

Was immer Kleck sich von seinem Ausfall gegen Staiger und Frisch erwartet hatte, nichts geschah. Keiner schrieb eine Entgegnung, niemand nahm Stellung, seine Stilanalysen fielen in ein Schweigen. Einzig Frau von Ostfelden, die Leiterin des »Theaters an der Winkelwiese«, äußerte sich nach ein paar Wochen, meinte, sie verstehe gar nicht, was den jungen Mann umtreibe. Im Gegensatz zu ihm schreibe Frisch wenigstens verständlich. Und den Hinweis auf Pippas Schauspielkunst habe sie erst recht nicht begriffen.

Ich hatte Kleck bei der Herausgabe der Streitschrift unterstützt, verteidigte ihn auch gegenüber Pippa, die fand, in seinem Text sei wenig Kraus, dagegen viel von einem besserwisserischen und moralisierenden Ton, der ihr unerträglich sei. Statt sich zum Richter über andere aufzuwerfen, sollten wir uns um unser eigenes Schreiben kümmern. Es stehe uns nämlich frei, besser als jene zu werden, die wir kritisierten.

Nach dem Misserfolg der Streitschrift diente sich Kleck bei Frau Turel als Hilfskraft an, saß an den Nachmittagen für ein, zwei Stunden bei ihr, stritt sich mit ihr herum und erschwerte mir, mit der Nachlasssicherung weiterzukommen. Er las nun ebenfalls Salinger, McCullers, Katherine Anne Porter und den mich tief beeinflussenden Sherwood Anderson: Autoren, die ich für mich entdeckt hatte. Er besuchte zum wiederholten Mal die Vorstellung von Ionescos »Die Stühle« im »Theater an der Winkelwiese«, schrieb für Pippa ein Gedicht, das später in »Die Tat« veröffentlicht wurde, besang sie als »bäurische Madonna« und schloss mit den Zeilen: »und dein Bewegungswitz vom Leib des Gauklerknaben sparts Weib still aus: verschwenderisch und nie zu haben«. Mit dem »Haben« versuchte er es bei Pippa dennoch, wollte unbedingt mit ihr schlafen, während er mir zur Enthaltsamkeit und zur Lektüre von Weiningers »Geschlecht und Charakter« riet. Ich kaufte den Band antiquarisch, las andächtig, da der von mir verehrte Franz Kafka, wie ich nun erfuhr, es nicht nur gekannt, sondern auch gelobt hatte. Weiningers Thesen irritierten mich, fanden in meiner inneren Zerrissenheit einen Widerhall, auch wenn sie sich mit meinen eigenen »genital-theoretischen Überlegungen« nicht deckten. Einerseits versuchte ich mit Weiningers Unterscheidung von männlichen und weiblichen Anteilen, die in jedem Menschen wirksam seien, zu verstehen, wie viel an weiblichen Anteilen ich besäße. Andererseits hatte ich eine panische Furcht vor einer Schwangerschaft Pippas, versuchte zu ergründen, warum die Angst mich Monat für Monat umtrieb. Und ob in dieser beständigen Furcht nicht das Gefühl seinen Ursprung hatte, Pippa verlassen zu müssen, um ein Werk zu schaffen? Ein Gefühl, das sich zu einem Zwang auswuchs.

Pippa war nicht begeistert, als ich ihr an einem Abend, es war Mitte April, erklärte, ich wolle Zürich verlassen. Es sei keine Trennung von ihr, doch ich müsse mich zurückziehen, um wieder zu mir zu kommen. Klecks Gerede, sein Sich-Einmischen ertrüge ich nicht mehr. Ich hätte genug von Büchern, die Kleck an mich herangetragen habe, Werke wie Weiningers »Geschlecht und Charakter« und Karlheinz Deschners »Talente, Dichter, Dilettanten«. Deren Wörter und Sätze hatten nichts als Verwirrung in mir zurückgelassen: In meinem Schreiben sah ich als Folge dieser Lektüren nur Fehler, in meinem Charakter nur Schwächen.

Doch ich flüchtete auch vor Pippas »Nacht mit dem Kollegen«, dieser Dunkelkammer in meinem Kopf, die sich mit quälenden Bildern füllte. Ich wollte mich zwar auch weiterhin um die Sicherung von Turels Nachlass auf Mikrofilmen bemühen. Doch es war Zeit, mich mit eigenen Texten zu beschäftigen.

6

Ich fuhr nach Lenzburg zu meinen Eltern und quartierte mich im Gästezimmer ein. Seit dem Streit mit Vater wegen meiner Pläne, Schriftsteller zu werden, hatte sich – nach einer Zeit, da jeglicher Kontakt abgebrochen gewesen war – ein Schweigen um uns gelegt. Während der wenigen Besuche sprachen wir weder von seiner noch von meiner Zukunft, doch nun erfuhr ich von Mutter, dass sich Vater »vor eine berufliche Wahl« gestellt sehe, die er nicht entscheiden könne und die ihn zutiefst verunsichere. Ich entschloss mich, Vater zu raten und ihm damit zu zeigen, dass die Beschäftigung mit Literatur durchaus praktische Seiten hatte: Ich würde für ihn »Das Buch der Wandlungen« befragen. Mutter erklärte mir in der Küche, worum es bei Vaters Entscheidung gehe. Er hatte sich nach der letzten Krise durchgerungen, als freier Mitarbeiter Baumaschinen auf eigene Rechnung zu verkaufen. Nun wollte ihn die Firma in ein Anstellungsverhältnis übernehmen, da ein festes Gehalt kostengünstiger war als die vereinbarten Provisionen. Als Gegenleistung wurde Vater eine ermäßigte Einlage in die Pensionskasse angeboten. Noch während er überlegte und rechnete, traf ein zweites Angebot aus der Romandie ein. In dem Schreiben wurde vorgeschlagen, Vater solle eine Zweigstelle der Firma in der Deutschschweiz aufbauen. Vater saß in seinem Lederfauteuil vor der Panoramascheibe, durch die der Blick auf die Felder und den Weiler des Wildisteins mit seinen Bauernhäusern ging und fand sich im Zustand von Buridans Esel, der sich zwischen zwei Heuhaufen nicht entscheiden kann.

Zur Kunst des I Ging gehört, die richtige Frage zu finden, und nachdem ich mich nach Abwägen und Formulierungsversuchen für die mir richtig erscheinende entschieden hatte, setzte ich mich im Gästezimmer hin, zählte die Bambusstäbchen aus, verbrachte Stunden mit der Interpretation der gezogenen Zeichen. Als ich Vater von dem chinesischen Orakelbuch erzählte, sah er geradeaus zum Bücherregal und dem darin eingebauten aschfarbenen Bildschirm des Fernsehers, saß starr da, während ich erklärte, welche Zeichen die beiden Möglichkeiten ergeben hätten. Da endlich löste sich sein Blick, sah er zögernd und schräg zu mir hin, der ich auf dem Sofa unter dem Bergbild saß, das er in seiner Jugend in Sils Maria gekauft hatte. Ich erläuterte die inneren Beziehungen, auch wie seine Stellung im Firmengefüge in beiden Fällen zu beurteilen sei und was sich daraus an Verhaltensregeln für ihn ergäbe. Vater begann zu fragen, dann auch zu argumentieren. Eine feste Anstellung sei doch sicherer, und er müsse an sein Alter denken, man gewähre ihm einen günstigen Einkauf in die Pensionskasse. Das sei vor allem ein Vorteil für die Firma, was aber sei sein Vorteil? Und ich riet ihm zum Aufbau der Zweigstelle. Das Zeichen sei günstiger, vor allem in einem Aspekt, nämlich in der Beziehung zur vorgesetzten Stelle in der Romandie. Zudem befinde er sich beim Aufbau der Zweigstelle in der Position des Vorgesetzten und nicht wie im anderen Fall in der eines Angestellten, der Weisungen empfange, die er stillschweigend auszuführen habe. Vater, das wusste ich aus Erfahrung, konnte sich nur schwer unterordnen, rebellierte, und der großväterliche Ton, den er anschlug, wenn ihm etwas nicht passte, schuf ihm Gegner und Feinde.

Mutter stand im Türrahmen, hörte zu, verschwand zwischendurch in der Küche, kehrte zurück, um, gestützt auf eine Stuhllehne am Tisch ihrer Vorfahren aus »Cöln«, zu fragen, warum nicht alles so bleiben könne, wie es gewesen sei? Vater habe doch gut verdient, sei unabhängig gewesen, auch zufrieden, weshalb man denn etwas ändern müsse? Wenn die bisherige Firma diese freie Mitarbeit nicht mehr wolle, so gäbe es doch andere Firmen, die froh um einen so erfolgreichen Mitarbeiter wären.

Am folgenden Tag entschied sich Vater für die Zweigfirma. Das Schweigen zwischen uns verdichtete sich erneut, doch wir begegneten uns freundlicher, und Vater war beruhigt durch meine Ankündigung, ich würde im Frühjahr eine Stellvertretung als Lehrer in Uerkheim annehmen.

Während ich orakelte und Vater Ratschläge gab, war ich selbst mit Turel und der Sicherung des Nachlasses an einen Punkt geraten, an dem ich nicht weiterwusste. Bei wem immer ich vorgesprochen hatte, bei Franz Beidler vom »Schweizerischen Schriftstellerverein« oder Erwin Jaeckle vom Feuilleton der Zeitung »Die Tat«, ich war vertröstet und an jemand anderen verwiesen worden, man hatte mir einen Bericht versprochen, der nie eintraf, und Kleck hatte zusätzlich für Streit mit Frau Turel gesorgt.

An einem Abend traf ich mich im Kaffeehaus mit Max Voegeli, und obwohl es um stilistische Fragen bei einer meiner Kurzgeschichten ging, erwähnte ich Turel, und dass ich mit der Sicherung des Nachlasses mittels Mikrofilmen nicht weiterkomme.

– Merken Sie sich einen Grundsatz, wenn Sie sich in die Welt hinausbegeben, sagte er. Bei einem wirklichen Anliegen sind Sie nicht nur befugt, sondern verpflichtet, diejenige Instanz anzusprechen, die weiterhelfen kann. Wenden Sie sich jedoch stets an die Person in höchster Stellung, denn diese allein kann entscheiden.

Max Voegeli war mein Orakel, und so tat ich, was er empfahl: Ich schrieb an Herrn Bundesrat Hans-Peter Tschudi, Vorsteher des Departements des Innern, legte ihm meine Bedenken wegen der unsachgemäßen Bearbeitung des Nachlasses dar und erhielt eine Woche später eine Einladung nach Bern zur Besprechung.

Ich fuhr in meiner besten Kleidung nach Bern, trug zu einer grauen Hose einen Rollkragenpullover, dazu ein Jackett aus der Zeit als Lehrer in Rheinfelden. Ich besaß keinen Anzug, und die nicht ganz passende Ausstattung verstärkte meine Selbstzweifel. Wie sollte ich auftreten? Das politische Parkett war mir fremd, ich lebte auf Dachböden, und die Ebene, in der ich mich bewegte, waren Seiten mit Wörtern. Je länger die Zugfahrt dauerte, je näher ich meinem Ziel, der Bundeshauptstadt, kam, desto heftiger stritten in mir gegensätzliche Gefühle. Wäre es nicht richtiger gewesen, zurückgezogen in meiner Mansardenwelt zu bleiben, anstatt mit feuchten Händen, die ich am Taschentuch trocken rieb, mir ein weiteres Mal das höfliche Desinteresse an der Sicherung von Turels Nachlass anzuhören?

Wieder zu Hause unterm Dach, notierte ich in mein Tagebuch:

Ich sprach mit Herrn Fürsprech Scheurer und Herrn Doktor Schädler. Sie empfingen mich in einem hellen Büro, zuvorkommend und freundlich, in einer Atmosphäre des Respekts. Von Geringschätzung (wegen meines Alters) oder von Überlegenheitsgesten konnte keine Rede sein. Das sind keine Beamte im landläufigen Sinn, sie sind sich ihrer Stellung bewusst und haben es nicht nötig, etwas vorzugeben, was nicht ist. Erstaunt hat mich ihr Wissen über Turel, bei gleichzeitigem Eingeständnis, in literarischen Fragen nicht kompetent zu sein. Doch wiesen sie mich auf verschiedene Problemkreise hin, die mit einer Nachlasssicherung verbunden seien. Es existiere nämlich eine »Stiftung Adrien Turel« als eigentliche Inhaberin des Nachlasses, mit dem Zweck der Betreuung der Werke. Es gelte abzuklären, wer die Aufsicht führe und für die korrekte Bewahrung zuständig sei. Vermutlich werde dies die Stadt Zürich sein.

Der Besuch in Bern gab mir das Gefühl, nun von höchster Stelle autorisiert zu sein, mich um den Nachlass Turel zu kümmern. Folglich stand es mir zu, während der Pause im »Theater an der Winkelwiese« Herrn Stadtpräsident Dr. Widmer anzusprechen. Ich erzählte, dass ich an Herrn

Bundesrat Tschudi geschrieben und kürzlich mit Juristen des Departementes gesprochen hätte. Die Erwähnung von »Bern« wirkte wie ein Zauberwort. Herr Stadtpräsident Dr. Widmer hörte mir aufmerksam zu, als ich die Stiftung Turel erwähnte und von der möglichen Aufsichtspflicht der Stadt sprach, die offensichtlich nicht wahrgenommen wurde. Zwei Tage später kam Pippa aus dem Theater nach Hause mit einem Zettel, Herr Stadtpräsident Widmer habe im Theater angerufen und nach meiner Adresse gefragt.

»Letzten Freitag war ich auf zehn Uhr ins Stadthaus bestellt.«
Trotz des regnerischen Wetters ging ich zu Fuß, um mich durch das Gehen etwas zu beruhigen. Von Rückzug und Zweifeln, sich mit den städtischen Behörden in eine Auseinandersetzung um die Sicherung von Turels Nachlass zu begeben, konnte seit meinem Besuch in Bern keine Rede mehr sein. Doch nun müsste ich auch erreichen, was ich mir zum Ziel gesetzt hatte. Ich redete mir Mut zu, trat entschlossen an den Empfangstresen im Stadthaus, nannte meine Verabredung und wurde zum Vorzimmer des Stadtpräsidenten gewiesen. Die Sekretärin begrüßte mich mit »Herr Hauri«. Nach Verwirrung und Rückfragen teilte sie mir mit, dass der Stadtpräsident zu einer dringenden Besprechung gerufen worden sei, doch werde mich der Stadtweibel zum Ort der Sitzung fahren:
– Der Herr Stadtpräsident wird einige Minuten für Sie erübrigen können.
In einem weißen Plymouth wurde ich durch die Stadt chauffiert, saß im Fond des Wagens, eine Mappe unter

dem Arm, sah in den trüben Morgen hinaus, durch den die Leute unter Schirme geduckt ihren Verpflichtungen nachgingen. Ich jedoch fühlte mich in der Limousine von diesem Alltag eilender Menschen abgetrennt, glitt geräuschlos in einer Spur, die mich in ein Labyrinth brachte, das nicht aus Häusern und Straßen bestand, sondern aus einem Geflecht schwer einsehbarer Beziehungen. Der Wagen fuhr eine Vorfahrt hoch, hielt vor dem Eingang eines Amtsgebäudes. Der Weibel öffnete den Wagenschlag und begleitete mich durch leere, hallende Gänge in einen Kanzleiraum. Ich wartete, eingeklemmt zwischen dem Schaltertresen und einem Tischchen, in einem nüchternen, kahlen Büro, hörte dem Klappern einer Schreibmaschine zu und überlegte, ob Turels Tippen seiner Gedichte und Theorien anders geklungen hatte als das Festhalten von Entscheidungen und rechtlich abgestützten Sachverhalten. Als die Tür aufgezogen wurde, verstummte das Klappern. Im Rahmen stand im ledernen Offiziersmantel der Stadtpräsident, groß gewachsen, mit dunkel gerahmter Brille, über der sich die Stirn weit nach hinten in das spärliche Haar zog, das er in dunklen Strähnen nach rechts gescheitelt trug. Sein breiter Mund hob sich gegen die Mundwinkel hin an, was den Ausdruck eines nicht wegzuwischenden Lächelns gab, den Augen hinter den Gläsern einen naiv-fröhlichen Blick verlieh, der ihn freundlich und sympathisch erscheinen ließ.

Während der Fahrt zurück ins Stadthaus fasste ich mein Anliegen zusammen, erklärte, weshalb Mikrofilmaufnahmen geeignet seien, den Nachlass zu sichern, ohne Frau Turel die Papiere wegzunehmen.

– Sie haben an Herrn Tschudi geschrieben.
– Ja, und ich war in Bern.
Dann müsse man sich der Sache wohl annehmen.
– Turel hat einen sehr kleinen Leserkreis, sagte er, zurückgelehnt im Fond des Wagens, aber einen sehr exklusiven. Ich halte ihn für einen der bedeutendsten Schriftsteller, doch leider habe ich ihn nur flüchtig gekannt.

Er fragte nicht, wer ich sei und was ich tue, die Fragen überließ er seinem Sekretär, Herrn Dr. Rogner, der mich ein paar Tage später anrief und zu einer Besprechung einlud: Ein junger, agiler Mann, gewohnt an einen konzilianten Umgang, der angenehm von der etwas schwerfälligen Art seines Chefs abstach. Herr Dr. Rogner versprach, sich um die Finanzierung der Mikroverfilmung zu kümmern, damit die Aufnahmen möglichst rasch gemacht werden könnten.

7

Mit zwei Koffern zog ich nach Uerkheim in ein Haus, das außerhalb des Dorfes am Fuß eines Hügels lag. Von dem möblierten Zimmer, das ich gemietet hatte, sah ich auf einen Baumgarten und über die Kronen der Apfelbäume hinweg auf das Dorf entlang des Bachs. Der Eckraum war zwar hell und geräumig, jedoch kalt, da während der Frühjahrstage an Heizung gespart wurde. Ich hatte mich für eine dritte Primarklasse beworben, doch der Rektor bat mich inständig, die sechste bis achte Klasse der Gesamtschule in Hinterwil zu übernehmen. Sie fänden keine Lehrperson, und er müsse mir gestehen, dass dies einen Grund habe. Die Klasse sei schwierig, der bisherige Lehrer habe Mühe mit der Disziplin gehabt, und er wolle mir nicht verhehlen, dass es zu hässlichen Szenen gekommen sei. Mein Vorgänger, den ich vom Seminar her kannte, riet mir, von Anfang an mit harter Hand durchzugreifen: Es sei ein wüster Haufen, den man allein durch Strafen und Schläge bezwingen könne.

Das Schulhaus Hinterwil lag zwischen Uerkheim und Zofingen auf der Wasserscheide, ein altes Gebäude neben einem Feuerteich, umgeben von Wiesen und Wald. Es gab zwei Schulzimmer und einen Pausenplatz. Im unteren

Zimmer wurden die Erst- bis Drittklässler unterrichtet, im oberen Zimmer meine Oberstufenschüler. In der Woche vor Quartalsbeginn, in der ich in Uerkheim eingezogen war, versuchte ich mich mit dem Schulhaus und seiner Umgebung vertraut zu machen. Ich setzte mich ans Pult vor die leeren Schulbänke, öffnete den Schrank, in den die Schüler meinen Vorgänger eingesperrt hatten, ging die Namensliste durch, auf der jene Schüler vom Rektor angekreuzt worden waren, die als Unruhestifter besondere Aufmerksamkeit erforderten.

Je näher der Tag des Schulbeginns rückte, desto unwohler fühlte ich mich. Weshalb nur hatte ich mich einverstanden erklärt, eine so schwierige Klasse zu übernehmen. Ich hatte kaum Unterrichtserfahrungen und war in Rheinfelden mit meiner Art der Schulführung gescheitert. Wie sollte ich den vierzig Schülern gewachsen sein, die es vermutlich darauf anlegten, mich genauso zur Verzweiflung zu bringen wie meinen Vorgänger?

An einem späten Nachmittag, als das Licht schon im Schwinden war, ließ ein Gedanke mich die Bücher und das Vorbereitungsheft zur Seite schieben. Bis jetzt hatte ich in meinem Leben stets versucht, mich vor Autoritäten zu schützen, ihnen auszuweichen, wo und wann sie sich zeigten. Mein Leitspruch seit meiner Jugendzeit war, ich müsse schlauer als mein Gegenüber sein und dürfe mich nicht wie Vater von Leuten mit Einfluss und Macht übertölpeln lassen. Hier in Uerkheim jedoch, in dem kleinen Schulhaus am Feuerteich, wäre ich selbst die Autorität, die bestimmte, was getan werden sollte, und meine Aufgabe bestünde, entgegen meinem gewohnten Vorgehen, darin, lauter Schlauköpfe im Zaum zu halten, die gerissener sein wollten als ich.

Am ersten Unterrichtstag hatte sich die gesamte Schulpflege eingefunden, um mich zu unterstützen. Die Damen und Herren standen seitlich vor den Fenstern, hatten strenge Mienen aufgesetzt, und ich stand neben dem Pult, blickte durch die Reihen, sah den einen leeren Platz, den man mir bereits vorausgesagt hatte. Er gehörte dem Rotschopf, den der Rektor als den »Schlimmsten« bezeichnet hatte, er werde bestimmt zu spät kommen, und ich müsse dann sofort und von Anfang an »durchgreifen«. Als es nach einer halben Stunde klopfte, bemerkte ich zwei verschiedenartige Blicke, die auf mich gerichtet waren. Die Blicke der Damen und Herren der Schulpflege, die mir zu verstehen gaben, es sei jetzt der Moment gekommen, den sie mir vorausgesagt hätten, der Rotschopf stehe vor der Tür, den es zu maßregeln gelte; und die Blicke der Schüler, schadenfroh leuchtend, die ebenfalls auf diesen Moment eines ersten Spektakels gewartet hatten. Ich schritt durch die Bankreihen zur Tür, ohne zu wissen, wie ich reagieren sollte, ein beobachteter Gang durch eine angespannte Stille. Ich drückte die Klinke, zog die Tür auf. Im Dunkel des Flurs stand der Junge, ein schiefes Grinsen im Gesicht. Er habe nicht gewusst, dass die Schule bereits um acht Uhr beginne, und ich sah, wie viel Mut er zu der Lüge brauchte. Er war sie seinem Ruf schuldig, doch wie er dastand, eine schmächtige Gestalt, von den Fenstern des Schulzimmers her schwach erhellt, drückte weniger Widerspenstigkeit als Hilflosigkeit aus. Das eine Bein war vorgestellt, der Oberkörper zurückgebogen, als wolle er ausweichen, und steif und gerade hielt er die Arme seitlich gestreckt. So stand keiner da, der seiner selbst sicher war, keiner, der einen Kampf gewinnen konnte.

– Ich weiß, du bist Niggi, sagte ich, und streckte ihm die Hand hin, ich bin dein neuer Lehrer. Komm rein und setz dich.

Ich begleitete ihn an seinen Platz, fuhr mit dem Unterricht fort, und die Blicke hatten sich verändert. Die Damen und Herren der Schulpflege schauten mich überrascht und irritiert an, die Blicke der Schüler aber waren wie erloschen, der aufleuchtende Glanz beim Klopfen an der Tür war verschwunden, und eine stumpfe Müdigkeit war in die Augenpaare gekommen.

Da es kalt in meinem Eckzimmer war, ging ich abends früh zu Bett, ließ ein paar Kerzen brennen, damit es etwas wärmer wurde. Am Morgen stand ich um vier oder halb fünf Uhr auf, um mich vor Unterrichtsbeginn mit meinen Manuskripten zu beschäftigen. Ich überarbeitete noch immer die Märchen, obwohl keine Aussicht auf eine Veröffentlichung bestand, hatte aber auch mit Entwürfen zu Kurzgeschichten begonnen. Es war eine mich faszinierende Entdeckung, in Erzählbänden der Iren und Amerikaner eine Form erzählerischer Prosa zu finden, die simples Alltagsleben aufnahm, jedoch auf einem Hintergrund, aus dem ein Licht leuchtete, das den Figuren und Situationen große Einzigartigkeit verlieh. Ich selbst wurde bei der Lektüre von diesem Licht angeleuchtet, und es machte die Alltäglichkeit des beschriebenen Lebens zu etwas Wunderbarem, wie es die Märchen sind. Durch Sherwood Anderson und dessen Erzählkosmos »Winesburg, Ohio«, durch Autoren wie Kathrine Anne Porter, Carson Mc-Cullers, Ring Lardner, V.S. Pritchett, und die Iren Frank O'Connor, Sean O'Faolain oder Liam O'Flaherty wurden mir die Menschen, die Verhältnisse, in denen sie sich bewegten, ihre Absichten und Wünsche, zu einer Sheherezade, die auch im dörflichen Alltag von Uerkheim zu entdecken war. Aus diesen um mich herum spielenden Geschichten einzelne Episoden herauszulösen und sie in eine sprachliche Form zu bringen, beschäftigte mich in den frühen Morgenstunden. Mit dem Tauchsieder machte ich Wasser heiß für eine Tasse Pulverkaffee, saß am Tisch beim Fenster bis die Dämmerung in die Baumkronen zog und aus den Nebelschleiern die Giebel der Häuser heraufttauchten. Ich schrieb mit der Füllfeder, einem Geschenk von Pippa, deren Gold die Stille nur ritzte. Der Gedanke, meine Wirtin oder der Kollege im Nebenzimmer könnten das Klappern meiner Schreibmaschine hören, wüssten, wann der Schreibvorgang stockte oder in Fluss geriet, war mir unerträglich. Niemand sollte auch nur durch Hören der Tippgeräusche an der Intimität meines Schreibens teilhaben. Meine Aufmerksamkeit würde dadurch aufgespalten, ein Teil hielte sich außerhalb der eingespannten Seite auf und hinderte mich, in Sätze hinein- und wegzugleiten. Ohne dieses Einsinken jedoch entstünde nicht dieses wundersame Licht, das ich bei den großen Dichtern in ihren Texten leuchten sah, und das auch in meinen Blättern zu schimmern beginnen sollte, wenn leise kratzend die Feder über das Papier zog.

Das Erlebnis mit dem Rotschopf bewog mich, die Tür des Schulzimmers bis zum Unterrichtsbeginn geschlossen zu halten, sie erst mit dem Glockenzeichen zu öffnen und jeden einzelnen Schüler mit Handschlag zu begrüßen. Ich merkte, wie entscheidend für die folgenden Stunden dieser Moment war: Die Art und Weise, wie ich den Mädchen und Jungen entgegentrat, nahmen sie unbewusst, doch mit feinen Antennen wahr. Hatte ich schlecht geschlafen oder war mit meiner frühmorgendlichen Arbeit nicht zufrieden, spürten sie dies sofort, suchten nach Lücken oder Sprüngen in meinem Auftreten, um einzudringen und die Autoritätsperson, die in Jackett und gebügelter Hose vor ihnen stand, aufzusprengen. Ich begann die Wirkung meiner Haltung und die Verwendung »symbolischer Gesten« zu untersuchen. So setzte ich mich sehr gerade ans Pult, hielt den Zeigestab der Wandtafel senkrecht auf die Pultplatte gesetzt, dass er zu einem Herrscherstab, zum Zeichen von Autorität und Würde wurde. Was, wenn ich ihn ablegte? Veränderte sich das Schülerbild vor mir? Und was würde geschehen, wenn ich die Haltung aufgäbe, die Schultern nach vorne fallen ließe, mich nachlässig im Stuhl zurücklehnte?

An einem Morgen bemerkte ich, dass einer der »Schwierigen«, der in der Bank vor meinem Pult saß, schwere Augenlider hatte. Sein Kopf fiel ihm ruckartig vornüber. Mein Vorgänger hatte mich gewarnt. Er habe einen steten Kampf mit dem Burschen geführt, da er teilnahmslos gewesen sei, kaum einmal seine Hausaufgaben gemacht habe, ein widerspenstiger Kerl, der als Verweigerer sich ein Ansehen in der Klasse geschaffen habe. Sein Gesicht war flächig und schief, wie versehentlich mit schräg gehaltenem Prägstock geschlagen. Das dünne, blonde Haar war in fettigen Strähnen nach rechts gescheitelt, er sah blinzelnd und mit verschwimmendem Blick aus seinen großen Augen zu mir hoch. Ich fragte ihn, ob er müde sei. Ein kleines Lachen flammte in der Klasse auf, und auch René zwang sich ein Lächeln ab, sagte »Ja«, worauf das Lachen sich verstärkte. Doch im Klang seiner Antwort schwang mehr Scham als Auflehnung mit, und ich sagte:

– Dann leg den Kopf auf die Bank und schlaf!

Er sah sich kurz nach seinen Kameraden um, ein hilfloses Lächeln um den Mund, dann legte er den Kopf auf die Pultplatte. Kein Lachen, nur gespannte Stille, und ich fuhr mit der Lektion fort. Ob er tatsächlich einen Moment schlief, weiß ich nicht, doch fragte ich nach der Stunde, weshalb er denn so müde sei. Er müsse zu Hause »helfen«, bis abends um zehn und morgens um halb fünf im Stall, sie hätten keinen Knecht mehr.

– Wenn du zu müde bist, brauchst du keine Hausaufgaben mehr zu machen, sagte ich, und wenn dich im Unterricht der Schlaf überwältigt, leg den Kopf aufs Pult wie heute.

Bei der Kontrolle der Hausaufgaben hatte er von dem Tag an stets einen Teil geschrieben, manchmal nur zwei, drei Sätze oder eine Rechnung. Er zeigte sie mir mit einer seltsamen Schulterbewegung, kein wirkliches Zucken, doch die Bedeutung war klar und hieß: Mehr habe ich nicht geschafft.

Dieser schiefgesichtige Junge stieß in mir eine Tür auf, die für meine frühmorgendliche Arbeit wichtig wurde:

Schreib nicht an die Figuren heran, sondern aus ihnen heraus. Dank René, der mich das Einfühlen in die Lebensverhältnisse meiner Schüler gelehrt hatte, gelangte ich in einen Irrgarten, der hinter den Gesichtern der Mädchen und Jungen lag. In ihm stieß ich auf Lieblosigkeit, Zurücksetzung, Demütigung und Missbrauch. Was ich erspürte, bestätigten mir die Hausbesuche, die ich machte. Da saßen Jugendliche mir gegenüber, denen man gesagt hatte, dass sie nichts taugten, es zu nichts bringen und im Dorf nie etwas gelten würden. Mir wurde klar, dass sie abgeschrieben waren und dies auch wussten, es gebe deshalb von Seiten der Eltern lediglich den Anspruch, die Rasselbande ruhigzuhalten. Lernen brauchten die nichts, und nachdem ich das begriffen hatte, fühlte ich mich nicht mehr an den Lehrplan gebunden. Ich behandelte mit ihnen den Sechstagekrieg, der eben ausgebrochen war, erklärte ihnen die geschichtlichen Wurzeln des Konflikts, redete mit ihnen über Sexualität – eine besonders düstere Kammer im Irrgarten einiger Mädchen –, und als mir der Rotschopf sagte, die Dorfschüler würden sie auslachen, weil sie kein Französisch lernen dürften, setzte ich eine wöchentliche Stunde ein, lehrte sie ein paar Floskeln und Lieder, mit denen sie ihre Spötter zum Schweigen bringen konnten. Spätestens da merkte ich, dass aus meinen Untersuchungen zur »Autorität« mit Haltung und symbolischen Gesten ein Komplizentum mit Außenseitern geworden war. Dies wurde mir schlagartig bewusst, als ich an einem Morgen eine schriftliche Prüfung durchführte, Blätter mit den Aufgaben verteilt hatte und während der Stunde bemerkte, dass meine Schüler wacker schummelten und die

Antworten von kleinen, vorbereiteten Zettelchen ablasen. Ich brach die Prüfung ab, sagte, so gehe das nicht, und wir würden jetzt eine Stunde halten, in der wir lernten, so zu »spicken«, dass ich als Lehrer es nicht bemerken könne. Das langsame Aufklappen des Etuis beispielsweise sei die schlechteste Variante, die einfachste und beste hätten die Mädchen. Sie müssten den Zettel unter den Rocksaum heften, den dürfe ich nämlich nie anheben. Und als ein reges Phantasieren über möglichst getarnte Arten des Schummelns begann, lachte ich über mich selbst: Ich war mit meinem schulischen Exkurs zur Autorität nur wieder bei mir selbst angelangt, nämlich bei meinem alten Vorsatz, schlauer als alle »Autorität« zu sein.

8

An einem Abend – ich besuchte Pippa in Zürich – brachte sie aus dem Theater eine Ausgabe des »Tages-Anzeigers« mit. Der Stadtpräsident habe eine Pressekonferenz abgehalten, und Frau von Ostfelden habe sie darauf hingewiesen, dass er auch über die Aufbewahrung des Nachlasses von Turel gesprochen habe. Im Schein der Zimmerlampe las ich unter dem Titel »So fördert die Stadt das kulturelle Leben«:

»*Stadtpräsident Widmer teilte nun mit, dass man fürs Erste die zahlreichen unveröffentlichten Blätter in dem Safe des Muraltengutes aufgehoben habe. Sie photokopieren zu lassen war finanziell nicht möglich, nachdem eine Bundesstelle dafür einen Betrag verweigerte. In der Person von Dr. Levin Goldschmidt wäre ein Fachmann vorhanden, der sich in Turels Werke vertieft hat und in der Lage wäre, eine geeignete Auswahl zur Publikation vorzubereiten. Dafür wird man nun aber zuerst die nötigen Mittel zusammensuchen müssen.*«

Während ich mich in Hinterwil mit dem Problem der Autorität auseinandersetzte, hatte diese in Gestalt der städtischen Behörde gehandelt, und obwohl ich an den freien

Nachmittagen nach Zürich gefahren war, an Sitzungen teilgenommen und Erwin Jaeckle und den »Schriftstellerverein« informiert hatte, war ich in der Entscheidung, was mit dem Nachlass künftig geschehen würde, übergangen worden. Ich müsse in den Stiftungsrat eintreten, drängte Frau Turel, die Stadt wolle ein Nationalfondsprojekt unterstützen, das mir erlauben werde, über Turel zu arbeiten. Ich lehnte ab, sah in den Angeboten einzig die Absicht, die Sicherung des Nachlasses zu unterlassen, von dessen Mikroverfilmung keine Rede mehr war. Pippa, bei der ich am Abend in unserer Mansarde jammerte und klagte, fand, sie verstehe nicht, weshalb ich mich wegen der Korrekturen einer alten Frau so sehr in diese Mikroverfilmung verbeiße.

– Weshalb schmeißt du den Bettel nicht hin und wendest dich wieder der eigenen Arbeit zu?

Pippa hatte leicht reden. Sie spielte am »Theater an der Winkelwiese« ein Quodlibet aus Nestroy-Texten, Stücke voller Poesie, Spott und Sprachwitz. Sie stand auf der Bühne, im Scheinwerferlicht, war Teil der »schlechthin hervorragenden Aufführung«, wie Werner Wollenberger, der damals gefürchtete Kritiker, schrieb. Sie hatte den Durchbruch geschafft, war durch ihre eigene künstlerische Arbeit in der gesellschaftlichen Gegenwart angekommen, hatte Anerkennung gefunden. Ich jedoch war weit davon entfernt, etwas Ähnliches erreicht zu haben. Mein Band Märchen war abgelehnt worden, etwas Neues hatte ich nicht vorzuweisen, und wenn ich jetzt mit Turel, der Sicherung seines Nachlasses, auch noch scheitern würde, bedeutete das für mich ein endgültiges Urteil: Mit nichts, nicht einmal mit dem Werk eines anderen, geschweige denn mit meinen eigenen schriftstellerischen Versuchen, würde ich es je schaffen, mich durchzusetzen.

Ich müsste mich zurückkämpfen, wieder Einfluss auf Ziel und Zweck der Sicherung von Turels Nachlass gewinnen. Das Präsidialamt hatte nicht nur den Ort und die Art der Aufbewahrung eigenmächtig geändert, sondern auch die Federführung jemand mir Unbekanntem übergeben. Ich hatte mich zu sehr mit eigenen Problemen beschäftigt und geglaubt, meine Aufgabe sei, durch Herrn Dr. Rogners Zusage, für die Finanzierung der Verfilmung zu sorgen, erledigt.

Wie ginge ich vor? Ich notierte die bisherigen Schritte, suchte nach den Fehlern, die mir unterlaufen waren. Zwei wichtige Veränderungen hatte ich zu wenig beachtet. Mit der »Stiftung Turel« war ein neuer Verhandlungspartner aufgetaucht. Zwar hatte sich gezeigt, dass der Stiftungsrat unvollständig besetzt war und nur noch aus drei statt fünf Mitgliedern bestand, von denen einzig Frau Turel und der Philosoph Dr. Hermann Levin Goldschmidt sich um Turels Werke kümmerten. Die andere, wichtigere Änderung betraf Dr. Rogner, den Kulturbeauftragten. Er war zum Schweizer Fernsehen gewechselt, und mein Ansprechpartner bei der Stadt wurde Dionys Gurny. Dieser ältere, scharfgesichtige Mann, dessen Sprache keine Konzilianz kannte, hatte wenig Verständnis für mein Anliegen. Die Mikroverfilmung sei »ein teurer Unfug«, teilte er mir bei einem ersten Gespräch mit. Turel sei zudem ein Autor mit gefährlichen, aufrührerischen Gedanken, der seiner Meinung nach den Marxismus nicht entschieden genug abgelehnt habe.

Allmählich lernte ich begreifen, dass nicht das Geld der Grund war, den Nachlass ins Muraltengut zu bringen. Für die angekündigten Publikationen hatte man laut dem Zeitungsbericht ebenso wenige Mittel zur Verfügung wie für die Mikroverfilmung. Es waren die »gefährlichen und aufrührerischen Gedanken«, die weggeschlossen werden sollten. Im Muraltengut, einem spätbarocken Herrschaftssitz am Ufer des Zürichsees, den die Stadt für Empfänge wichtiger Gäste nutzte, standen Tresore leer, in denen die Zentralbibliothek der Stadt Zürich Handschriften aufbewahrt gehabt hatte, bevor sie in neue Bibliotheksräume verbracht wurden. Lag der Nachlass in den Tresoren, kontrollierte allein die Stadt den Zugang zu den Schriften. Sie konnte, so Herrn Gurnys Idee, sogar Gebühren für die Nutzung erheben, und der Nachlass wäre nicht nur vor möglichen Verfälschungen geschützt, er wäre auch der Öffentlichkeit entzogen. Unklar blieb mir, weshalb Frau Turel zugestimmt hatte, den Zugang zu den Texten ihres Mannes aus der Hand zu geben? Und was mochte Hermann Levin Goldschmidt als Mitglied des Stiftungsrates bewogen haben, mit der Aufbewahrung des Nachlasses im Muraltengut einverstanden zu sein?

Aus dem Flur ins Licht von Frau Turels Arbeitszimmer trat im Anzug ein schlanker, eleganter Herr Mitte fünfzig, eine Blume im Knopfloch. Sein knochiger Schädel wurde durch die nach hinten gekämmten, dunklen Haare noch erhöht. Der Blick unter tief gefurchten Stirnfalten war ruhig, umrahmt von einer breitrandigen Brillenfassung. Hermann Levin Goldschmidt begrüßte mich höflich, erkundigte sich nach meinem Ergehen, wie ich zu Turel gekommen sei und womit ich mich außerdem beschäftigte.

– Sie kennen meine Werke?

Als ich verneinte, sagte er mit einem Anflug von Selbstironie:

– Nun, da haben Sie das Wichtigste in der Philosophie noch vor sich.

Er war in den Dreißigerjahren vor den Nazis aus Berlin geflohen, hatte in Zürich Philosophie studiert und das »Freie jüdische Lehrhaus« gegründet.

Nachdem wir am Arbeitstisch Platz genommen und Frau Turel das Tablett mit den Teetassen aufgetragen hatte, sagte Hermann Levin Goldschmidt, er sehe im Engagement der Stadt die Möglichkeit zu weiteren Publikationen aus dem Nachlass, wie sie Frau Turel bereits hektographiert herausgegeben habe. Es sei wichtig, Turel in der Öffentlichkeit präsent zu halten, und es sei schon lange ein Ziel der Stiftung, ein »Turel-Institut« zu gründen.

Frau Turel jammerte ein wenig, Turel gehöre nicht in einen Keller, nicht einmal in den Keller des Muraltengutes, sondern in eines der Repräsentationszimmer des herrschaftlichen Anwesens.

– Nun ja, wenn ich es recht bedenke, sagte Herr Goldschmidt, sind die Keller oftmals die besseren Orte des Überlebens als die hellen Räume im Obergeschoss.

Hermann Levin Goldschmidt kannte die Problematik der Nachlassbearbeitung durch Frau Turel nicht. Aus seinem eigenen Ringen um Anerkennung, vor allem auch in akademischen Kreisen, sah er in dem Vorschlag Gurnys einzig die Möglichkeit, durch Publikationen und dem Einrichten eines »Turel-Institutes« zu mehr Öffentlichkeit zu kommen, vielleicht auch selbst durch die vermittelnde Tätigkeit an Ansehen zu gewinnen.

Hermann Levin Goldschmidt war ein wunderbarer Gesprächspartner, ich fühlte ihm gegenüber Sympathie und war mir sicher, er würde stets das Beste für sich und Turel wollen. Doch auf seine Hilfe könnte ich nicht zählen, ich müsste allein, ohne ihn als Verbündeten, kämpfen. Denn während wir vom eben beendeten Sechstagekrieg und der Ost-West-Spannungen redeten, wurde mir klar, dass Hermann Levin Goldschmidt in humanistischen Kategorien dachte und argumentierte, nicht aber in politischen. Er würde Gurnys Absichten nicht durchschauen und käme nie auf die Idee, die großen politischen Spannungen, von denen wir eben noch geredet hatten, könnten ihre Verästelungen bis in die vergilbenden Blätter eines Werks wuchern lassen, das »den Marxismus nicht entschieden genug ablehnt«.

9

Politik war zu Hause kein Thema gewesen. Vater hatte die NZZ abonniert und wählte »freisinnig«, wie sein Vater, meine Onkel und die Verwandten Mamas. Vater gehörte nicht der Partei an, obwohl er stets den Parolen des Freisinns folgte, doch man war auch protestantisch, ohne in die Kirche zu gehen. Mit anderen Parteien, wie den »Sozis«, hatten wir ebenso wenig zu schaffen wie mit Katholiken. Einer Auseinandersetzung bedurfte es nicht, denn im Dorf gab es nur wenige Katholiken, und die »Sozis« hatten ihren »Satus-Turnverein«, tranken nach den Übungen einen »Becher«, während Vater Bier nur aus einem Glas mit Stiel, der »Tulpe«, trank oder eine »Stange« bestellte, die zylindrisch schlank wie eine Champagner-Flûte war. Die Sozialdemokraten traten für mich einzig am »Tag der Arbeit« in Erscheinung, und dann schauten wir am Straßenrand dem Demonstrationszug zu wie einer befremdlichen und leicht obszönen Prozession. Fredi, meinem Jugendfreund, wurde beim Zuschauen plötzlich bewusst, dass sein Fahrrad einen rot lackierten Rahmen hatte, und in panischem Schrecken legte er sein Rad ins hohe Gras des Straßenbords, damit die Leute nicht dachten, er oder seine Familie seien Sozialisten.

Doch bereits während der Seminarzeit lösten sich die alten Abgrenzungen auf, gab es neue Unterschiede, die nichts mehr mit der Form der Biergläser zu tun hatten, dafür mit der Länge und dem Schnitt der Haare. Die Erwachsenen redeten von »ihr Jungen«, und wir Jungen fanden, Wohlstand könne nicht das einzige Ziel unseres Lebens sein. In einer Notiz über den Dichter Alexander Xaver Gwerder, mit dem ich mich nach der Matura in meiner Dachkammer an der Kirchgasse in Zürich beschäftigt hatte, fand ich die Aussage, Gwerder sei »ein Individualanarchist« gewesen. Die Bezeichnung leuchtete mir auch für meine eigene politische Haltung ein, ohne genau zu wissen, was sie meinte. Ich las zwar in der Folge Bakunin, Kropotkin, auch Stirner, doch diese Lektüren brachten mich nicht zu einer näheren Vorstellung, worin genau mein anarchischer Individualismus bestehen sollte. Der Einzelne, so definierte ich vage, dürfe nicht durch den Zwang anderer von seinem Weg abgebracht werden, den er finden und dem er intuitiv folgen müsse. Etwas konkretere Züge bekam mein politisches Selbstverständnis, als ich Pippa kennenlernte und bei einem ersten Besuch bei ihr zu Hause neben Arbeiterkampfgesängen und deutschen Chansons die Lieder von Georg Kreisler hörte: Texte, die sich allem widersetzten, sogar der Logik, und die dennoch unbestechlich die bestehenden Zustände beschrieben. Seine Lieder waren surrealistisch, wortspielerisch, voller Humor. Unabhängig von Opportunitäten vertraute Kreisler einzig dem eigenen Urteil und der Kraft des poetischen Ausdrucks, ging keine Kompromisse ein, und ich fand: So wie Kreisler mit seinen Mitteln, müsste ich mit den meinen,

einen anarchischen Ausdruck für meine Art des Denkens und Schreibens finden.

Ich holte Pippa im Theater ab, und wir flanierten über das Bellevue und die Seebrücke zur Bahnhofstraße. Pippa erzählte von der Probe, von der ermüdenden Wiederholung einiger Sätze, die nach Ansicht der »Alten«, wie Frau von Ostfelden genannt wurde, noch immer falsch betont waren, als sie verstummte, stutzte, dann stehen blieb. Sie sagte:
– Du, da kommt Georg Kreisler.

Sie ließ mich stehen, ging mit ihren kurzen Staccato-Schritten auf einen Herrn zu, der in grauem Wollmantel einherschlenderte, hutlos, eine schwarze Brille im Gesicht, die so schwer war, dass sie den Kopf leicht nach vorne zu ziehen schien. Pippa stellte sich vor den Herrn hin, streckte ihre Hand aus, und der Herr neigte leicht den Kopf zur Seite, lächelte, und als ich hinzutrat, hörte ich Pippa sagen, sie sei mit seinen Liedern aufgewachsen, habe sie täglich gehört, und sie möchte ihm sagen, wie großartig sie seine Texte finde.

Georg Kreisler nickte und dankte.

– Sie wissen, dass wir diese Woche im »Hechtplatz-Theater« spielen?

Ja, selbstverständlich, antwortete Pippa, und sie habe bereits Karten besorgt, worauf Georg Kreisler uns mit seinen dunklen, melancholischen Augen durch die Brille ansah, Pippa, in ihrem langen Wollmantel mit falschem Pelzbesatz, mich, im Armymantel, aus dessen Ausschnitt der schwarze Rollkragenpullover sah, und einem Einfall folgend sagte er:

– Dann warten Sie doch nach der Vorstellung auf uns. Wir können gemeinsam essen gehen.

Und das taten wir, saßen mit Georg Kreisler und Topsy Küppers im »Roten Gatter« an einem runden Tisch. Während des Essens erzählte Pippa auf Kreislers Fragen hin von ihren Eltern, die beide Schauspieler gewesen waren, von ihrem Vater, der seit Kurzem am Landestheater Schleswig wiederum ein Engagement gefunden habe, und dass sie selbst am »Theater an der Winkelwiese« in einem Nestroy-Quodlibet spiele. Kreisler sprach von Kraus, der Nestroy als einen großen Dichter gefeiert habe, und fragte, wie sie das sprachliche Problem lösten, da Nestroy ganz aus dem Wienerischen lebe, sie hier in Zürich wahrscheinlich kein Wienerisch sprächen. Ich saß dabei, bewunderte Pippa, wie unbeschwert sie mit den berühmten Künstlern sprach, die beide eben noch einen begeisterten Applaus entgegengenommen hatten. Beim Kaffee fragte mich Georg Kreisler, ob auch ich beim Theater sei oder einer ordentlichen Arbeit nachgehe, und ich antwortete, dass ich schriebe und Schriftsteller werden wolle, doch nein, noch nichts veröffentlicht habe, außer in einzelnen Zeitschriften. Er sah mich aus diesen von einer tiefgründigen Verletztheit verdunkelten Augen an, der Mund war leicht geöffnet, die Lippen hingen wie ermüdet vom Auftritt etwas vor, und er fragte, was ich denn schriebe. Vor allem Gedichte, dann hätte ich einen Band Märchen abgeschlossen und sei jetzt an Erzählungen.

– Ich kann Ihnen nur raten, sehr viel Zeit auf das Nichtstun zu verwenden. Es gehört zum Notwendigsten, um zu sich selbst und zur eigenen Sprache zu kommen.

Dann forderte er mich auf, ihm einige meiner Arbeiten zu schicken.

– Unter einer Bedingung, sagte er. Ich werde Ihnen rücksichtslos sagen, was ich davon halte. Wenn Sie dieses Risiko eingehen wollen, dann schicken Sie mir ein paar Blätter.

Und das tat ich schon am folgenden Tag, schickte eine Auswahl von Gedichten ins Hotel »Florhof«, wo er und Topsy Küppers abgestiegen waren.

Ein, zwei Wochen später erhielt ich einen Brief mit dem Signet eines Luzerner Hotels und dem Vermerk G.K. auf dem Umschlag. Als ich ihn öffnete, stockte ich, hörte, wie Georg Kreisler an dem gemeinsamen Abend gesagt hatte, er werde mir »rücksichtslos« sagen, was er von meinen Arbeiten halte, und ich nahm meinen Mut zusammen, faltete das Briefpapier auseinander, las, was mir Georg Kreisler schrieb:

»*Lieber Herr Haller*«, stand da in Maschinenschrift, »*Ich muss Sie leider ermutigen...*«

Ich fühlte mich bestärkt, und als kurz nach der Pressekonferenz des Stadtpräsidenten, während der er über den Nachlass Turels gesprochen hatte, meine Lehrverpflichtung zu Ende war, zog ich von Uerkheim nach Zürich zu Pippa, in die Mansarde an der Titlisstraße, zurück. Ich hatte beschlossen, ohne Rücksicht auf die Ergebnisse weiterer Verhandlungen, mit dem Ordnen der dreißigtausend Seiten zu beginnen. Ich saß Nachmittag für Nachmittag bei Frau Turel. War sie am Anfang über meine »Mitarbeit« glücklich gewesen, gestaltete sich der Versuch, das

Material in eine zeitliche Folge zu bringen, zunehmend schwierig. Ich würde ihre Ordnung zerstören, sie fände sich nicht mehr zurecht, und wozu ich alles aus dem Kasten zerren müsse, wo doch die Manuskripte von ihr nach Themen geordnet seien. Eine Chronologie der Texte habe Turel nicht interessiert, sei linear, und ich eben ein typischer »Dreidimensionaler«, der nichts von der »Quaternität« begriffen habe.

Im Frühjahr zog ich trotz der ununterbrochenen Vorwürfe und Streitereien in die Venedigstraße zu Frau Turel. Sie hatte mir eine Dachkammer angeboten, halb so groß wie meine bisherige Mansarde, in der es lediglich einen Tisch und ein Bett unter einer Dachschräge gab. Für den Wohnortswechsel entschied ich mich, weil ich mir einen leichteren Zugang zum Material versprach und Manuskriptbündel, die Frau Turel als »nicht erhaltenswert« erklärte, in meiner Dachkammer sicher unterbringen konnte.

Darüber hinaus gab es einen verschwiegenen Grund, in die Venedigstraße zu ziehen. Ich wollte wiederum einen Abstand zu Pippa schaffen und mich von der starken Fixierung auf sie lösen. Ich hatte durch seitenlange Abhandlungen etwas Ordnung in meine Probleme mit Nähe und Distanz, der unüberwindbaren Fremdheit in der Begegnung mit anderen Frauen, zu bringen versucht. Doch das Spekulieren und Analysieren brachte die Schwierigkeiten nicht zum Verschwinden und mich neuen Beziehungen nicht näher. Dennoch änderte sich etwas, gegen meinen Willen. Seit der Bezirksschule hatte ich aufrecht mit einer leichten Rücklage der Buchstaben geschrieben. Nun begannen sie, sich nach vorne zu neigen, nicht alle Buchstaben gleichzeitig, versteht sich, nur einzelne, wie das G oder F. Das Schriftbild, das dabei entstand, war so hässlich, dass ich die Seite aus meinem Tagebuch schnitt, und in der alten Schriftrichtung, aufrecht und leicht zurückgelehnt, weiterschrieb. Doch schon nach zwei, drei Seiten begannen die ersten Buchstaben sich wiederum zu neigen, immer mehr folgten ihnen, und mir blieb nichts anderes übrig, als ihnen bei ihrer neuen Ausrichtung zuzusehen, etwas erstaunt und verwundert. Hatte dieses sich Vorneigen eine Bedeutung? Änderte sich doch etwas an meiner Haltung? Würde ich stärker vorangehen wollen, nicht mehr nur aufrecht und rückwärts orientiert, zögernd und zaudernd? Ich hoffte, die Änderung der Schriftrichtung deute einen neuen Zug an, der mich in die Gegenwart hinein, zu Menschen und ihren Vergnügungen führte. Folglich wäre es richtig, das gemeinsame Mansardendomizil zu verlassen und an die Venedigstraße zu ziehen.

Der einzige Schmuck in der Kammer, die ich mit Schreibmaschine und einem Koffer Wäsche bezog, war ein Bild von Hanns Welti, einem Cousin von Frau Turel. Er gehörte zu den frühen Vertretern der Moderne in der Schweiz, und das Bild zeigte einen Herrn und eine Dame in Weiß auf dem Balkon des Restaurants »Sternen«. Sie sitzen sich an einem Tisch über dem Bellevue gegenüber, eingefasst im Hintergrund von der Seebrücke und dem Üetliberg, in expressiven dunkelgelben Tönen aufgetragen, Farben, die eine südliche Stimmung ins Zürcher Seebecken bringen. An einem Tag Ende Juni, der mit frühsommerlicher Hitze der Atmosphäre dieses Bildes entsprach, zog es mich aus der stickig heißen, nach Holz riechenden Kammer hinaus in die Stadt und zum Arboretum, einem Park mit alten Bäumen am See. Die Stadt schwirrte vor Erregung, und ich hörte von einer Demonstration, die am späten Nachmittag beim Hauptbahnhof, vor dem Globusprovisorium, stattfinden sollte. Das Gebäude war während des Umbaus des Warenhauses über der Limmat errichtet worden, Verkaufsräume, die schon eine Weile leer standen und für ein Jugendhaus freigegeben werden sollten, eine Forderung, der eine Gruppe von Studenten durch eine Demonstration Nachdruck verschaffen wollte. Da ich keine Pläne hatte, schlenderte ich an der Limmat entlang zum Hauptbahnhof. Um eine Verkehrsinsel auf dem weiten Platz, über den sonst die Straßenbahn und der Autoverkehr rollten und Bauwaggons und Schranken von den Untertagarbeiten des »Shopville« standen, hatte sich eine Gruppe von Demonstranten gebildet. Sie setzten sich auf die Gleise der Straßenbahn, blockierten die Züge, und auf beiden Seiten der Brücke wuchsen die Menschenmassen, Leute, die zum Bahnhof gehen wollten oder von ihm kamen, aber auch Schaulustige, die sehen wollten, was sich ereignen würde.

Ich zwängte mich durch die Menschen zu den Demonstranten vor. Die Forderung nach einem Jugendhaus dröhnte über den Platz, als eine scheppernde Stimme die Jugendlichen aufforderte, die Gleise der Straßenbahn zu räumen. Der Polizeivorstand, ein weißes Megaphon vor dem Mund, stand im ersten Stock des Hotels »Du Nord« auf dem Balkon. Ich sah zur Verkehrsinsel, auf der die

Organisatoren der Demonstration sich eingerichtet hatten, hörte, wie sie durch die Lautsprecher die Jugendlichen anwiesen, die Gleise für den Verkehr freizugeben. Während sich die ersten erhoben und sich zum Bürgersteig und dem Geländer der Brücke hinbewegten, sprangen die Türen des Globus-Provisoriums auf. Trupps von Polizisten stürmten mit Feuerwehrschläuchen heraus, die Wasserstrahlen schossen in die Menge, und diese drängte in Panik zurück Richtung Bahnhof und zum Central, auf der anderen Seite der Brücke. In kurzer Zeit hatte sich ein leerer Raum zwischen Polizei und der zurückweichenden Menge aufgetan, und ich beobachtete einen kleinen Jungen, der in Gefahr war, von den flüchtenden Menschen umgestoßen und zertrampelt zu werden. Er rettete sich unter einen Bauwaggon, saß dort im Schattendunkel, zurückgelassen auf dem Platz. Ein Polizeitrupp, der vorrückte, entdeckte den Jungen, spritzte ihn mit dem Wendrohr aus dem Versteck unter dem Bauwaggon hervor und weiter über den Platz. Vor dem aufspritzenden Strahl rollte ein schreiend wirbelndes Etwas, blieb durchnässt und verstört vor den Schuhen der zurückgewichenen Menge liegen.

Zwischen den Demonstranten und der Polizei entwickelte sich ein Vorrücken und Zurückdrängen, Gegenstände wurden geworfen und mit Wasserstrahlen und Schlagstöcken beantwortet, eine Schlacht, die sich bis tief in die Nacht hineinzog. Ich hielt mich hinter der vordersten Linie der Demonstranten auf, erschreckt und fasziniert: Was sich vor meinen Augen ereignete, hatte ich ähnlich schon in Filmen gesehen. Doch nun brachen der Hass und die

Gewalt wieder und wieder vor mir aus, verzerrten die Gesichtszüge eines Polizisten, der mit den Fäusten auf die Brüste einer Frau einschlug, äußerten sich in der Wucht, mit der ein anderer Beamter die Kamera eines Passanten an einem Alleebaum zertrümmerte. Und je länger ich sah, was ich in diesem Land, in dieser Stadt für unmöglich gehalten hatte, desto stärker wuchs in mir die Empörung und mit ihr die Bereitschaft, ebenfalls – gemeinsam mit meinen Altersgenossen – zurückzuschlagen. Um zwei Uhr früh auf der Seebrücke, wohin sich im Laufe der Nacht die Auseinandersetzung verschoben hatte, brachen im fahlen Schein der Straßenlampen Männer und Frauen Pflastersteine aus den Baumeinfassungen beim Bürkliplatz, brachten sie nach vorne, wo andere sie gegen die Polizisten schleuderten. Ich war versucht, einen der Steine aufzuheben, an denen noch feuchter Sand klebte. Ich war ein guter Werfer, konnte einen Gegenstand präzise und weit schleudern, eine Fähigkeit, die mir im Militärdienst eine Spezialausbildung im Handgranatenwerfen eingetragen hatte. Sollte ich diese Fähigkeit und das gelernte und geübte genaue Werfen einsetzen? Ich zögerte. Ein innerer Impuls drängte mich, es zu tun, die angestaute Empörung und Wut in den Schwung des Arms einschießen zu lassen, den Stein zu schleudern, als könnte er die Bilder zerschlagen, die ich in dieser Nacht in mich aufgenommen hatte. Doch ich schüttelte leicht den Kopf, wandte mich ab, zog mich zurück: Es wäre auch nur Gewalt, auch nur Hass. Mit beidem wollte ich nichts zu tun haben. Etwas hemmte mich. Ich war Beobachter, nicht aber Mitstreiter. War ich zu feige?, fragte ich mich, während der Lärm zurückblieb, ich am Seeufer entlang zum Arboretum ging. Ja, ich war feige, und doch glaubte ich auch zu spüren, dass es nicht richtig gewesen wäre, den Pflasterstein zu werfen. Nicht aus moralischen Gründen, sondern weil mein Ort die Dachkammer und die Wörter war. Dort müsste ich handeln, mit Sätzen, der Sprache, und ich sank zu Hause erschöpft auf die Bettkante, ließ die Blicke auf den Stapeln von Manuskripten ruhen.

Am nächsten Morgen trafen mich die Berichte über den »Globuskrawall« in den Zeitungen umso heftiger: Die Auseinandersetzung war in die Wörter und Texte eingedrungen, fand dort ihre Fortsetzung und wurde nicht mit weniger Hass ausgefochten. Ich war entsetzt, wie falsch und einseitig die Ereignisse dargestellt waren, wie die Schuld allein den Demonstranten zugewiesen wurde, während es doch die Polizei gewesen war, die den Konflikt eröffnet hatte. War ich nicht dort gewesen, hatte ich nicht mit eigenen Augen gesehen, was einem kleinen Jungen geschehen war, der sich unter einen Bauwaggon geflüchtet hatte?

Musste ich an meiner Wahrnehmung zweifeln, hatte nur ich beobachtet, was es für andere offenbar nicht gegeben hatte? Nein, ich war Zeuge, und der Junge vor dem Wasserstrahl galt mir als Symbol, wie rücksichtslos und gewaltsam auch dieser Staat gegen einen Teil der eigenen Bevölkerung vorzugehen bereit war. Ich beschloss aus Trotz, von nun an mich weder bei Abstimmungen zu Sachfragen noch bei Wahlen zu beteiligen. Und als ich wenige Wochen später im Wiederholungskurs unserer Infanteriekompanie auf Scheiben, die schematisch einen Kopf und die Schulterpartie eines Menschen darstellten, schießen sollte, erinnerte ich mich, während ich über Kimme und Korn zielte, an die Nacht des »Globuskrawalls«. Ich hatte den Pflasterstein auf der Seebrücke nicht geworfen, jetzt würde ich nicht schießen.

Die Verweigerung des Schießbefehls brachte mich vor die Untersuchungskommission, ich trat in einem kahlen Kasernenraum vor einen Brettertisch, an dem die Offiziere saßen. Ich wurde befragt, vor allem zu meinen politischen Überzeugungen. Sie wollten wissen, ob ich agitieren und antimilitärische Propaganda unter meinen Kameraden betreiben wolle oder einer kommunistischen Gruppe nahestehe. Die Fragen konnte ich mit Nein beantworten, eine Waffe würde ich jedoch nicht mehr in die Hand nehmen, weder das Sturmgewehr noch die Handgranate.

– Dann gehen Sie eben zu den Idioten, sagte der Oberst, hieb einen Stempel in mein Dienstbüchlein, und als ich vor der Tür nachsah, was entschieden worden war, hatte man mich dem waffenlosen Sanitätshilfsdienst zugeteilt. Beim Hilfsdienst eingeteilt zu werden bescheinigte offiziell, nicht vollwertig und wirklich »tauglich« zu sein. Mir war das egal: Pflegen würde ich, schießen nicht.

10

Unerbittlich stürzte ich mich in die Arbeit an Turels Werk, ordnete und las, bewegte mich durch Sprachräume, in denen es stets um ein besseres Verständnis des Gewesenen und des Kommenden ging. Die Sprache auf den Blättern überbrückte Epochen und Länder, sie diente nicht dem Tag und den politischen Kalkülen, sondern dem Erforschen und Erfinden. Sie führte mich aus der Enge der Dachkammer hinaus, scheute nicht das Unkorrekte, Unvollständige und was den geltenden Regeln widersprach. In diesem täglichen Lesen fand ich ein intellektuelles Koordinatensystem, das mir helfen würde, die gesellschaftlichen Entwicklungen besser zu verstehen: Seit dem »Globuskrawall« war ein Generationenkonflikt sichtbar geworden, der sich zuvor schon angekündigt hatte. Ein »Establishment« – wie wir es nannten – bestand genau auf diesen – wie sie es nannten – »Werten«, die ich nun kategorisch ablehnte. Mir lag nichts an Karriere, Geld, Stellung und einen durch Werbung und amerikanische Fernsehserien vorgeführten Konsum. Ich wollte den eigenen Weg zum Schreiben gehen, mich keinen fremden Zwecken unterordnen, doch Zeit für meine Arbeiten, aber auch fürs Nichtstun haben, wie Georg Kreisler empfohlen

hatte. Was jedoch nur entfernt an Flower Power und die Hippie-Bewegung erinnerte, das konservative Leistungsprinzip infrage stellte, galt als aufrührerisch, wurde selbst in unserer Familie heftigst bekämpft: Vater, seine Freunde, meine Onkel, sie alle schimpften auf die »Jungen«, benutzten die stets aufs Neue wiederholten Redewendungen wie: »was wollt ihr denn eigentlich«, »wartet nur, bis« und »ihr könnt froh sein, dass«. Ich wehrte mich, und wenn ich versuchte zu erläutern, dass ich mich als Künstler verstünde und ungern in einen Topf mit anderen geworfen sähe, hieß es: »So, so, Künstler! Ein Lebenskünstler vielleicht, der nichts ist und nichts kann, aber meint, er könne tun und lassen, was ihm passt, und habe das Recht, immer nur zu fordern.« Es war das Stichwort, auf das ich jeweils nur wartete, um Vater, seine Freunde, meine Onkel zu einem wütenden Schweigen zu bringen:
– Fordern! Richtig, sagte ich, auch ich fordere, dass die Gräuel in Vietnam beendet werden, ein Krieg, der die Hässlichkeit des Kapitalismus und Imperialismus überdeutlich zum Ausdruck bringt.

Konflikte gab es allerdings auch bei meiner Arbeit am Nachlass. Frau Turel wehrte sich vehement gegen meinen Versuch, die vielen Bündel Manuskripte zu sichten. War es anfänglich, beim Durchsehen der frühen Schriften, ohne große Reibereien gegangen, nahmen diese zu, je näher ich jenen Werken kam, die sie bearbeitet hatte. Sie wollte nur noch ihre Fassungen gelten lassen, die Originale dagegen sollten vernichtet werden. »Es braucht niemand zu wissen, was ich gestrichen oder verändert habe.« Ich hatte alle

Hände voll zu tun, Manuskripte aus den Abfallsäcken zu retten, maschinengeschriebene Seiten, die sie zu Toilettenpapier klein geschnitten hatte, wieder zusammenzusetzen. »Sie wollen mich dem Hohn der Philologen aussetzen, wie die Schwester Nietzsches!«

Jeden Donnerstag fuhr Frau Turel nach Bern zu einem Arzt, der ihr Novocain gegen ihre nervösen Zustände spritzte, und an diesen Tagen arbeitete ich wie besessen, brachte ganze Manuskriptstöße in meiner Dachkammer unter, ertrug dadurch besser die Beschimpfungen, denen ich an den anderen Tagen ausgesetzt war. So schrieb ich am 1. 8. 1968 in mein Tagebuch:

»Unter diesen Umständen ist es äußerst schwierig zu arbeiten. Dabei bin ich vollständig wehrlos, ich vermag nicht zu kontern (was vollständig sinnlos wäre). Ich bekomme eine Art Schüttelfrost, die Stimme versagt, und eine Absenz tritt ein. Es unterlaufen mir beständig irgendwelche Fehler, vermag mich an naheliegende Dinge nicht mehr zu erinnern. Dabei verliere ich aber doch nicht die Beherrschung. Ich schweige hartnäckig und mache, so gut es geht, meine Arbeit.

Nachträglich spüre ich meine Nerven vibrieren, stundenlang.«

Noch war ungewiss, ob dieser Versuch, durch das chronologische Ordnen den gesamten Nachlass zu erfassen, auch zum Ziel seiner Erhaltung führen würde. Ich wehrte mich gegen das Wegschließen im Muraltengut, bestand auf den Mikrofilmaufnahmen, und da ich immer wieder mit dem Argument abgespeist wurde, es stünde kein Geld zur Verfügung, ging ich zu Kodak in Zürich, sprach mit der Geschäftsleitung, bat sie um einen Kostenvoranschlag lediglich für Aufnahmen und Materialkosten. Die Arbeit würde ich selber übernehmen, kostenlos, Blatt für Blatt.

Mit Herrn Gurny weiterzuverhandeln erwies sich als zwecklos. Er bestand weiterhin darauf, den Nachlass in den Tresoren des Muraltengutes aufzubewahren, und kein Argument brachte ihn von dem Plan ab, »Turels Schriften wegzuschließen«. Ich hatte ihm erklärt, die Stadt als Aufsichtsbehörde der Stiftung sei dazu nicht befugt. Die Entscheidung, was mit dem Nachlass zu geschehen habe, liege einzig beim Stiftungsrat, und den hoffte ich durch mein Vorgehen vor vollendete Tatsachen zu stellen. Bevor jedoch Herr Gurny mit Frau Turel und Herrn Levin Goldschmidt weiter über die Aufbewahrung im Muraltengut verhandeln würde, musste ich die Kosten der Mikroverfilmung sicherstellen. Ich bat deshalb um eine Aussprache beim Stadtpräsidenten, und Herr Dr. Widmer empfing mich hingeflegelt in seinem Stuhl, die Schuhe auf dem Pult, und sah mich durch seine dunkle Brille genervt an.

– Was wollen Sie eigentlich? Wissen Sie, Sie drücken sich langfädig aus.

Offensichtlich galt auch ich für ihn nur als einer dieser Jugendlichen, mit denen er sich in den letzten Wochen wegen des Globusprovisoriums hatte auseinandersetzen müssen, während ich über die Haltung empört war, die sich dieser »Grobklotz« mir gegenüber leistete, einem Abkömmling großbürgerlicher Vorfahren.

Ein wenig spitz teilte ich Dr. Widmer mit, sein Sekretär, Herr Gurny, habe sich nicht an die politischen Regeln gehalten. Ich müsse annehmen, dass er ohne des Herrn

Stadtpräsidenten Wissen handle. Herr Gurny bestehe auf Anordnungen, die ohne rechtliche Grundlage und Sachkenntnis seien. Er argumentiere mit den Kosten, doch nach meinen Abklärungen würden diese für eine Mikroverfilmung zusammen mit der Sichtung ungefähr achttausend Franken betragen. Fünftausend habe der Kanton bereits zugesagt, und nun sei es an der Stadt, den Rest aufzubringen. Die Arbeit bei der Firma Kodak würde ich, um Kosten zu sparen, selbst ausführen.

– Sie wollen also die fünftausend Franken vom Kanton, falls wir die noch bekommen?

Er werde nochmals mit Gurny sprechen.

Damit wurde ich von diesem »*parvenu*«, wie ich wütend im Tagebuch anmerkte, entlassen.

Ich verkroch mich in meiner Dachkammer, in der es von Manuskriptstößen kaum noch Platz gab. Könnte ich doch einzig und allein in Seiten und durch Wörter leben, ohne diese komplizierte Welt aus Stiftung, Stadtpräsident und Sekretär, aus verwirrenden Beziehungen wie der zu Pippa oder Kleck, aus Autoritäten wie Max Voegeli. Leben einzig an der Spitze der Feder, die schrieb. Doch ich müsste zu Ende bringen, womit ich begonnen hatte – das war der Rat meines Lehrmeisters am Beginn meines Schreibens gewesen, und nach diesem Grundsatz wollte ich auch diesmal handeln.

Unter Klagen von Frau Turel, doch mit Unterstützung von Hermann Levin Goldschmidt, verschnürte ich die Manuskripte zu Bündeln, transportierte sie in Koffer mit der Straßenbahn zur Firma Kodak im Industriegebiet. Telefonisch hatte ich den Bescheid erhalten, das Geld des Kantons stehe zur Verfügung, die Stadt sei bereit, einen ähnlichen Betrag bereitzustellen. Tag für Tag stand ich an der Kopiermaschine, dann endlich konnte ich am 29. 10. 1968 in mein Tagebuch schreiben:

»Heute wurde die Mikroverfilmung des Nachlasses Turel abgeschlossen.
15 Filmspulen
33'600 Aufnahmen
Kosten 2'790.-- Franken
+ 5 Duplikatfilme à 375.-- Franken

Februar 1966 Beginn der Beschäftigung mit den Schriften Turels
15. Oktober 1967 – 22. Dezember 1967:
Arbeit bei Frau Turel, zum Teil mit Kleck
15. Juni 1968 – 15. Oktober 1968
Sichtung des gesamten Werkes, chronologisches Ordnen.
15. Oktober – 29. Oktober 1968
Arbeit in der Firma Kodak
Meine Arbeit an den Erzählungen ist in den letzten Wochen liegen geblieben.«

# TEIL 2

Das lose Ende der Seele

1

Basel – war ich dort nicht glücklich gewesen, als wir 1947 von der »Alten Promenade« in Brugg an die Sevogelstraße zogen? Hatte ich damals nicht »meine Farben« entdeckt, das rheinische Sandsteinrot und das badische Gelb, Farben, die mir Rückhalt durch eine mir gegenwärtig erscheinende Vergangenheit gaben?

Nach Abschluss der Arbeiten an Turels Nachlass versuchte ich mir klar zu werden, wohin ich ziehen und womit ich meinen Lebensunterhalt verdienen wollte. Klar war, dass ich Zürich verlassen würde, den Ort, an dem die Auseinandersetzungen der letzten Monate wie ein grauer Beschlag hafteten. Die Zusammenarbeit mit Frau Turel war anstrengend gewesen, hatte zu Herzbeschwerden geführt, die ich auskurieren musste, und so beschloss ich, fürs Erste bei den Eltern Unterschlupf zu suchen. Ich könnte dort das von der Lehrtätigkeit übrig gebliebene Geld schonen und mir Zeit nehmen, die nächsten Schritte zu überlegen. In die Titlisstraße zu Pippa zurückzukehren, nachdem ich schon zwei Mal ausgezogen war, erschien mir unmöglich. Es hätte das Eingeständnis bedeutet, nicht frei und lediglich dem Schreiben verpflichtet zu sein. Dass auch die Rückkehr ins elterliche Haus den Geschmack einer »Regression« hatte – einer der vielen Begriffe, die neu zu meinem Wortschatz gekommen waren – konnte ich mir nicht verhehlen. Doch die Gründe, bei meinen Eltern »Zwischenstation« zu machen, überwogen die Bedenken, zumal ich mehr und neue Argumente erfand, um mit gutem Gewissen nach Lenzburg zu ziehen: Kleck würde sich bei meinen Eltern nicht blicken lassen, nach Zürich und zu Pippa wäre es nicht weit, und ich könnte noch die Vorlesung, die ich bei Hermann Levin Goldschmidt belegt hatte, zu Ende hören.

Zum Frühjahr hin wollte ich das Elternhaus wieder verlassen und einen Ort suchen, an dem ich schreiben konnte. Warum nicht Basel? Die Stadt hatte dunklere, patiniertere Farbtöne als Zürich. Das Licht war staubiger, nicht so föhnig hell, klar und kühl wie in der Bankenstadt. Und Basel läge schon fast im Ausland, in Nachbarschaft zum Elsass und dem Wiesental. Der Einfluss des Deutschen und Französischen wäre spürbar, und meine Großeltern hatten sich nach der Rückkehr aus Bukarest in der alten Rheinstadt wohlgefühlt, da sie weltoffener als andere Orte war. Vielleicht zöge ich im Frühjahr nach Basel.

Pippa nahm meine wiederholten Wegzüge zwar gelassen hin, ließ sie jedoch nicht unkommentiert. Offenbar müsse ich zur Nähe stets auch die Ferne suchen. Doch was ihre Bedürfnisse seien, habe in meinen schriftstellerischen Plänen keinen Platz. Ich merkte nicht, was für ein bürgerlich-machohaftes Rollenverständnis ich hätte. Ich nähme alles für selbstverständlich und meinte, es genüge, an den Wochenenden zu Besuch zu kommen, hätte jedoch die

Chuzpe, auch noch Ansprüche zu stellen, die vom Kochen bis zur sexuellen Befriedigung reichten.

Pippa hatte zur Zeit kein Engagement und nahm eine Stelle in der »Banque Suisse-Israël« als Buchhalterin an. Sie schrieb Bewerbungen an Theater, die unbeantwortet blieben, sie fragte Kollegen an, die ihr nicht weiterhelfen konnten. Sollte sich dennoch etwas ergeben, dann frühestens auf Herbst nächster Saison!

Doch so unerwartet wie damals, als an einem Sonntagmorgen Frau von Ostfelden in unserem Mansardenzimmer gestanden und Pippa »vom Bett weg« engagiert hatte, bekam sie ein Angebot eines Tourneetheaters. Eine Schauspielerin war erkrankt, und Pippa sollte für die nächste Produktion »einspringen«. Sie sagte sofort zu, überredete jedoch den Regisseur, nicht die »Antigone«, sondern die »Medea« von Anouilh zu inszenieren, mit ihr in der Hauptrolle. Pippa, die eher ins Fach der »Naiv-Munteren« gehörte, erfüllte sich damit den lang gehegten Wunsch, einmal eine große Tragödin zu spielen. Die Figur der »Medea« stehe ausserdem für einen feministischen Protest und ein wenig auch für ihre eigenen Emotionen: Die zauberkundige Königstochter war gut genug gewesen, um Iason, dem Hergelaufenen, zu helfen, das »Goldene Vlies« den Kolchern abzunehmen, doch danach verließ er sie. Iason zog aus, wie ihr Freund auch, nahm sich Kreons Tochter. Im Unterschied zu Medea in Anouilhs Tragödie glaubte Pippa keinen Moment lang, dass mein Wegziehen aus Zürich eine tatsächliche Trennung bedeute. Es gab keine Nebenbuhlerin wie bei Iason und würde keine geben, und als ich einmal zu Pippa sagte, alle Welt rede jetzt von der freien Liebe, nur wo die stattfinde, wüsste ich nicht, antwortete sie mit der ihr eigenen Souveränität:

– Schlaf mit einer anderen Frau, dann weißt du es.

Pippa war mit »Medea« oft tagelang durch Deutschland, Österreich und die Schweiz auf Tournee. Sie hatte einen festen Vertrag bekommen und würde auch in künftigen Produktionen spielen. Am Abend der Premiere saß ich im Saal, aufgeregt, mit feuchten Händen. Auf der Bühne war ein dämmrig-trübes Licht, in dessen Kreis Pippa sich am Boden wälzte, eine Tirade des Hasses ins Publikum schleuderte, die mich erschreckte. Die oftmals kindlichen Gesichtszüge, die unvermittelt durch Pippas Ernsthaftigkeit aufscheinen konnten, zersprangen in der Rolle wie Glas, und durch die verzerrten Züge schoss eine Kraft hervor, die mich bannte. Überwältigt, auch verunsichert und mit dem Impuls, mich vor Pippas Heftigkeit schützen zu müssen, saß ich im Theatersaal. Wer war die Frau, mit der ich bereits drei Jahre zusammenlebte? War es ihre vitale Stärke, vor der ich mich zurückziehen musste? Die ich als bedrohlich empfand und zu der es mir klüger erschien, Distanz zu halten?

Im Gästezimmer meines Elternhauses bedrohte mich nichts. Unbedenklich konnte ich mich dort dem Strom der Gedanken überlassen, der mich mit sich fortriss. Durch Turels wildes, ungezügeltes Denken hatte sich in mir eine Schleuse spekulativen Theoretisierens geöffnet. Ich schrieb an einem Aufsatz mit dem Titel »Das hamletische Drama des Menschen in der Technik«, und das stundenlange Tippgeräusch der Schreibmaschine im Gästezimmer beruhigte meine Eltern. »Er schreibt«, hieß es bei Besuchen der Verwandtschaft, die sich nach mir und meiner Arbeit erkundigte. Es müsse etwas Umfangreicheres sein, Genaueres wisse man nicht. »Doch sitzt er nicht nur herum und vertrödelt seine Zeit mit Lesen.« Als ich Vater in einer weiteren Geschäftssache beraten konnte, mit ihm die Umstände analysierte und lange Gespräche führte, fanden sich meine Eltern schulterzuckend mit meiner »brotlosen Schreiberei« ab. Und die führte ich abends in meinem Tagebuch fort. Während die Füllfeder über die Seiten kratzte, bemerkte ich, dass sich meine Schrift ein weiteres Mal veränderte: Sie wurde steil, mit Spitzen und Zacken, war gedrängt und überhöht. Etwas Ungestüm-Heftiges drückte sich im Schriftbild auf den Seiten aus, und ich konnte mir nicht verhehlen, dass meine Schrift der von Turel zu gleichen begann. Wegen der Lähmung seiner rechten Hand hatte er eine typische Linkshänderschrift. Ihr Verlauf war durch die Vertikale bestimmt, die Buchstaben aufrecht gestellt mit spitzen Ober- und Unterlängen. Die zunehmende Ähnlichkeit meiner eigenen Schrift mit meinem Vorbild beunruhigte mich. Es war nicht nur die Schrift, auch was ich schrieb, begann Turels »Querweltein«-Philosophieren zu gleichen.

»Ich tauge nicht zum Jünger und muss mich hüten, zu einem Epigonen zu werden«, schrieb ich in steiler Zackenschrift in mein Tagebuch. *»Ich muss den schmalen Pfad gehen (wie damals durch den Kastanienhain in Ponte Brolla): Darf mich an keine Parteien, Gemeinschaften, Ideen und Meinungen verlieren. Nicht suchen! um mich selbst zu finden. Der schmale Pfad wird auch sein, mich von Wertungen zu befreien.«*

Einmal die Woche fuhr ich mit dem Zug nach Zürich, um Hermann Levin Goldschmidt in der Volkshochschule zu hören. Ich hatte mich mit ihm während der Nachlass-Arbeiten befreundet. Er las über das »Todesproblem«, und durch seine Anregung begann ich, mich mit der Geschichte, Religion und Philosophie des Judentums zu beschäftigen. Ich studierte Textanalysen, die einzelne Kapitel des Alten Testaments unterschiedlichen Autoren zuordneten, las über Moses und drang schließlich zur Schöpfungs- und Paradiesgeschichte vor. Die Studien brachten mich auf ein gedankliches Konzept, das mich von einem befürchteten Epigonentum erlöste.

Turel hatte in »Die Eroberung des Jenseits« die vorgeburtlichen Monate als eine nicht beachtete Dimension unseres Lebens beschrieben, die es ebenso zu erforschen und in unser Denken zu integrieren gelte wie das Unbewusste. Dieser »Raum«, glaubte ich, sei geschichtlich in der Symbolik der Genesis und des Paradieses formuliert worden und fand – angeregt durch die Vorlesung Goldschmidts – ihm müsste ein »Raum des Sterbens« entgegengesetzt sein, dem ebenfalls eine geschichtliche Symbolik entspräche. Früh war mir dabei klar, dass zwischen der vorgeburtlichen Zeit und der Zeit des Sterbens eine Asymmetrie bestehen müsse, die der Auffassung eines einfachen Gegensatzes zwischen Geburt und Tod widerspreche. Durch diese Annahme, das Leben verlaufe in paradoxen Verzerrungen, schlug ich zwei Fliegen auf einen Schlag: Durch den »Todesraum« erweiterte ich Turels psychoanalytisches Modell um eine weitere Dimension. Durch die Behauptung einer Asymmetrie zwischen »Vorgeburts-«

und »Todesraum« distanzierte ich mich von Goldschmidt, der Geburt und Tod als einen Gegensatz behandelte. Ich erweiterte mit meiner Konzeption sowohl Turel als auch Goldschmidt, überflügelte sie, und im Gefühl einer eigenen, großen Einsicht erfasste mich ein rauschhaftes Schaffen: Wie ich den vorgeburtlichen Raum symbolisch mit der Paradiesgeschichte aufgeladen hatte, tat ich dasselbe mit dem »Todesraum«. Ich las die ägyptischen Totenbücher, fand in ihrer Symbolik der »Nachtfahrt« ein Äquivalent zur Paradiesgeschichte des Alten Testaments. In der kulturgeschichtlichen Ausrichtung zwischen diesen beiden symbolischen Räumen gab es in der allgemeinen Orientierung auf den Tod hin einen Wendepunkt: die Revolution Mose. Durch sie wurde, wie ich zu beschreiben versuchte, eine stetig wachsende Bewegung weg von der Jenseitigkeit des »Todesraums« in die Diesseitigkeit unserer Welt eingeleitet. War das Christentum eher wieder zum »Todesraum« hin gerichtet, verstärkte die Neuzeit das umgekehrte Zurückdrängen zu einem Leben in einer zunehmend »jüngeren«, »jugendlicheren« Diesseitigkeit, die so sehr fortgeschritten ist, dass wir heute in einem »vor-gestaltlichen«, vorgeburtlichen Jenseits atomarer Unvorstellbarkeit angekommen sind, in Wolken von Wahrscheinlichkeit.

Meine Schreibmaschine klapperte, und in der Euphorie des Entdeckens schrieb ich mich tiefer und tiefer in Mythologien und Mystifizierung hinein, sah den heutigen Menschen als Hamlet, entscheidungslos zwischen Sein und Nicht-Sein, in unentschiedenen, »relativistischen« Verhältnissen lebend, wie ich selbst im Haus meiner Eltern.

2

Gegen Ende Winter zog ich nach Basel. Ich fand ein Zimmer an der Murbacherstraße, nahe beim Voltaplatz, ein länglich schmaler Raum unterm Dach, mit eigenem Eingang und in Nachbarschaft zu einer Wohnung, in der ein noch junger Flachmaler mit seiner Mutter lebte. Der dauernde Streit der beiden war ein den Tag begleitender Lärm, der seine Höhepunkte am Mittag und am Abend hatte, mit Türenschlagen endete und mich den Kopf über meiner Arbeit stets erneut nach diesem aufdringlichen Verstummen wenden ließ. Ich schrieb auch hier weiter an meinen Essays, machte Notizen in einen großen Quartband, doch der Schwung, den ich in Lenzburg verspürt hatte, verlor sich mehr und mehr. In der Zurückgezogenheit des leblosen Quartiers außerhalb der Altstadt erodierten die Gedanken, die Sätze wurden von Zweifeln geätzt. Ein ähnliches Gefühl wie während der kurzen Zeit meines Philosophiestudiums in Zürich verstärkte sich während des Schreibens: In argumentativer Form konnte nichts wirklich Wahres gesagt werden. Stets wuchs aus einer Aussage ihr Widerspruch hervor, jede Feststellung trug ihre Auflösung in sich, und zur entdeckten Regel gab es die Ausnahme. Ich konnte zusehen, wie die Sätze schon während des Formulierens zerfielen, und ich ließ die Blätter liegen, stieg das Treppenhaus hinunter. Wie damals in Zürich, bevor ich auf Turel stieß, es mit meinen eigenen Arbeiten nicht weiterging, und ich stets hoffte, in der Stadt jemanden zu treffen, an den sich dieses »lose Ende der Seele« heften könnte, lief ich stadteinwärts dem Zentrum zu. Doch dort fand ich, entzaubert und mir fremd geworden, die erinnerten Plätze und Gassen meiner Kindheit. Ich lief an den Häusern und Geschäften entlang, umgeben von Einsamkeit. Ich trank in der Cafeteria der Universitätsbibliothek eine Tasse Kaffee, saß und schaute, und es war an einem späten Nachmittag, als eine Studentin an den Nebentisch trat, schlank, elegant und von einer mich bezaubernden Selbstsicherheit. Die Zigarette begleitete mit einem Rauchfaden ihre Gesten, lenkte die Aufmerksamkeit auf ihre blassen Finger. Als sie den Raum mit ihren Kollegen verließ, legte sie den Stummel, der noch glimmte, auf den Rand des Aschenbechers, und ich ging hin, nahm ihn auf, sog den Rauch tief in die Lunge. Doch stärker als vom Nikotin durchströmte mich ein Prickeln von der Feuchte des Filters.

»Die Zurückgezogenheit, in der ich lebe, ist beinahe unerträglich«, schrieb ich in mein Tagebuch. *»Wie nie zuvor wird mir mein Nicht-Existieren bewusst. Es muss doch einen Weg in die Gesellschaft, in die Gegenwart geben!«*

Und diesen Weg zu finden war auch aus finanziellen Gründen dringend notwendig. Meine Ersparnisse hielten höchstens noch zwei Monate vor, und ich begann mich nach einer Arbeit umzusehen. Meine essayistischen

Studien hatten mich bereits in Lenzburg zur Ägyptologie geführt, und da an der Universität Basel Erik Hornung lehrte, einer der bedeutendsten Kenner der altägyptischen Kultur und Religion, belegte ich seine Vorlesung über »Das Tal der Könige«. Sie fand gegen Abend im Kollegiengebäude am Petersplatz statt, und während ich durch die Gänge lief, fiel mir die Ausschreibung einer Halbtagsstelle auf. Das »Schweizerische Wirtschaftsarchiv«, das im Seitenflügel zum Petersgraben hin untergebracht war, suchte einen Mitarbeiter für den »interurbanen Ausleihdienst sowie für die Katalogisierung der Firmen- und Verbandszeitschriften«. Ich notierte mir die Anschrift, schickte meine Bewerbung, und nach einem Gespräch mit dem Leiter des Archivs und einem seiner Mitarbeiter betrat ich jeden Morgen um acht Uhr den Lesesaal, von dem ein Flur zu den Büros führte. Ich teilte den hellen, mit zwei Pulten und Bücherregalen ausgestatteten Raum mit meinem unmittelbar Vorgesetzten. Er entstammte einem gutbürgerlichen Basler Geschlecht, war Anfang dreißig und neigte bereits zur Korpulenz. Jeden Morgen hängte er sein Jackett im Schrank auf, setzte sich im Hemd an seinen Schreibtisch, ruckte an der schwarz umrandeten Brille und schob mir mit der stets gleichen Bemerkung – »für Sie bereits vorbereitet« – einen Stapel Karteikarten zu. Durch dieses kleine Zeremoniell war ich aufgefordert, im Lesesaal die Kärtchen in die Schubfächer des Katalogs einzuordnen, eine Arbeit, die ich gerne tat, konnte ich dabei doch die Studenten und vor allem Studentinnen betrachten und war selbst unbeaufsichtigt. Da ich in der Regel zu schnell mit dem Einordnen des Stapels fertig war, stellte ich mir die Aufgabe, die gleichen Karten wieder aus dem Katalog herauszusortieren, um sie erneut einzuordnen – ein Gedächtnistraining. Ich beobachtete die Benutzer der Handbibliothek, wie sie die Bücher aus den Regalen nahmen und nach einem Durchblättern wieder zurückstellten, und fragte mich, ob es nicht möglich wäre, die Bibliothek durch Ordnung unbrauchbar zu machen. Ich müsste die Bücherrücken so akkurat ausrichten, dass die Besucher instinktiv gehindert würden, die exakte Anordnung durch Herausziehen eines Bandes stören zu wollen. Einen ganzen Morgen verwendete ich darauf, die perfekte Reihe in einem Regal zu schaffen, und das Zögern der Benutzer, das Sich-nochmals-Versichern, wirklich den Band benutzen zu wollen, und das nachträglich doch sorgfältigere Zurückstellen wertete ich als Erfolg. Ein schlechtes Gewissen wegen der unnütz verbrachten Zeit hatte ich nicht. Denn kaum verließ ich das Büro, so wusste ich, zog mein Vorgesetzter die unterste Schublade seines Pultes auf, widmete sich seinem eigentlichen Interesse, einer Studie zur Stadtentwicklung Basels im 18. Jahrhundert. Kam ich aus dem Lesesaal zurück, verließ mein Vorgesetzter das Büro, und ich zog die unterste Schublade meines Pultes auf. Ich hatte mit einer Erzählung begonnen, nachdem ich immer heftiger an meinen essayistischen Arbeiten zweifelte. Ich war, wie schon während der Philosophiesemester in Zürich, zur Überzeugung gelangt, ich müsste das mir Unerklärliche erzählerisch zur Sprache bringen, und kaum war mein Vorgesetzter aus der Tür, beugte ich mich über die beschriebenen Seiten. Vom Innenhof des Kollegiengebäudes, in dem Bäume und großblättrige Pflanzen wuchsen, fiel das Licht auf mein Heft, ein angenehm weiches Licht, das wie aus einer anderen Welt auf die von mir beschriebene fiel.

»Es ist mir, dachte Wefers, als könnte ich durch ein Dach in ein Zimmer sehen, in dem ein Mensch sitzt, ratlos mit seiner Existenz. Er schaut auf sie wie auf einen zufällig gefundenen Gegenstand. Vor dem Fenster fällt gleichmäßig Regen, zerrt den Himmel zwischen die Dächer – grau, wie zerschlissenes Stullenpapier.

Wefers sah auf seine zerknitterte Hose, die Falten um die Kniekehlen waren wie Kerben, eng und kleinlich. Ein plötzlicher Zweifel überkam ihn. Waren das noch seine Kleider, die er gestern getragen hatte? Die Frage schien ihm bedeutungsvoll.

Er setzte sich gerade hin. Wie war er hierhergekommen?

Das Zimmer ist unwohnlich, dachte er, darin ist nichts, das lebt, den Raum mit Bildern füllt, die den Eintretenden umhüllen und mitreißen würden in ihren Strudel. Keine Geschichten aus Ideen und Wahrheiten, um ein Schicksal zu versuchen: Laboratorien, Reagenzgläser mit Urwäldern, Städten, Frauenlachen...«

Am Mittag verließ ich Büro und Lesesaal, trat durch den Seitenausgang des Kollegiengebäudes auf die Straße und ging die ein-, zweihundert Meter hinunter zur Stiftsgasse. Im »Engelhof«, einem alkoholfreien christlichen Hospiz, verkehrten hauptsächlich Studenten, das Essen war billig, und ich aß dort regelmäßig zu Mittag. An einem Spätherbsttag erkannte ich unter den Gästen einen ehemaligen Schüler des Seminars Wettingen. Wir begrüßten uns, ich setzte mich zu ihm, und während des Essens erzählte mein ehemaliger Kollege, er studiere Zoologie, hauptsächlich aber spiele er im Orchester des »Zirkus Nock«. Im Moment stecke er allerdings in Schwierigkeiten. Seine Freundin sei schwanger, und er wisse nicht genau, ob er der Vater sei. Doch er schmeiße sowieso alles hin und haue ab. Er habe genug von der Uni, werde Musiker und gehe mit dem Zirkus auf Tournee. Die Zoologie sei nichts für ihn.

»Doch für dich ist sie genau das richtige Fach. Du musst Zoologie studieren!«

Wie er zu der Aussage kam, was ihn bewog, daraus eine Forderung zu machen, konnte ich mir nicht denken. Er wusste nichts von mir, wir hatten uns Jahre nicht gesehen und waren schon während der Seminarzeit nicht näher bekannt miteinander gewesen. Und doch trafen mich seine Worte wie ein Schlag. Ich saß am Wirtshaustisch, bemüht um meine Fassung, ging aufgeregt und verwirrt zu Fuß nach Hause an die Murbacherstraße. Ich saß am Tisch unter dem Lukarnenfenster, durch das ein graues Nachmittagslicht fiel, spürte, wie eine Gewissheit in mir zu keimen begann. Ja, er hatte recht. Ich würde dieses Studium machen müssen. Nach der Matura hatte ich stets abgelehnt, zur Universität zu gehen, und die Philosophiesemester hatten mir später bestätigt, dass meine Weigerung richtig war. Doch ich hatte nie an die Naturwissenschaften als einen Studiengang gedacht. Bei Turel war mir klar geworden, wie bedeutend für ein heutiges Verständnis der Welt Wissensgebiete wie Physik, Genetik oder die Evolutionstheorie waren. Dabei mochte sich der Gedanke eingeschlichen haben, ein Schriftsteller müsse von den Forschungen, die unsere Gesellschaft prägten, Kenntnis haben. Doch am Tisch unter dem Fenster, umgeben von unfertigen Arbeiten, war es ein Gefühl und keine Überlegung, die mich bestärkte, dem Rat des Kollegen zu folgen und Zoologie zu studieren: Wie damals bei Turel würde sich eine Stauung lösen, und ich meinte zu spüren, wie meine Energie bereits zu der Lücke strömte, die der Satz des ehemaligen Kollegen in mein Eingeschlossensein geschlagen hatte:

»Du musst Zoologie studieren.«

3

Doch schon am nächsten Tag meldeten sich Zweifel, war das Gefühl befreiter Energie einem nüchternen Abwägen gewichen. Ich sah lauter Schwierigkeiten. Wie ließe sich ein Studium finanzieren? Die Dauer betrüge mindestens sechs Jahre, ich wäre dreiunddreißig Jahre alt, hätte ein Diplom, mit dem ich nicht allzu viel anfangen könnte. Wozu also Jahre in Laboratorien und Hörsälen verbringen? Ich suchte nach Gründen, mich von der Nutzlosigkeit eines naturwissenschaftlichen Studiums zu überzeugen, und fand sie in den alten Argumenten. Ich wollte mein Schreiben nicht einschränken, das Zurückgezogensein nicht aufgeben, zumal ein Gedicht im »Tages-Anzeiger« erschien, ich eine Anfrage für kurze Prosatexte in der nächsten Ausgabe der Neujahrsblätter erhalten hatte.

Und war der Kollege, der mir den Gedanken eingegeben hatte, im Studium nicht unglücklich gewesen?

Ich ging am nächsten Morgen wie gewohnt ins Wirtschaftsarchiv, ordnete Kärtchen in die Karteikästen im Lesesaal ein und wieder aus, schrieb danach im Büro an meiner »Wefers-Geschichte« weiter, verließ am Mittag das Kollegiengebäude, trat auf die Straße und blieb unentschlossen stehen. Nein, ich wollte nicht wieder zum

»Engelhof« gehen, schlug die Gegenrichtung zum Spalenberg ein und fand am Eingang der Gasse das Café »Flamingo«. Der Aushang bot ein erschwingliches Mittagessen an, und so trat ich in den hellen, von breiten Fensterfronten umgebenen Raum, sah mich um und war überrascht, Mila, eine ehemalige Kollegin, zurückgelehnt und in lässiger Pose allein vor einer Tasse Espresso zu sehen. Sie hatte zum Kreis um Max Voegeli gehört, war seine Vertraute gewesen, die mir damals auch seinen Kommentar zu meinen ersten Gedichten hinterbracht hatte. Mila, die den Spitznamen ihrem orientalischen Aussehen verdankte, hatte ich seit der Zeit am Seminar nicht mehr getroffen, wusste nicht, was aus ihr geworden war, und nun saß sie da, blass, mit aufgequollenen Ringen unter den Augen. Sie studiere Medizin, sagte sie nach der Begrüßung, habe eben das Propädeutikum abgeschlossen, doch komme sie mit dem Studium nicht zurecht. Die Stofffülle erschlage sie. Manchmal habe sie das Gefühl, sie verliere sich, sei nur noch ein Neutrum, ohne Gefühle und Weiblichkeit. Kürzlich habe sie einen Psychiater konsultiert. Der habe von einem neuen Typus Frau gesprochen, der jetzt im Entstehen sei. Sie gehöre diesen Pionierinnen an, die eine Lebensform entwickeln müssten, deren Umrisse noch unklar seien. Sie redete und redete, offenbar froh, jemanden gefunden zu haben, der einfach nur zuhörte.

Ein paar Tage später klopfte sie an die Tür, besuchte mich unaufgefordert in der Murbacherstraße. Sie sah sich im Zimmer um, begutachtete kritisch meinen Schreibtisch, das Foto von Pippa, das ich aufgestellt hatte, und machte keinen Hehl daraus, dass ihr weder mein Zimmer noch die Umgebung gefielen. Ob ich keine Lust hätte, umzuziehen, fragte sie. Im Haus, in dem das Café sei und wo sie wohne, sei im Dachgeschoss ein Zimmer frei. Ich versprach, es mir anzusehen, und die Aussicht, in der Altstadt zu wohnen, gefiel mir: Am Spalenberg wäre ich endlich die Streitereien meiner Mitbewohner los. Dafür müsste ich mir öfter die Sorgen und Probleme Milas anhören, doch schien mir das erträglicher, und nachdem ich mir das Mansardenzimmer angesehen hatte, sagte ich zu und zog um. Es war etwas größer als die Kammer bei Frau Turel, hatte eine seitliche Dachschräge, unter der das Bett und eine Kommode standen. Zu Stuhl und Tisch beim Lukarnenfenster kaufte ich ein Bücherregal aus Karton, stellte einen Korbstuhl dem Tisch gegenüber, und auf dem Flur vor der Tür bewahrte ich Kaffee, Tauchsieder, Tassen und Teller auf. Ich fühlte mich mit Blick auf die Altstadt von Basel an mein »Land über Dächer« bei Bürdekes in Zürich erinnert. Würde ich wie damals ein Bohémienleben führen, mit Schreibversuchen und wechselnden Verdienstmöglichkeiten?

Je mehr ich den Gedanken an ein Studium verdrängte, desto fordernder stellte er sich wieder ein. Nein, es gäbe kein Bohémienleben mehr wie zu Bürdekes Zeiten, und selbst Milas Klagen über die Stofffülle, dass sie sich verliere, schwächten nicht das Gefühl, ein Studium machen zu müssen.

– Du musst mir helfen, sagte Mila, nachdem sie an einem Abend spät noch geklopft und gefragt hatte, ob sie eintreten dürfe. Ich weiß nicht, wie ich das verstehen soll, was mir heute passiert ist. Ich wurde ins Büro meines Professors gerufen. Als ich eintrat, saß er am Pult und schrieb. Ich blieb bei der Tür stehen und wartete, bis er mit Schreiben fertig sein würde, doch da blickte er auf, sah mich an, sagte: »Schön, aber tot« und schrieb weiter. Was meinte er damit? War es ein Kompliment? Er hat es doch als Kompliment gemeint?

Schön, aber tot – wollte auch ich so werden?

Ich holte die Bambusstäbchen hervor, die ich in Carmine Superiore zugeschnitten hatte, zählte sie aus und bekam auf die Frage, welche Bedeutung ein Studium für meinen weiteren Weg als Schriftsteller habe, ein sehr günstiges Zeichen. Es verdross mich etwas, hatte ich doch im Gegenteil ein Zeichen erhofft, das klar auf die Gefahren eines Studiums hinweise, mir folglich abrate und empfehle, mich an die bisher eingeschlagene Richtung zu halten. Aus Enttäuschung und Zweifel tat ich, was nicht korrekt war: Ich zählte die Stäbchen nochmals aus, stellte nun aber die Gegenfrage, wie mein Weg denn ohne ein Studium aussehen werde. Unter dem Zeichen, das ich durch diesen zweiten Versuch erhielt, konnte ich nun all das Schwierige, Stockende, Gefahrvolle lesen, das ich mir bei der ersten Antwort erhofft hatte.

Ich fuhr nach Wettingen, traf Max Voegeli im Café »Domeisen«, zeigte ihm neuere Arbeiten, erzählte von Mila und ließ gegen Ende des Gesprächs beiläufig einfließen, ich überlegte, Zoologie zu studieren. Würde es so sein wie damals bei unserem ersten Gespräch, als Kleck und ich ihm erzählten, wir wollten das Seminar verlassen, um Künstler zu werden, und er uns riet, erst die Matura zu machen und zu beenden, was wir begonnen hätten? Würde er auch jetzt zu einem weiteren Abschluss raten?

Max Voegeli sah vor sich auf den Tisch, in den Augen die Konzentration, die mir so vertraut war und die ich als Zeichen eines intensiven Nachdenkens interpretierte. Dann blickte er auf, sah mich durch die Gläser seiner Brille eindringlich an.

– Tun Sie es, studieren Sie.

4

Pippa war von der Mansarde ins Erdgeschoss umgezogen. Die Einzimmerwohnung war doppelt so groß wie unser ehemaliges Dachzimmer, hatte zwei Fenster zu einem Garten mit Kirschbaum hin, und eine Küche und ein Bad: Luxus, den wir in den letzten Jahren nicht gekannt hatten.

Pippa kochte Nudeln mit Corned Beef aus der Dose, während ich am Küchentisch saß und ihr erzählte, ich hätte mich entschlossen, ein Studium zu beginnen.

– Nein, weder Philosophie noch Germanistik, sondern Zoologie.

Pippa sah mich vom Herd her verwundert an. Und auf meinen Bericht hin von der Begegnung im »Engelhof« fand sie, es sei doch absurd, mir von einem Bekannten – den ich noch nicht einmal gut kennen würde – sagen zu lassen, ich solle Zoologie studieren und das dann auch zu tun.

Hatte ich in den letzten Wochen nach Gründen gesucht, nicht studieren zu müssen, trug ich nun Gründe vor, weshalb es richtig sei, schon im Frühjahr damit zu beginnen. Ich gäbe zwar zu, nicht genau zu wissen, wohin mich der Entschluss führe, doch sei es mit dem Studium ähnlich wie mit der Arbeit am Nachlass Turel. Auch damals habe sich erst im Laufe meiner Tätigkeit gezeigt, wie wichtig es gewesen sei, mich durchzusetzen und den Nachlass zu sichern. Daneben hätte ich viel über mir unbekannte Wissensgebiete erfahren, und auch das Studium werde mir neue Kenntnisse erschließen, die wichtig für mein Schreiben werden würden. Außerdem erhoffte ich mir, künftig nicht mehr auf öde und ermüdende Aushilfsarbeiten angewiesen zu sein, die meine schriftstellerische Arbeit behinderten, und verstieg mich zuletzt zur Behauptung, der Weg führe mich, nicht ich den Weg.

Wir aßen schweigend, und im Fenster leuchteten die großen Scheiben des Ateliers von Hanny Fries, der Malerin und Zeichnerin, die Pippa in ihrer Rolle auf der Bühne skizziert hatte.

– Tue, was du tun musst, sagte Pippa, während sie die Teller abräumte, und als ich daraufhin etwas selbstmitleidig entgegnete, ich würde in den Jahren an der Universität kaum zum Schreiben kommen und weitere Zeit für mein künstlerisches Schaffen verlieren, reagierte Pippa heftig:

– Zeit verliert man mit zwanzig, wenn man nicht weiß, was man mit sich und seinem Leben anfangen soll. Aber man verliert sie nicht mehr mit siebenundzwanzig. Auch ich tue, was ich tun muss. Und auch das führt mich von meinen künstlerischen Zielen eher weg als näher an sie heran.

Das Tourneetheater, mit dem sie von Spielort zu Spielort fuhr, war künstlerisch im Vergleich zur Arbeit mit Frau von Ostfelden am »Theater an der Winkelwiese« ein Abstieg. Doch Pippa, in ihrer lebensnahen Art, fand, man dürfe sich nicht zu schade sein, in die Niederungen hinabzusteigen und sich im Unvollkommenen, Mittelmäßigen zu bewegen. Es gebe gerade dort enorm viel zu lernen, in ihrem Fall, täglich zu improvisieren. An jedem Spielort treffe sie auf neue räumliche Verhältnisse, man müsse Mittel und Wege finden, die beschränkten Möglichkeiten zu nutzen. Und bei all dem Enttäuschenden und Unbefriedigenden gelte es dennoch, an jedem der Spielorte sein Bestes zu geben.

Pippa war kämpferisch geworden, sie verachtete Kollegen, die sich nach dem Anfängerengagement resigniert von der Bühne abwandten, weil sie nicht die große Kunst gefunden hatten. Nach den Erfahrungen bei Frau von Ostfelden wusste Pippa genau, was sie künftig wollte. Ein freies, experimentelles Theater war im Entstehen, das über die Probenarbeit am »Theater an der Winkelwiese« noch einen Schritt hinausging. An dem wollte sie teilhaben.

An einem Samstagabend hatten Pippa und ich am Schauspielhaus Edward Bonds »Early Morning« in der Regie von Peter Stein gesehen. Die Premiere hatte zum Tumult und einem nachfolgenden Skandal geführt, der ähnliche Fronten aufriss, wie sie der Zürcher Literaturstreit um die Rede Emil Staigers hervorgebracht hatte. Peter Löffler, der neue Intendant, wurde für seinen Spielplan scharf angegriffen. Man warf ihm nicht nur »linke Tendenzen« vor, der »Schweizerische Bühnenkünstler-Verband« redete »von ideologischer Gleichschaltung«, und selbst im Ensemble gab es zwei sich widersprechende Fraktionen. Stein und Löffler brachten neue, zeitgenössische Stücke auf die Bühne, die in Mitbestimmung aller Beteiligter erarbeitet wurden, was einer herkömmlichen Inszenierung mit streng getrennten und hierarchisch geordneten Funktionen widersprach. Dazu kam, dass Stein und Löffler Schauspieler ins Ensemble aufnahmen, mit denen sie in Berlin gearbeitet hatten: Edith Clever, Bruno Ganz, Jutta Lampe oder Hanna Schygulla. Die Kollegen aus Deutschland waren mit der neuen Probenarbeit nicht nur vertraut, sie ließen die fest angestellten Ensemblemitglieder auch um ihre Verträge und Rollen fürchten.

Von der Inszenierung waren Pippa und ich wie betäubt: Etwas Ähnliches hatten wir auf der Bühne nicht gesehen, und für Pippa war von jenem Abend an klar, dass sie künftig in einem Ensemble arbeiten wollte, das selbstbestimmt und selbstverwaltet einen Spielort betrieb, Stücke gemeinsam erarbeitete wie das »Theater am Neumarkt« in Zürich unter Horst Zankl. In Baden war es die »Claque«, ein Ensemble junger Schauspieler, das konsequent als Kollektiv arbeitete und eigene, gesellschaftskritische Stücke entwickelte. Später kam die »Innerstadtbühne« in Aarau dazu, die eng mit der »Claque« kooperierte, eine weitere selbstverwaltete Bühne. Pippa wollte in die Dissidenz – fuhr gleichzeitig klaglos im Tourneebus zu Kirchgemeindehäusern, Mehrzwecksälen, Turnhallen und umgebauten Kinos, spielte Abend für Abend konventionelle Stücke in konventionell erarbeiteten Inszenierungen.

– Durchhalten, sagte sie, sich nicht zu schade sein und seinen Weg gehen.

Ich bewunderte Pippa. Sie war, wie ich fand, »schlicht und ergreifend« die beste Frau, der ich begegnen konnte. Wenn bloß dieses »lose Ende der Seele« nicht wäre, das mich umtrieb und das überall und nirgends sich anhaften wollte.

Während der Weihnachtsfeiertage fuhr ich nach Lenzburg zu den Eltern, fühlte mich unbehaglich beim Gedanken, wie sie auf meinen Entschluss, mit dem Studium der Zoologie zu beginnen, reagieren würden. Während des Mittagessens rückte ich mit dem Plan heraus, mich bereits im Frühjahr zu immatrikulieren.

– Ich werde nebenher arbeiten müssen, sagte ich, da ich bei Vaters Höhe des Einkommens keinen Anspruch auf Stipendien habe.

Die Entscheidung sei getroffen und richtig.

Ein Schweigen folgte am ovalen Tisch aus »Cöln«, das die Geräusche von Messer und Gabel auf dem Service meiner Urgroßmutter laut aufklingen ließ. Nachdem das Besteck mit Großvaters Monogramm in paralleler und schräger Lage abgelegt und das Essen somit beendet war, fragte Vater, weshalb ich mich jetzt, nach den jahrelangen Weigerungen, doch noch zu einem Studium entschlossen habe. Ich versuchte so ehrlich wie möglich zu antworten, dass ich es nicht genau wisse, beim Nachdenken über ein Studium nie an die Naturwissenschaften gedacht hätte, sondern immer nur an Fächer, die mich auch heute nicht interessierten. Selbstverständlich erhoffte ich mir, nach Abschluss des Studiums eine Arbeit zu finden, mit der ich meinen Lebensunterhalt bestreiten könne, denn Lehrer wolle und könne ich nicht sein. Auf die Dauer käme ich immer mit Behörden und Eltern in Konflikt, deshalb würde ich mich auch nicht für das Lehramts-, sondern für das Hauptstudium einschreiben wollen.

Die Frage, wie es denn mit meiner bisherigen Absicht, Schriftsteller zu werden, stehe, wurde nicht gestellt, und ich schwieg dazu. Offensichtlich galt sie als erledigt, und die Erleichterung darüber war in Mamas Gesicht zu lesen, auch an Vaters ruhiger und nachdenklicher Haltung. Wie zuvor das Klirren des Bestecks in der Stille, so konnte ich jetzt ihre Gedankengänge hören: Endlich käme ihr Sohn zur Vernunft. Sie brauchten sich nicht länger zu sorgen, ich geriete in Gesellschaft dieser langhaarigen Jugendlichen, die überall für Unruhe sorgten, in Kommunen die freie Liebe praktizierten, gegen Behörden und die Politik demonstrierten und keinen Respekt mehr vor den Leistungen ihrer Eltern hätten. Wenn ich mich auch noch von dieser Schauspielerin lösen würde, die ihrer Meinung nach keinen »positiven Einfluss« hatte, könnte aus mir noch etwas werden. Und Vater zeigte sich großzügig, sagte zu, mir monatlich einen Betrag zu zahlen, von dem ich die Miete, Studiengebühren und die Kosten für Essen, Kleider und Bücher begleichen konnte. Ich versprach als Gegenleistung, das Studium in der kürzestmöglichen Zeit abzuschließen. Ohne dass er es erwähnte, wusste ich: Vater brachte ein Opfer. Er war im vergangenen Februar sechzig Jahre alt geworden, und er hatte keine Pension.

5

Die Aufnahme des Studiums gestaltete sich schwieriger, als ich angenommen hatte. Das Lehrpatent des Seminars Wettingen galt als Matura, und folglich war ich überzeugt, ich könnte jederzeit mit einem Studium beginnen. Im Sekretariat der Universität teilte man mir jedoch mit, in meinem Zeugnis fehle der Abschluss in Englisch, und dieser sei eine Bedingung, um Naturwissenschaften studieren zu können. Ich sei deshalb nicht berechtigt, mich zu immatrikulieren.

Ich hatte im Seminar zwei Jahre Englisch als Freifach belegt gehabt, jedoch kurz vor der Matura erklärt, ich wolle am Unterricht nicht weiter teilnehmen. Die Stunden bei »Glöggli«, der uns schon in Geschichte quälte, fand ich langweilig und war überdies zur Ansicht gelangt, Englisch sei im Vergleich zu Französisch ohne Eleganz, ein holpriges Gekrächze, mit dem ich mich nicht weiter beschäftigen wolle. So fehlte die Note, die ich »geschenkt« bekommen hätte und die nun das Einschreiben an der Universität verhinderte.

Man werde abklären, welche Möglichkeiten es gebe, sagte mir die Leiterin des Sekretariats, ich solle in einer Woche wieder vorsprechen. In den folgenden Tagen schwankte ich zwischen Zweifel, Hoffnung und der Erleichterung, vielleicht doch nicht studieren zu müssen.

– Also, ich habe mich erkundigt, sagte die Leiterin, nachdem ich das Sekretariat betreten und nach ihr gefragt hatte.

– Ja, Sie werden zum Studium zugelassen, allerdings nur als Hörer.

Dieses Semester, ohne reguläre Immatrikulation, werde mir jedoch angerechnet werden, falls ich bis zum nachfolgenden Wintersemester die Matura in Englisch nachhole.

Ich besorgte mir Lehrbücher, blätterte darin, um festzustellen, dass vom ehemaligen Unterricht nicht viel übrig geblieben war. Ich konnte auf nichts aufbauen, musste von vorne beginnen, und diese Erfahrung machte ich zu Beginn des Semesters gleich nochmals. Neben den Grundvorlesungen in Zoologie und Botanik hatte ich ein Praktikum in anorganischer Chemie zu belegen, stand im Labor im weißen Mantel und mit Schutzbrille, auf der Marmorabdeckung ein hektographiertes Buch voller Formeln von Reaktionen, die ich »nachkochen« sollte. Meine Mitstudenten waren alle jünger, kamen frisch von den Gymnasien, hatten den Stoff des Chemieunterrichts noch im Kopf. Nun war ich es, der aufs »Spicken« angewiesen war. Fabbro, am Labortisch nebenan, stutzte jedes Mal, wenn ich, der sieben Jahre älter war als er, ihn nach etwas fragte. Anfänglich zögerte er mit der Antwort, als sei ich der Assistent und wolle ihn prüfen. Ein, zwei Tage später wunderte er sich nur noch über meine Ahnungslosigkeit, sagte: »Ja, aber das ist doch ganz einfach«, und legte mit

Erläuterungen los, die im Tempo der Sätze den Sohn eingewanderter Norditaliener verriet.

Nicht nur mit Fabbros Erklärungen ging es mir zu schnell, die Zeit, die für jeden Versuch vorgeschrieben war, konnte ich kaum einhalten, zumal in meinem Reagenzglas gar nichts geschah, während bei Fabbro nebenan die Reaktionen »ganz einfach« und unglaublich »schnell« abliefen, als hätten auch seine Ausgangsstoffe ein italienisches Temperament.

Die Grundvorlesungen und das Praktikum in anorganischer Chemie ergaben zusammen ein Wochenpensum von vierzig Stunden. Mit dem Nacharbeiten des Stoffs, dem Lernen der chemischen Grundlagen und Formeln, blieb für Englisch wenig und zum Schreiben fast nichts an Zeit übrig: Eine Stunde nachts für Englisch, eine halbe Stunde über Mittag fürs Schreiben.

»Die kurze Zeit nutzen, und immer versuchen, zu einem Ergebnis zu kommen«, war der Vorsatz, den ich in mein Tagebuch notiert hatte und oft nicht einhielt. Das offene Lehrbuch lag unbeachtet auf dem Tisch vor mir, während Mila im Korbstuhl saß, von ihrer ersten Obduktion erzählte, wie sie nach dem Eröffnen des Leichnams erbrochen habe und nun zweifelte, ob sie überhaupt Ärztin werden könne. Nein, ich wollte sie nicht abweisen, blass und elend, wie sie dasaß, auch wenn sich bei mir wegen der Englisch-Matura allmählich Panik einstellte. Wie nur sollte ich das Pensum bis September schaffen? Als einzige Möglichkeit blieb, in den Semesterferien einen Sommerkurs in England zu besuchen, und Pippa, die von dem Plan begeistert war und erklärte, sie wolle mitkommen, fand eine Schule, die in der

uns zur Verfügung stehenden Zeit Kurse anbot. Auch sie möchte Englisch lernen, sagte sie, und da die Gastspielsaison bereits zu Ende war, reiste sie eine Woche früher als ich nach Folkestone.

Die Überfahrt war kurz und stürmisch, am Hafenquai nahm ich ein Taxi und ließ mich zur Adresse fahren, die ich als mein Domizil genannt erhalten hatte: Ein Reihen-Einfamilienhaus, rötlicher Brickbau mit kleinem Vorgarten, und ich bekam ein Zimmer im ersten Stock mit Schiebefenstern, die im Wind klapperten und das Zimmer mit frischer Meerluft füllten. Der Landlord war Ableser der städtischen Gasversorgung, ein Mann Mitte dreißig mit bereits gelichtetem Haar, ein »worker«, wie ich ihn von der Gießerei in Suhr her kannte: Ein Mann mit tief geschnittenen Falten im Gesicht, einer grobporigen Haut und ernsthaften, selbstbewussten Zügen. Mr. Rushworth hatte Humor, besaß aber auch eine wohlwollende Skepsis den jungen Leuten gegenüber, die in seinem Haus für ein paar Wochen wohnten, Söhne, aus meist begüterten Familien, wie die vietnamesischen Studenten im Dachgeschoss. Die Landlady war eine schlanke, groß gewachsene Frau mit rötlich-blondem Haar, sommersprossigem Gesicht, etwas jünger als er, die souverän und mit knappen Anweisungen für die Anstandsregeln sorgte: »Would you be so kind as to pass me... please« war deshalb eine der ersten Formeln, die ich am Tisch lernte. Auch wenn sie mir angesichts der Plastikdecke reichlich geschraubt erschien, bestand Mrs. Rushworth darauf, obwohl es in allen Belangen einfach zu- und herging. Von den Formeln und den Eigenheiten der

Sprache, die wir lernten, wurde bei dem meist reichlichen, doch einfachen Essen gesprochen. Und Mrs. Rushworth überraschte mich, als sie sagte:

– Im Gegensatz zu anderen Sprachen lieben wir nicht die Umschreibungen, das Blumige. Wir wollen die Dinge treffen, sie kalt und hart benennen. Die englische Sprache gleicht in ihrem Kern der Mathematik, und so widersprüchlich es klingen mag: Unsere Sprache eignet sich für Dichtung und Wissenschaft – nicht aber für die Philosophie. Gedicht, Aphorismus, Story einerseits, Essay, wissenschaftliche Abhandlung andererseits, das sind die Stärken unserer Sprache.

Mrs. Rushworth hatte mich mit ihrer Charakterisierung des Englischen nicht nur verblüfft, sondern ganz und gar für ihre Sprache eingenommen. Metapher und Formel, dieses Gegensatzpaar faszinierte mich schon seit Langem, galt in seiner Vereinfachung auch für Turel und für meine eigenen Versuche, die sich zwischen Gedicht und Essay, kurzen Prosaversuchen und wissenschaftlichen Studien abwechselten.

Schon in der ersten Woche lief ich in die öffentliche Bücherei, streifte an den Regalen entlang, nahm das eine und andere Buch heraus, blätterte darin, lieh mir ein anderes aus. In einer Buchhandlung kaufte ich »An Outline of English Literature« – und allmählich stapelten sich die Bücher unter dem zugigen Fenster meines Zimmers, die ich zwar nicht lesen konnte, mich aber mit dem neuartigen Sprachkörper umgaben. Dieser fand seine Entsprechung in Parks, Kirchen und der Townhall, in Reihenhäuschen und Pavillons, im Steilufer und dem Kieselstrand. Englisch und das Englische begannen mich zu faszinieren.

In der Sprachschule wurde ich nach einer Prüfung nur gerade zwei Klassen über Pippas Anfängerkurs eingeteilt. Ich hatte mit einer höheren Einstufung gerechnet, war enttäuscht, wurde mir aber auch bewusst, wie viel ich an Sprachkenntnis aufzuholen hatte. Sie werde mich überholen, neckte mich Pippa, und tatsächlich lernte sie leichter als ich, war auch fleißiger. Sie wohnte in einem Quartier etwas außerhalb des Zentrums, und so trafen wir uns hauptsächlich an den Wochenenden zu Ausflügen, fuhren nach Dover in ein kleines Hotel am Hafen, über dem die Möwen schreiend im Wind standen, erkundeten die Küste südwärts, besuchten einen Bruder von Hermann Levin Goldschmidt, einen Richter in Hastings, der ein Haus über den Klippen bewohnte, sahen uns den Pier von Brighton an und blieben fast eine Woche in London. Abend für Abend saßen wir im Theater, ich erlebte Shakespeare auf eine neue, mir bisher verschlossene Art, begriff, dass die Dialoge voll versteckten Humors waren, der in den Boulevard-Komödien am Strand hemmungslos und mit perfekten »timings« ausgespielt wurde. Im British Museum sah ich zum ersten Mal echte griechische Skulpturen, und in der National Gallery entdeckte ich Blake und Gainsborough. »*Blake wühlt mich auf, ohne zu irritieren*«, schrieb ich ins Tagebuch, und »*Gainsboroughs Bilder sind mir vertraut. Ich kenne sie seit Langem*«, obschon ich sie hier zum ersten Mal sah.

Auf einem unserer Ausflüge wehte mich etwas Befremdliches an, das mich im Gegensatz zu Blake sehr wohl irritierte. Wir wanderten einen Küstenpfad über den weißen Kreidefelsen entlang. Nebel trieb vom Meer herein und zog über die Grashügel hin. Farben leuchteten darin auf, hart und kantig stachen Umrisse hervor und verschwanden wieder. Die Bäume bewegten sich im Wind, doch so, als schwankten die Äste nur »als ob«, in einer nur vorgegebenen Pose, doch in Wirklichkeit wären ihre Kronen unbeweglich. Ihre Schatten fluoreszierten im mittäglichen Licht, und die Landschaft erschien wie aus einer anderen, jenseitigen Welt. Diese wiederkehrende Stimmung fand ich in einem Taschenbuch brillant dargestellt, einer Gespenstergeschichte, die ich Pippa auf unseren Ausflügen abends vorlas: »The Turn of the Screw« von Henry James, und wir lagen in einem alten, knarrenden Fachwerkbau, dem »Mermaid Inn« in Rye, in ängstlicher Umarmung unter der Bettdecke und waren überzeugt, dass es zumindest in England Gespenster gab, direkt vor unserer Tür.

Zwei Monate dauerte der Aufenthalt, und in der Zeit hatte ich die Empfindung, so wie ich in Folkestone die Tage verlebte, sähe mein idealer Alltag aus. Ich besuchte am Morgen den Unterricht, um meine Englischkenntnisse zu verbessern, hielt mich in Gesellschaft anderer Studenten auf, zog mich dann aber auf mein Zimmer zurück. Unter dem Schiebefenster saß ich über meinen Heften, schrieb über die Eindrücke, die auf mich eindrangen, mich zu Phantasien, Theorien, Gedichten in dieser fremden Umgebung anregten. Ich hatte Zeit, meiner Neugier nachzugehen, literarische Werke zu entdecken, von mir unbekannten Ideen zu lesen und mich nicht um Haushaltsarbeiten wie Essen bereiten, die Wäsche besorgen und Ähnliches kümmern zu müssen. Die Abende verbrachte ich allein, genoss jedoch die Ausflüge am Wochenende mit Pippa, ihre Nähe, das gemeinsame Erleben. Ihr konnte ich erzählen, und mit Pippa hatte ich eine Frau zur Seite, die mit Witz und Schärfe kommentierte, was ich beobachtet, analysiert und ausgesponnen hatte. Als ich ihr im Salon eines kleinen Hotels während des »Fife o'Clock Teas« sagte, ich bedauerte, dass unser Aufenthalt bald zu Ende gehe, denn so zu leben wie in diesen Wochen hier, entspräche ganz und gar einer Lebensform, wie ich sie mir wünschte, antwortete sie:

– Du hättest dich in einen Roman von Jane Austen hineinschreiben lassen sollen. Doch im wirklichen Leben ist die »Gentry«, jene vornehmen Müßiggänger, die sich nur ihren Interessen widmen konnten, Bedienstete und genügend Mittel zu einem angenehmen Leben hatten, längst Geschichte.

Und Geschichte war auch schon bald der Aufenthalt in Folkestone. Ende August fuhren wir nach Basel zurück, und die Dachkammer am Spalenberg, der nahe Beginn des Semesters machten deutlich, die »ideale Lebensform« forderte jetzt ihren Preis: Ich müsste bis zur Englischprüfung Tag und Nacht lernen. Meine Sprachkenntnisse waren noch immer nicht gut genug, um die Matura zu bestehen. Ich legte alle Notizhefte weg, verbot mir das Lesen, kaufte Brot, Butter, Käse und Wurst, erneuerte den Vorrat an löslichem Kaffee, wischte mein Zimmer einmal die Woche mit dem Besen und lernte Wortschatz und Grammatik. Ich ging zur Prüfung, löste die Aufgaben so gut ich konnte und beging die Leichtsinnigkeit, am Abend ins Kino zu gehen und mir ausgerechnet einen nicht synchronisierten englischen Film anzuschauen. Während der Dialoge kamen mir lauter Fehler in den Sinn, die ich in der Prüfung gemacht hatte. Es würden zu viele sein, so fürchtete ich, viel zu viele Fehler, um zum Studium zugelassen zu werden. So stand ich gefasst vor dem Experten, als ich das Ergebnis der Prüfung abholen konnte. Er hielt mir einen Umschlag hin und sagte, meine Leistungen rechtfertigten nicht die Minimalnote, die notwendig sei, um die Matura zu bestehen. Er habe mir ein »Genügend« nur gegeben, weil ich siebenundzwanzig Jahre alt sei und mein Studium bereits begonnen hätte.

6

Zum Hauptfach Zoologie und den Nebenfächern Botanik und Chemie belegte ich die Wahlfächer Paläontologie und Geologie. Als ich mich in die Stoffgebiete zu vertiefen begann, belustigte mich die Entdeckung, dass ich einmal mehr meinen thematischen Vorlieben treu geblieben war: Mit dem Studium stand mir ein neuerlicher Tauchgang in die Geschichte bevor. Er würde mich weit tiefer in die Vergangenheit zurückführen als bei meinen archäologischen Forschungen als Junge und den theatralischen und literarischen Bemühungen als junger Mann, nämlich zu den Anfängen des Lebens überhaupt. Einen Unterschied gäbe es allerdings. Meine früheren Tauchgänge in die Vergangenheit hatte ich stets benutzt, mich vom Alltag zurückzuziehen und mir einen Raum zu schaffen, der mich vor den Unannehmlichkeiten der Gegenwart schützen sollte. Bei den jetzt einsetzenden Vorlesungen und Praktika war ein solcher Rückzug allein durch die Tatsache versperrt, dass ich den ganzen Tag in Vorlesungssälen und Labors verbrachte und die Studien mich vorwärts-, künftigen Prüfungsterminen entgegendrängten. Ich hatte Vater versprochen, nicht zu bummeln, das bedeutete aber, lückenlos die vorgeschriebenen Praktika und Vorlesungen zu besuchen und die Semesterferien zur Prüfungsvorbereitung zu nutzen. Ich lernte chemische Formeln auswendig, notierte seitenlang Reaktionen, die bei einer bestimmten Temperatur unter Zugabe eines Katalysators abliefen. In der Botanik schaute ich am Binokular ins Innere der Zellen, skizzierte mit feinen Strichen ihre Struktur aufs weiße Zeichnungsblatt. In der Grundvorlesung zur Anatomie der Wirbeltiere verfolgte ich, wie sich die Grundelemente des Bauplans von Gattung zu Gattung änderten, skizzierte zu meinem Vergnügen morphologische Reihen von Schädelknochen in ein Notizheft. Meinen Wortschatz erweiterten Begriffe wie »Homologie« und »Analogie«. Sie besagten, dass Organe aus gleichem Ursprung sich bei verschiedenen Arten glichen oder eben nur durch ihre Funktion zu einem ähnlichen Aussehen geformt waren. Solche Begriffspaare, wie auch »autoplastisch« und »alloplastisch«, sich selbst oder seine Umwelt gestaltend, regten mich zu weiterführenden Betrachtungen an. Dabei orientierte ich mich sprachlich an einer Genauigkeit, wie ich sie in den Aufsätzen und Schriften Adolf Portmanns fand. Er war bereits emeritiert, hielt aber hie und da noch Vorlesungen in der alten Universität am Rheinsprung, im Hauptsaal des Zoologischen Instituts. In den Rängen wurde es ruhig, wenn Portmann mit langen Schritten das Auditorium betrat, die Wandtafel hochschob und sich zum Tresen umwandte. Er stand im weißen Labormantel da. Sein Gesicht war knochig, der Blick unbewegt, und von der Haltung ging eine Einfachheit aus, die aus der Konzentration auf sein Thema kam. Er sprach frei, mit klarer Diktion, und im Unterschied zu anderen Dozenten waren es keine vorgefertigten und bereits mehrmals gesagten Sätze, die wir Studenten zu hören bekamen. Portmann ließ uns an seinen Überlegungen und ihrem gedanklichen Ausformen teilhaben, und es ging stets um die Klärung von Grundfragen wie dem Unterschied zwischen einer Begründung und einem Beweis in der Naturwissenschaft.

Was mich beeindruckte, war Portmanns Fähigkeit, komplexe wissenschaftliche Sachverhalte in eine allgemein verständliche Sprache ohne ein unstatthaftes Vereinfachen zu übersetzen. Nie gaben seine Ausführungen dem Hörer das Gefühl eigener Unzulänglichkeit. Sein Sprechen und Schreiben waren zudem von einer Vorsicht vor allzu voreiligen Schlüssen durchdrungen, und immer wieder betonte er, wie wenig wir bei aller Fülle der Kenntnisse von der Natur und ihren Erscheinungen verstünden. Die von ihm gelehrte vergleichende Morphologie faszinierte mich schon deshalb, weil Goethe den Begriff geprägt hatte, und wenn es auch nicht mehr um die »Urpflanze« und den »Idealtypus« als den Gegenständen der Untersuchungen ging, so stand bei Portmann doch noch immer die Gestalt im Vordergrund, ihr Ausdruck, ihr Werden und Sich-Verändern in der Erdgeschichte. Portmann betonte die Ganzheit der Erscheinung, sah in ihr einen Ausdruck, der mehr aussagte, als es die Summe untersuchter Einzelteile vermochte. In dieser Auffassung war er ebenso sehr Künstler wie Wissenschaftler, und die Verbindung von beidem, des Faktischen mit dem Nicht-Beschreibbaren, war ein Thema, das mich in meinem eigenen Schreiben beschäftigte. Die biologische Forschung jedoch war längst durch die Einzelteile der sichtbaren Gestalt hinab in die molekularen Strukturen gebrochen.

Nach dem ersten Semester, das ich voller Zuversicht absolviert hatte, begannen Zweifel meinen anfänglichen Schwung zu lähmen. Zuerst war es lediglich ein Gefühl, mich mit einem Wust an Wissen beschäftigen zu müssen, der bekannt, erforscht und als ein Haufen von Fakten auch tot war. Doch allmählich beschlich mich eine Skepsis der Wissenschaft selbst gegenüber, ihrer – wie ich empfand – einseitig rationalen, analytischen Art und Weise, die Gegenstände unserer Welt zu untersuchen. Über Mittag zog ich mich jeweils in meine Dachkammer zurück, kochte Pulverkaffee und nahm mein Quartbuch hervor. Ich schrieb Gedichte, arbeitete an Erzählungen und griff einen Stoff wieder auf, an dem ich vor meinem Studium, vor allem noch in Lenzburg, geschrieben hatte: »Die Revolution Moses«. Der essayistische Aufsatz griff weit in die europäische Kulturgeschichte aus, stellte Hypothesen und Behauptungen auf, griff auf Metaphern und Symbole zurück und war in allem das Gegenteil von dem, was wissenschaftliches Arbeiten forderte. Die halbe oder dreiviertel Stunde am Tisch über den karierten Seiten des Quartbuches war das Gegengift zu meiner Angst, die Turel'sche Unbekümmertheit des Denkens zu verlieren. Ich fürchtete, durch die Naturwissenschaften auf eine unsinnliche, nur Tatsachen vermittelnde Sprache eingeschränkt zu werden, von der ich mich nur schwer befreien könnte. Beunruhigt notierte ich einen Traum, von dem ich glaubte, er beschreibe genau, was mit mir geschehe:

»*Ich ließ mich auf einem Fluss treiben. Bei mir waren andere Leute, ich erkannte einige Studienkollegen. Wir schwammen flussabwärts. Die Ufer waren offen, der Blick ging auf Felder.*

Plötzlich stellte ich fest, dass das Wasser arg verschmutzt war. Wir kamen zu Häusern und einem Wehr, gerieten unversehens in die Kanalisation, in ein System von Röhren, Druckmessern, Regulatoren. Die Apparaturen glänzten und glitzerten in einem kühlen, bläulichen Licht, waren phantastisch und faszinierend anzusehen, begeisterten durch das Ungewohnte, noch nie Gesehene. Doch plötzlich erkannte ich: Trotz großartiger Technik, es sind nur Röhren, zu einem System zusammengesteckt, und das Wasser ist schmutzig.«

Mein innerer Konflikt vertiefte sich, als ich Max Voegeli im Café »Domeisen« traf. Ich hatte ihm eine Erzählung geschickt, und er fand, ich könne ruhig etwas zurückhaltender im Gebrauch von Adjektiven sein. Es gebe einiges zu überarbeiten, doch dann kamen für mich unerwartete Sätze:

– Wenn Sie Ihren Text durchgehen, werden Sie selbst finden, in wie vielen Konventionen Sie noch befangen sind. Sie werden Spaß daran haben, sie zu entdecken und zu streichen. Es geht hier – obwohl um Handwerk – letztlich um nichts Machbares, um keinen Trick, den man lernen kann, sondern um Haltung, also um etwas, bei dem Stil beginnt und Stilistik aufhört. Dazu sind Sie jetzt reif. Ihr Text ist gut, und was mehr ist, er ist schön, doch Sie müssen ihn genauer durcharbeiten.

Zum ersten Mal erhielt ich von meinem Lehrmeister die Bestätigung, einen ersten Schritt auf dem Weg zur eigenen Form gemacht zu haben. Offenbar war er der Ansicht, ich sei soweit, mich aus sprachlichen Konventionen zu lösen und einen eigenen Ton zu finden. Doch statt daran weiterzuarbeiten, mich mit den Fragen des eigenen Stils auseinanderzusetzen, verbrachte ich meine Zeit damit, mich in Chemie, Anatomie, Botanik mit dem Aneignen von Wissen zu beschäftigen, das in einer Sprache formuliert war, die geradezu verschwenderisch die Verben mit »könnten« und »sollten« versah. Jedem Faktum war ein »vielleicht« der möglichen Ausnahme beigegeben, es wimmelte von »wahrscheinlich«, und ein Satz ohne »dass« war undenkbar. Ich haderte und fand, die Beschreibungen entsprächen nicht ihrem Gegenstand, sie seien weder präzise noch klar und deshalb ohne Schönheit. Sie ließen vermissen, was nun in meinen eigenen Arbeiten wichtig würde: Stil.

Nach dem Besuch in Wettingen fuhr ich nach Zürich zu Pippa. Wir saßen in der Küche, tranken Tee, und ich erzählte ihr von meiner Begegnung mit Max Voegeli und beklagte, dass der tägliche Umgang mit Sprache in jener spezifisch wissenschaftlichen Form mich hindern würde, den Schritt zu tun, auf den Max Voegeli mich hingewiesen und auf den ich hingearbeitet hatte.

Pippa sah mich aus ihren dunklen Augen erst mitleidig an, sagte dann in schneidendem Ton:

– Du könntest auch einfach lernen, dich mit der Gegenwart abzufinden. Und ich fände es auch an der Zeit, dich von den Autoritäten zu verabschieden, die nur einen Satz zu schreiben oder zu sagen brauchen, um dich in anbetende Bewunderung zu versetzen. Ich hatte gehofft, die Beschäftigung mit der Naturwissenschaft brächte dich aus deiner moralischen und geistigen Verstiegenheit auf den Boden einfacher Tatsachen zurück: Vielleicht solltest du versuchen, statt ein verblasenes Abbild von Voegeli, Turel und neuerdings Portmann zu mimen, einfach versuchen, Christian Haller zu sein.

Pippa konnte heftig werden, und ihre Stimmbildung als Schauspielerin sorgte für eine Lautstärke, die niederschmetternd war.

7

Ich saß über das Binokular gebeugt, blickte durch die Objektive hinab auf permanganatgefärbte Schnitte eines Lacertiliergehirns, bewegte mich durch die verschiedenen Hirnteile, vom Olfaktorium über das Tektum optikum ins Kleinhirn. Als Professor Stingeli auf seinem Gang durch die Reihen an meinem Arbeitstisch stehen blieb, fragte ich ihn, wie man zu der Annahme gekommen sei, aus dem Riechorgan hätten sich die Großhirnlappen entwickelt? Die Vorstellung, das Denken sei aus dem Riechen entstanden, schiene mir eine gewagte Theorie zu sein. Wie könne man beweisen, dass diese Entwicklung tatsächlich in dieser Art stattgefunden habe.

Professor Stingeli sah mich verwundert, auch lächelnd an.

– Gar nicht. Es ist ja keiner dabei gewesen!

Vorgebeut, den Oberkörper auf der Tischplatte aufgestützt, sagte er:

– Wir haben einzig Theorien und versuchen sie auf die Natur anzuwenden. Dabei schauen wir, wie weit wir mit den Annahmen kommen. Werden Divergenzen sichtbar, bedeutet das, dass die Theorie unvollständig oder unstimmig ist und neu formuliert werden muss. Biologie ist nicht mehr die Beschreibung der Natur, wie sie es im 19. Jahrhundert gewesen ist, sondern ein Ausarbeiten von Theorien, die gewisse Sachverhalte voraussagen, die experimentell nachgeprüft werden.

Professor Stingelis Antwort auf meine Frage löste in mir eine Erschütterung aus. Über die leuchtenden Schnitte durch ein Gehirn gebeugt, wurde mir klar, wie sehr alles, was wir wahrnehmen, auf Hypothesen, Theorien, Denkkonstrukten beruht, und wie verflochten die Wirklichkeit mit den Nervenbahnen, Zellkernen – dieser grauen Masse – ist, die ich da unterm Binokular in einer Schnittserie betrachtete.

Am Abend in meiner Dachkammer kam mir der Gedanke, dass auch wissenschaftliche Theorien Formen des Erzählens sind. Geschichten, an denen die Wahrscheinlichkeit geprüft wird. Diese Erzählungen wurden in einer Sprache aus chemischen Formeln oder mathematischen Gleichungen abgefasst, versuchten, um neue Erkenntnisse zu gewinnen, Trübes zu klären, Unverbundenes zu vereinen, Gestaltloses zu formen. Die Stoffe von Theorien unterschieden sich zwar von denjenigen literarischer Erzählungen grundlegend, doch die Vorgehensweise, sie fassbar und erhellend zu machen, war die gleiche.

Noch während ich über die Theorie als eine Form, die Welt erzählbar zu machen, nachdachte, drängten sich mir Wörter in der gewöhnlichen Alltagssprache auf:

Gehirne

Gehirne von Embryonen,
ein sauber gefärbter Schnitt.
Drei Blasen – doch wozu
sind die ein erster Schritt?

Versuch einer Vollendung?
Oder Beginn der Flucht,
die aus Zellen und Schichten
letztlich Erlösung sucht?

Ach, schon jetzt gefangen
in grauer Masse drin:
zergliedern, Schlüsse ziehen,
nach selbst erwähltem Sinn.

Mit neuem Elan besuchte ich Vorlesungen und nahm an Praktika teil. Meine Neugier war aufs Neue geweckt, ich wollte tiefer die wissenschaftlichen Theorien verstehen. In Olivier Rieppel, einem jüngeren Kommilitonen, fand ich einen Gesprächspartner mit Kenntnissen, die weit über das Studiengebiet hinausgingen. Er hatte sich schon als Kind mit Reptilienkunde beschäftigt, besaß zu Hause Terrarien mit Schlangen und Echsen und hatte Kontakt zu Carl Stemmler, einem damals bekannten Tierpfleger und -beobachter des Basler Zoos, der in Radiosendungen regelmäßig über seine Arbeit berichtete. Für Olivier Rieppel war klar, er würde sich auch nach dem Studium weiterhin mit Herpetologie beschäftigen. Zwischen den Vorlesungen, manchmal auch am Abend, saßen wir im Studentencafé oder in der Bibliothek zusammen, diskutierten über die primäre oder sekundäre Beinlosigkeit der Schlangen, ob die Extremitäten nie ausgebildet waren oder während der Entwicklungsgeschichte verloren gegangen seien. Ich besuchte ihn zu Hause, in einem Quartier von Einfamilienhäusern außerhalb der Stadt. Sein Vater arbeitete in der chemischen Industrie, ein quirliger Mann, der sich vor dem schwermütigen Schweigen seiner Frau ins Hellbegeisterte redete. Er war stolz auf einen neuen Klebstoff, »Araldit«, als hätte er ihn selbst erfunden, redete davon, wie man alles und jegliches zusammenkleben könne, ganze Pyramiden und Tempel, während wir am Küchentresen das Essen auf dem Teller zerkleinerten. Nach Vater Rieppels Schwärmen über die Klebefestigkeit von »Araldit« zogen wir uns in Oliviers Zimmer zurück, in den fahlen Schein der Wärmelampen aus den Terrarien und den Geruch nach Mehlwürmern. Olivier sagte kurz und abschließend: »Er spinnt«, bedauerte seine Mutter, ich aber war dennoch beeindruckt, zumal Vater Rieppel mir ein Werbegeschenk zusteckte: Der perfekte Abguss einer afrikanischen Skulptur als Pfeifenstopfer.

– Vielleicht ist es kein Zufall, sagte ich, dass »Araldit« zu einem Zeitpunkt erfunden worden ist, da nichts mehr zusammenhält, die biologische Gestalt in Teile zergliedert wird, und die Teile bis zu Molekülen zerkleinert werden.

Seit der Entdeckung der Doppelhelix durch Watson-Crick 1953 entfalteten sich Genetik und Molekularbiologie in rasanter Weise. Die Erforschung des Lebens fand in molekularen Bereichen statt, und die moderne Forschung schlug eine gänzlich andere Richtung ein als diejenige, mit der wir uns im Studium beschäftigten. Adolf Portmann ging in seinen morphologischen Studien von der ganzheitlichen Erscheinung aus, ihrer Problematik, dass sich gerade in dieser – wie beispielsweise dem Federkleid der Vögel – etwas Unerklärliches äußerte, das sich weder durch eine notwendige Funktion noch durch einen entwicklungsgeschichtlichen Vorteil erklären ließ. Dieser Portmann'schen Sicht stand das Erforschen kleinster Einheiten und deren Wirkungsweisen gegenüber, und diese Forschungsgebiete faszinierten uns mehr und mehr. Die Decodierung der genetischen Codes war zu einem Hauptthema der Biologie geworden, von ähnlicher revolutionärer Wucht wie die Quantenmechanik in der Physik. Ein Dualsystem weniger Nucleinsäuren bestimmte Art und Gestalt. Und ich entdeckte, dass nicht nur die Wissenschaft mit Theorien Erzählungen über die Natur schrieb, die Natur tat es selbst auch. Wörter wurden in der Genetik gebraucht, die es in solchem Zusammenhang zuvor nicht gegeben hatte. »Information« war in den Genen »gespeichert«, und der genetische Code ließ sich mit einer »Sprache« vergleichen, die »gelesen« werden muss, wonach Mutationen auf »Lesefehlern« beruhten. Die neuen Erkenntnisse warfen ein gänzlich verändertes Licht auf Darwins Evolutionstheorie, und Olivier und ich kamen ins Philosophieren: Wie definierte man neu den Artbegriff, was bedeutete dies für die Systematik. Ich aber fand mich unerwartet wieder in einem sprachlichen Kosmos aufgehoben wie in Adrien Turels tausenden Manuskriptseiten. Und wie sich damals meine Handschrift verändert hatte, so veränderte sie sich auch diesmal. Sie war runder und ausgeglichener geworden.

Auf Grund meiner Legasthenie war mir ein Mitschreiben der Vorlesungen unmöglich. Die Ausführungen des Dozenten lösten sich beim Versuch, diese schriftlich festzuhalten, in einen unverständlichen Wortbrei auf. Statt mich zu bemühen, mit Notizen den Erklärungen zu folgen, hörte ich genau hin. Ich bemerkte, wie sich stets um den Kern einer wichtigen Aussage ein Mantel aus überflüssigen Wörtern legte. Ich schulte mich, diesen Kern herauszuhören, um ihn während der überflüssigen Wörter in einen knappen Satz zu fassen. Das machte meine Vorlesungsprotokolle bei schwänzenden Kommilitonen beliebt. Sie waren kurz und schnell abgeschrieben.

Durch die Verknappung der Ausführungen auf wenige Sätze stieß ich auf eine weitere sprachliche Eigenheit: Sie hatte mit Genauigkeit zu tun. Beim Sezieren war mir bewusst geworden, dass Präzision eine eigene geistige Disziplin war. Mit aller Vorsicht und Umsicht musste ich mich, gebeugt über einen geöffneten Tierkörper, mit dem Skalpell der zu präparierenden Stelle nähern. Ein Nerv oder ein Blutgefäß waren schnell durchtrennt, und der Schnitt ließ sich nicht mehr rückgängig machen. Ähnlich wie beim Präparieren verhielt es sich beim Schreiben. Um einen bestimmten Sachverhalt darzustellen, musste ich die Wörter mit Vorsicht und Umsicht dem zu Beschreibenden nähern. Dabei machte ich eine Entdeckung. Je stärker ich die Wörter dem Gegenstand, den ich auszudrücken versuchte, näherte, desto größer wurde der Widerstand, als würde zwischen der Sprache und dem, was sie auszudrücken versuchte, eine abstoßende Energie freigesetzt: Es blieb deshalb stets eine Lücke. Nie ließe sich das zu Sagende ganz ausdrücken. Versuchte ich jedoch, diese Lücke dennoch zu schließen oder wenigstens eine größtmögliche Näherung herbeizuführen, entsprangen diesem Versuch unerwartete Sätze und Metaphern, blitzten Wörter einer eigenen, nicht gesuchten Schönheit auf, lösten sich Sprachbruchstücke aus dem Unterbewussten.

– Wann endlich begreifst du, sagte Martin Schwab, Assistent des Praktikums in organischer Chemie, dass mit »Literatur« in der Naturwissenschaft nicht Prosa gemeint ist, sondern eine Liste von Arbeiten, die sich mit einem bestimmten Forschungsgebiet befassen?

Meine Mitstudenten grinsten, und ich fühlte mich ertappt. Mit der Dauer des Studiums hatte sich der anfängliche Gegensatz zwischen Naturwissenschaft und Literatur für mich vollständig aufgelöst.

8

Ich besuchte Pippa in Zürich, hatte mir vergleichende Morphologie und Chemie zu repetieren vorgenommen, doch die Vorlesungen und Bücher steckten während des Wochenendes unausgepackt in der Mappe.

Beim Frühstück am Sonntagmorgen erwähnte Pippa beiläufig, sie habe das Engagement an der Tourneebühne auf Ende der Saison gekündigt.

Wir saßen am Küchentisch, durchs Fenster fielen von Hanny Fries' Atelier spiegelnde Reflexe in unseren dämmrigen Raum. Pippa war müde, sie hatte am Vorabend gespielt, trug ihren Morgenmantel und hatte das Kinn in der Hand aufgestützt.

Nein, sie habe kein neues Engagement. Bei der Tourneebühne könne sie nichts mehr lernen, und es sei Zeit, zu gehen: Sie wolle eine andere Art von Theater machen, ein politisches Theater, das Themen unserer Gesellschaft aufgreife.

– Bei der Tourneebühne sagt mir der Regisseur, was ich zu tun habe, und ich führe es aus. Ich aber will mitarbeiten, am Stück, an der Inszenierung und der Realisation auf der Bühne.

Pippa hoffte auf ein Engagement in einem selbstverwalteten Ensemble, das neue Formen der Theaterarbeit entwickelte. Doch weder an der »Claque« noch der »Innerstadtbühne« oder dem »Theater am Neumarkt« war eine Vakanz.

Sie müsse eben warten, bis etwas frei werde. In der Zwischenzeit nehme sie eine Stelle beim Schweizerischen Coiffeur-Verband »Solina« an. Und neuerdings führe sie auch das Sekretariat der GKEW.

Die »Gewerkschaft Kultur, Erziehung, Wissenschaft« ging auf den Zürcher Theaterskandal von 1969 zurück, auch wenn sie erst drei Jahre später gegründet wurde. Während des Konfliktes um die Intendanz Peter Löfflers und die Arbeitsweise Peter Steins hatte der »Bühnenkünstlerverband« eine unklare, ambivalente Haltung im Streit eingenommen. Unter Protest trat eine Gruppe von Theaterleuten aus, gründete eine eigene Gewerkschaft, die eine linke Kulturpolitik forderte und sich mit der ideologisch ähnlichen Gruppierung »Erziehung und Wissenschaft« zusammenschloss.

Ich besuchte mit Pippa ein paar »Vollversammlungen«, saß mit ihr in Wohngemeinschaften an Tischen, auf denen Gläser und Flaschen standen, die Aschenbecher überquollen, gestritten, gelacht, theoretisiert und Unsinn geredet wurde, und es waren kluge Köpfe, außergewöhnliche Frauen und Männer, Künstlerinnen, Wissenschaftler, verrückte Kerle wie Felix Pfeiffer, der während eines »Konzept-Wochenendes« ein Ferkel in der harten Bergerde zusammen mit glühender Holzkohle verbuddelte; es sollte zum Abschluss am Sonntagabend verzehrt werden. Obwohl ich mich unter diesen Menschen wohl und aufgenommen fühlte, an Veranstaltungen teilnahm, trat ich der GKEW nicht bei. Seit der Demonstration vor dem Globus-Provisorium, der Nacht auf der Seebrücke, als ich den Pflasterstein liegen ließ, wusste ich, mein Platz war am Rand der Geschehnisse. Ich würde stets Beobachter sein, allein, und in Gruppen nicht tauglich. Pippa gegenüber gebrauchte ich als Begründung ein paar Zitate aus Canettis »Masse und Macht«, wie ich sie von der Lektüre her noch vage erinnerte: So einleuchtend oder richtig die Zielsetzungen von Bewegungen oder Parteien auch seien, sagte ich, ihre Verwirklichung würde stets zu etwas Vergröbertem, Verfälschtem führen. Die vielen in einer Masse folgten stets vereinfachenden Argumenten. Mir aber gehe es um Differenzierung und ein von Meinungen unabhängiges Nachdenken und Analysieren, und das könne man nur allein, für sich, im eigenen Kopf.

Pippa hatte einen unnachahmlichen Blick, wenn sie etwas unkommentiert ließ, das sie für abgehoben und etwas weltfremd hielt. Ihre dunklen Augen sahen mich weit offen an, doch in den Augenwinkeln glitzerte ein Schimmer Spott.

Doch ich konnte mich darauf verlassen, dass nach einer Stunde, vielleicht auch einem Tag, von Pippa eine Bemerkung oder eine Frage kam, die mich auf einen Widerspruch zu meinen »unumstößlichen Grundsätzen« hinwies.

– Und die Demonstration in Basel, an der du vor Kurzem teilgenommen hast?, fragte sie. War das nicht auch Parteinahme und hast du dich nicht freiwillig einer »Bewegung« angeschlossen?

Ja, es stimmte, ich hatte Pippa von einem »sit-in« in Basel erzählt, offenbar begeistert. Die »Progressive Studentenschaft« trat für die kostenfreie Benutzung der Basler Straßenbahnen ein, sie rief zu einer Protestversammlung auf, und ich saß inmitten der dicht gedrängten Körper auf den Gleisen, fühlte die Macht gleichgestimmter Menschen. Ich hatte versucht, Pippa zu beschreiben, was für ein überwältigendes Gefühl ich in der Menge empfunden hatte. Ich sei wie von mir selbst befreit gewesen, hätte das Empfinden gehabt, in der Vielheit Gleichgesinnter aufzugehen.

– Und obwohl die freie Benutzung der Straßenbahn nicht gerade ein weltbewegendes Anliegen ist, sagte ich, bin ich überzeugt gewesen, die Forderung und die Art, sie durch das Blockieren der Gleise durchzusetzen, sei von epochaler Bedeutung.

Manchmal sei beides richtig, sagte Pippa, sich in einer Gruppe zu engagieren und für sich allein zu bleiben.

– Du aber entscheidest stets absolut, lässt nur das eine gelten, und eben dieses Verbohrte kennzeichnet den Ideologen, der du nicht sein willst.

Beleidigt reiste ich ab, mehr denn je überzeugt, am besten sei es, sich zurückzuziehen, sich existentielleren Fragen als den politischen Auseinandersetzungen zu widmen. Ich glaubte auch zu erkennen, dass die wirklich verändernden Entscheide gar nicht mehr in der Politik fielen, sondern in den Labors, in der Industrie, an der Börse. Waren sie nicht die mächtigeren Kräfte, und lenkten sie die Gesellschaft nicht in die Richtung einer »schönen, neuen Welt«, wie Aldous Huxley sie beschrieben hatte? Was konnte dieser Macht gegenüber ein möglicher Widerstand sein?

Eine unerwartete Antwort auf die Frage bekam ich von jemandem, der sein Leben in einer dieser lenkenden und bestimmenden Institution verbracht hatte. Onkel Curt, der Bruder meiner Mutter, war Börsianer, hatte Jahrzehnte im Ring gestanden. An dem Nachmittag, an dem ich ihn besuchte, lag er, zum Skelett abgemagert, im Krankenhausbett. Ich hatte meine Vorlesungsmappe bei mir, und Onkel Curt, der sie bemerkte, sagte: »Aha, jetzt kommt eine wirklich wichtige Person!«, und er erklärte mit blassem, maskenhaftem Lächeln, als Börsianer habe er gelernt, auf die Mappen und die Aktenkoffer der Besucher zu achten. Diejenigen Leute, die mit einer alten, vom Gebrauch etwas schäbigen Mappe zu ihm gekommen seien, hätten sich als die wichtigen Kunden erwiesen, während die anderen..., seine Skeletthand machte eine wegwerfende Geste.

Vielleicht erwies meine alte Mappe mich als würdig, vielleicht war es meinem Onkel ein Bedürfnis, dem Jüngeren von seinen Erfahrungen zu erzählen, die er eben jetzt machte: Er redete von sich, seiner Krankheit und seinem Sterben.

– Die Schmerzen kamen langsam, hielten an, wurden stärker, und was eine beginnende Hüftarthrose hätte sein können, erwies sich als Blasenkrebs. An einem Morgen, als ich zur Börse fahren wollte, versagte mein Bein. Ich konnte wegen der Schmerzen den Fuß nicht mehr auf die Kupplung stellen. Ich behalf mir, hob beim Schalten das Bein mit der linken Hand aufs Pedal. Eine Zeit lang ging das, dann schaffte ich es nicht mehr, die Kupplung zu drücken. Je stärker die Schmerzen wurden, je schlechter ich mich bewegen und meine Tätigkeit tun konnte, desto mehr verlor mein bisheriges Leben an Bedeutung. Noch ging ich jeden Tag zur Börse, aß wie all die Jahre mit den Kollegen zu Mittag, doch ich gehörte nicht mehr zu ihnen. Die Krankheit, die Schmerzen hatten mich von ihnen getrennt. Und ich machte die Erfahrung, allein mit einer mir neuen Bedeutungslosigkeit zu sein: Was immer meine Arbeitskollegen beschäftigte, die neueste Börsenentwicklung, Devisengewinne, Aufstiegschancen, auch Reisen oder Beziehungen zu wichtigen Persönlichkeiten, es war für mich ohne Bedeutung. Ich war durch das, was als »wichtig« galt, wie durch Kulissen geschritten, sah dahinter das Nichts und empfand dabei das Gefühl, endlich zu mir selbst gekommen zu sein. Als ich einmal sagte, ich fühlte mich befreit, wurde ich nicht verstanden. Wer immer mich besuchte, Verwandte, ehemalige Kollegen, Nachbarn, sie alle sagten, du wirst gesund, alles wird wieder, wie es gewesen ist. Und dann redeten sie von Dingen ihres Alltags. Ich tat, als hörte ich zu, sie hätten nicht verstanden, dass die Bedeutungslosigkeit all dessen, was ein Leben lang auch mir wichtig gewesen war, eine Befreiung sein kann.

Er hatte, als er ins Krankenhaus eingeliefert wurde, die Einwilligung gegeben, seinen Körper für jegliche Art Tests von Medikamenten zur Verfügung zu stellen.

– Vielleicht helfe ich damit Menschen, künftig von der Krankheit geheilt zu werden.

Kurze Zeit nach meinem Besuch starb Onkel Curt. Ich saß in der Kremationshalle des Friedhofs »Hörnli«, und es war die formlose Abdankung, der karge Lebenslauf, die den Anstoß gaben, Onkel Curts Erzählung zum Kern einer Abhandlung zu machen, in der ich anhand der

Vergänglichkeit Stufen der Befreiung von der Vereinnahmung durch fremde Zwecke darzustellen versuchte. Ich wollte nicht vergessen, was mir Onkel Curt bei meinem Besuch »zu behalten« aufgetragen hatte: Dass jeder für sich einzigartig ist, diese Einzigartigkeit jedoch bewahren und erkämpfen muss. Und während ich an der Arbeit schrieb, änderte sich einmal mehr meine Schrift. Turels linkshändige Zacken verschwanden. Die Buchstaben wurden ausgeglichener, das Schriftbild regelmäßiger, und die Seiten wirkten weniger aufgeregt. Die Abhandlung aber brachte ich nicht zu Ende, je näher ich zu den Schlussfolgerungen kam, desto stockender wurde mein Schreiben, bis es schließlich abbrach. Krankheit und Tod als Befreiung? Ja, ich kannte Michel de Montaignes »Philosophieren heißt sterben lernen«, ich hatte mich während Levin Goldschmidts Vorlesung mit dem Tod beschäftigt, für meinen Essay »Die Revolution Moses« die ägyptischen Totenbücher gelesen. Doch ich musste leben, ein zweites Vordiplom bestehen, und wenn ich auch über Befreiung schrieb, so fühlte ich mich in meinem Alltag beengt und in mich eingeschlossen. Ehrlicherweise musste ich mir eingestehen, dass ich Pippa etwas beneidete. Sie machte in Zürich mit der »Frauenbefreiungsbewegung« Aktionen auf Plätzen und in Straßenbahnen, inszenierte einen Fernsehdialog zur Emanzipation, verreiste mit den Leuten der GKEW zu »Strategie-Wochenenden«. Sie tat, was ich nicht konnte und deshalb kritisch ablehnte. Ich erfand Rechtfertigungen, in meiner Dachkammer über Papieren zu brüten, die zu keinem Abschluss kamen. Und mich quälte eine Sehnsucht, die mich weg vom Schreibtisch an das Lukarnenfenster trieb. Ich hoffte, das Licht in der Wohnung gegenüber würde brennen. Ich könnte dann die junge Frau beobachten, wie auch sie allein war, am Tisch eine Arbeit verrichtete, aufstand und im dunklen Hintergrund verschwand, um nach einiger Zeit zurückzukehren, zurück in den Ausschnitt Helligkeit, in den ich nicht müde wurde, hinüber- und hineinzusehen. Als könnte ich auf den Sehstrahlen meiner Augen in das Zimmer gelangen, in ein fremdes, erst noch zu entdeckendes Leben.

9

Max Voegeli rief mich an, was nicht oft geschah, und sagte, er wolle eine Höhle bei Trimbach besuchen. Er habe sich gedacht, in Anbetracht meiner früheren Begeisterung für Urgeschichte würde ich ihn vielleicht begleiten wollen. Wir könnten uns in der »Weinstube« in Sissach treffen und von dort gemeinsam die Exkursion unternehmen, Regina Ellenberger werde uns begleiten. Ihren Namen kannte ich durch Kleck, sie war eine Freundin Max Voegelis und hatte den Sonderkurs in Wettingen besucht, nachdem ich das Seminar bereits verlassen hatte.

In all den Jahren der Bekanntschaft mit Max Voegeli hatte es nie eine gemeinsame Unternehmung oder ein Treffen außerhalb des Kaffeehauses gegeben. Ich sagte freudig zu und fuhr mit dem Zug nach Sissach. Da der Besuch einer prähistorisch genutzten Höhle galt, hatte ich den »Pebble« eingesteckt, einen bräunlich kristallinen Kiesel mit Abschlägen. Dieses primitivste »Werkzeug« aus den Anfängen der Menschheitsgeschichte hatte ein mir befreundeter Archäologe aus der Sahara mitgebracht und mir geschenkt, seither lag er auf meinem Schreibtisch, und ich ergriff ihn alle paar Tage, hielt ihn wie einen Schmeichelstein: Er schmiegte sich perfekt in die linke Hand, schwer und kalt.

Ich war zu früh da, wartete in der »Weinstube«, und nach einer Viertelstunde trat eine junge Frau in das Lokal, von der ich augenblicklich wusste, sie müsse Regina Ellenberger sein, obschon ich sie noch nie gesehen hatte: In ihren Bewegungen, im Blick, den sie über die Tische schweifen ließ, in der Art, ohne Lächeln an den Tisch zu treten und übergangslos mit Reden zu beginnen, sah ich Max Voegeli gespiegelt und erfuhr, dass er nicht kommen könne: Er habe einen »Rückfall« gehabt.

Ich fragte nicht nach, worum es sich handle, war jedoch enttäuscht, den Ausflug ohne meinen Lehrmeister, mit dieser mir unbekannten Frau, machen zu müssen.

In Regina Ellenbergers Auto fuhren wir zu Herrn Roost. Er sollte uns führen. Das letzte Stück hinauf zur Höhle war steil und rutschig, ich half Regina, indem ich ihr die Hand reichte, dann traten wir in die Höhle ein, deren Decke sich rasch senkte. Es wurde eng und dunkel, der sandige Boden war lehmig und glitschig geworden, und Regina blieb zurück, während Herr Roost und ich weiter vordrangen. Roost erzählte von Bärenknochen, die man gefunden habe, dass die Höhle aber auch ein Rastplatz steinzeitlicher Jäger gewesen sei, und fragte Regina, die ein Schattenriss im Höhlenausgang war, wie es ihr gehe.

– Gut, antwortete sie, ich studiere zoologische Probleme. Sie leuchte mit der Taschenlampe die Höhlendecke ab, die voll von Spinnen und Mücken sei.

Als wir sie auf dem Rückweg erreichten, sagte sie:

– Wie konnten Menschen nur in einer Höhle leben. Es muss grässlich gewesen sein, vor allem für die Frauen. Die wurden dauernd vergewaltigt und an den Zöpfen nach hinten geschleift.

Beim Abstieg ließ sich Regina nicht mehr helfen, und in einem Restaurant, das wir aufsuchten, nahm sie das Thema nochmals auf, redete von Emanzipation und sexueller Selbstbestimmung und schlug schließlich vor »zu gehen«, was hieß, sich von Herrn Roost zu verabschieden und zu ihr nach Hause zu fahren.

Regina wohnte außerhalb eines Dorfes, in einem Mehrfamilienhaus, von dessen Fenster der Blick über die Dächer hinweg auf die Hügelzüge des Jura ging. Sie bat mich in die Küche, tischte Brot und Käse auf, und während wir aßen, fragte sie mich nach Kleck. Ja, sagte ich, noch bestehe ein Kontakt, wenn er auch lose geworden sei. Wir hätten uns in der Zeit, da ich mich mit Turel beschäftigte, entfremdet, und seit meinem Studium sähen wir uns kaum noch. Ich hätte unter ihm sehr gelitten. Es sei ihm immer wieder gelungen, mich zu verunsichern, in meinem Schreiben, aber auch gegenüber Pippa, meiner Freundin. Er habe behauptet, ich könne zu einem eigenen Stil nur durch eine Trennung von Pippa kommen, da es zur Schriftstellerei Einsamkeit und Unabhängigkeit brauche. Ein Unsinn, klar, sagte ich, verschwieg aber, dass ich mit einem Teil meiner selbst daran glaubte, eine Trennung jedoch nicht schaffte. Regina war dagegen freimütiger. Sie erzählte, auch sie habe unter Kleck gelitten, er habe nämlich zwei Mal versucht, sie zu vergewaltigen.

Nach dem Imbiss bat sie mich ins Wohnzimmer, setzte sich auf das Sofa, ich in den Sessel ihr gegenüber, und wir sprachen von der Seminarzeit, von Max Voegeli, und dass ich mich schon als Kind mit Archäologie beschäftigt hätte. Ich erinnerte mich an den »Pebble« in meiner Jackentasche, holte ihn und setzte mich neben Regina, um ihr dieses Ur-Werkzeug zu zeigen. Anhand der Bearbeitungen erklärte ich den Unterschied zwischen einem Abschlag und einer Retouche, ein Thema, über das ich einen Aufsatz geschrieben hatte. Der Abschlag, der einen Kiesel aufspaltet, sagte ich, sei das Ergebnis eines unbewussten, intuitiven Aktes und bestimme die Grundform des zu gestaltenden Werkzeugs. Die Retouche dagegen überarbeite die Form im Sinne der Funktion, nähere den Stein aber auch der Vorstellung an, die der Hersteller vom fertigen Werkzeug habe. Während ich über diese beiden »Grundhaltungen zum Material« referierte, mich Regina zuneigte, um ihr die Spuren am Stein zu zeigen, spürte ich Angst. Regina hatte sich schmal gemacht, die Schultern nach vorn gedrückt, sah vor sich hin, ohne den Stein zu sehen. Ich erschrak beim Gedanken, mein Verhalten könne als ein Annäherungsversuch verstanden werden, stand sofort auf, um Regina zu zeigen, sie habe von mir keinen Übergriff zu erwarten: Ich sei Gentleman, der wisse, wie man sich einer Frau gegenüber verhalte, und entsprechend verlief der Rest des Abends in amüsanter und entspannter Konversation.

Zwei Tage später rief mich Max Voegeli an. Er wolle mich sehen, und als ich ihn im Kaffeehaus traf, sagte er, Frau Ellenberger sei von meiner Geschichte mit dem Stein sehr beeindruckt gewesen. Zum ersten Mal seit der Geschichte mit Kleck habe sie sich gewünscht, ein Mann würde den

Arm um sie legen, ihr das Gefühl geben, mit ihr schlafen zu wollen. Sie sei an jenem Abend dazu bereit gewesen.

– Sie können sich und ihr einen großen Dienst erweisen. Melden Sie sich bei ihr, gehen Sie nochmals zu ihr hin.

In all den vergangenen Jahren hatte ich mir gewünscht, auch mit jemand anderem als mit Pippa ins Bett zu gehen. Doch war es mir nie gelungen, mich einer anderen Frau zu nähern. Allmählich beschlich mich das Gefühl, Pippa bleibe die einzige Frau, mit der ich eine körperliche Nähe leben könne. Nicht, dass ich keine anderen Frauen kennenlernte, sie attraktiv fand und begehrte, doch sobald ich mich jemandem näherte, löste sich die Folie von Reizen auf, die anziehend und stimulierend gewirkt hatte, kam ein Mensch hervor, der eine eigene und mir vollständig fremde Welt mitbrachte, in die einzutreten mir unmöglich war. Oftmals genügte ein Satz, eine Redewendung, und die Person, der ich mich eben noch neugierig genähert hatte, rückte in weite Ferne.

Bei Regina Ellenberger, so sagte ich mir, könnte es anders sein. Es gab Gemeinsamkeiten, die ich schon bei unserem Ausflug bemerkt hatte. In ihrer Körpersprache, wie im Reden spürte ich Max Voegeli, mit dem wir beide befreundet waren. Sie kannte zweifelsohne, wie ich auch, die literarischen Welten und Werte, in denen er sich bewegte. Zu diesem Vertrautsein mit seiner Lebenshaltung kam, dass es Max Voegeli war, der unser Zusammentreffen wollte, bei dem es darum ginge, uns von den jeweiligen Blockaden zu befreien: Regina vom Trauma einer versuchten Vergewaltigung, ich von meiner Fixierung auf Pippa.

Ich lief durch die Stadt, ging ins Kino – doch nichts lenkte mich ab von dem Gedanken, mich nun in eine »Affäre« stürzen zu müssen. Allein die Vorstellung ließ meine Hände feucht werden, rief Abwehr wach und ein heftiges Mitleid mit Pippa, die, ohne etwas zu ahnen, sich in falscher Sicherheit wähnte. All die Jahre hatte ich immer wieder versucht, mich von ihr zu trennen. Doch wollte ich Pippa wirklich verlieren?

Ich rief Regina Ellenberger an, dankte für den Abend und erwähnte nach ein paar Nettigkeiten, dass ich sie gelegentlich gerne wiedersehen würde. Sie lud mich für den Samstagabend zu sich nach Hause ein, nannte die Zugverbindung, und ich hatte kaum aufgelegt, als Max Voegeli anrief. Er wolle mich sehen, es gebe einiges zu besprechen.

Am folgenden Samstagabend fuhr ich nach Buckten, wohlinstruiert von meinem Lehrmeister, wie ich mich zu verhalten habe. Ich müsse mit Schwierigkeiten rechnen, und ich saß im Zug, ungewiss, was mich erwarten würde, unterwegs in einer Mission – halb Auftrag, halb Anliegen –, die ich aus freien Stücken nie unternommen hätte.

Das Zimmer war umgestellt, die Sitzgruppe um neunzig Grad gedreht. Ein Tisch mit Speisen war vorbereitet, das Licht gedämpft, und Regina Ellenberger, in leichter Bluse und Jeans, das Haar offen, brachte Tee aus der Küche, um eine Situation herzustellen, wie sie ähnlich an jenem ersten Abend gewesen war: Sie saß auf dem Diwan, ich im Sessel gegenüber, und ich sollte, so hatte mein Lehrmeister empfohlen, das Gespräch eröffnen.

Ich hatte mich vorbereitet, erzählte von Turel, meinen

Bemühungen um den Nachlass. Sie hörte interessiert zu. Doch als ich ein paar von Turels Ideen skizzierte, begann Regina mehr und mehr zu widersprechen. Ich wechselte das Thema, schlug vor, ihr ein oder zwei meiner Gedichte vorzulesen.

– Nein, lesen Sie nicht, ich bin ein Gedichtmuffel, und wenn, kann ich selber lesen. Sie können dieses »Zeugs« ja dalassen.

Ich würde weder »Zeugs« schreiben, sagte ich, noch etwas zurücklassen, stand auf, entschuldigte mich und ging zur Toilette. Auch das war eingeplant und von Max Voegeli empfohlen: Dadurch sollte ein Streitgespräch vermieden und eine Zäsur geschaffen werden, um einen nächsten Schritt einzuleiten. Nach der höflichen Konversation zu Beginn müsse ich zu einem verbindlicheren Gesprächston wechseln, dabei an den ersten Abend erinnern und die damalige Sitzordnung und Atmosphäre wiederherstellen. So setzte ich mich, als ich von der Toilette zurückkam, wieder in den Sessel, Regina gegenüber. Mit einem »Übrigens« kam ich auf jenen ersten Samstag zu sprechen, plauderte über Herrn Roost, und kam mit einem zweiten »Übrigens« auf Abschlag und Retouche zurück, meine Themen, und sagte:

– Ich habe mir gedacht, ich könnte Ihnen die beiden Bearbeitungsarten an einem Instrument aus viel späterer Zeit zeigen.

Ich zog aus der Hosentasche eine Pfeilspitze, aus einer jungsteinzeitlichen Ufersiedlung, ein vollkommen gearbeitetes Stück, setzte mich neben Regina auf das Sofa, begann sofort mit den Erklärungen, wie durch den Abschlag ein schmales Stück Silex vom Nukleus gelöst, dann durch Retouchen bearbeitet und geformt worden sei.

Dann legte ich die Pfeilspitze auf den Glastisch und den Arm um Reginas Schulter. Ich spürte die augenblickliche Verkrampfung. Regina beugte sich nach vorn, machte sich schmal und klein, griff zu den Zigaretten. Als ich versuchte, sie mit sanftem Druck zurückzuziehen, begann ein verbales Sperrfeuer:

– Was wollen Sie, mich in die Höhle schleppen, sieht so Ihr Abschlag aus, oder sind das erst die Retouchen, und die Schläge kommen erst noch. Ihre Theorien sind wohl in den Schwanz gerutscht, und Sie mit Ihren Steinen und Gedichten sind ein kleines, mieses Männchen, das möchte und nicht kann. Benimmt sich so ein Künstler? Glauben Sie, da sei auch nur ein Funke Erotik in dem Gezerre, das Sie veranstalten...

Sie redete ununterbrochen, mit flachem Atem, in gleichem gedämpftem Tonfall, gehetzt und außer sich, als würden die Wörter ohne Kontrolle aus ihr hervorbrechen. Nicht hinhören, sagte ich mir, nicht hinhören! Doch gelang es mir nicht ganz, und ich spürte ein wachsendes Bedürfnis, verbal zurückzuschlagen. Gerade das aber würde sie erwarten, und so unterdrückte ich den Impuls, zog den vollständig verkrampften Körper näher an mich heran, küsste Hals und Nacken. Die Unflätigkeiten, die darauf folgten, waren so grausam und verletzend, dass ich sie nicht aushalten konnte. Ich verabschiedete mich und ging.

Abgebrochen, doch nicht zu Ende erzählt. Ich aber wollte wissen, wohin mich die Geschichte führen würde. Um das zu erfahren, müsste ich ein weiteres Mal zu Regina fahren. Doch zuvor wollte ich mir über einiges klar werden. Ich setzte mich in meiner Dachkammer hin und füllte Seite um Seite meines Tagebuches, nutzte jede freie Stunde, um zu notieren, was tatsächlich während der beiden vorangegangenen Begegnungen geschehen war. Dabei interessierte mich nicht so sehr, dass ich ins Dunkel von Reginas traumatischen Erfahrungen mit Kleck geraten war. Mich beschäftigte, welche Schattengestalten mir selbst durch die massive Ablehnung begegnet waren, wie ich mich verhalten hatte und was die Reaktion auf meine alte Furcht vor Zurückweisung gewesen war. Mit der im Studium gelernten Genauigkeit und Schonungslosigkeit begann ich mein Verhalten zu analysieren. Max Voegeli, den ich wöchentlich traf, fand jedoch, es sei Zeit, mich auch um meine familiäre Herkunft zu kümmern.

In wöchentlichen Gesprächen forderte er mich auf, über meine Kindheit und Jugend zu erzählen, und wenn ich mit Millers »Tod eines Handlungsreisenden« die eigene familiäre Problematik entdeckt hatte und in einem ersten erzählerischen Versuch mit dem Titel »Flusswirbel« die gegensätzlichen Welten meiner Eltern und Großeltern darzustellen versucht hatte, so brach ich jetzt in dämmrige Räume ein. Durch Schreiben und Analysieren begann ich zu verstehen, wie früh in meiner Kindheit ich mich gefürchtet hatte, meinen Willen und die eigenen Bedürfnisse auszudrücken. Eine Ablehnung löste die Angst aus, ich würde nicht mehr geliebt und deshalb auch verlassen werden. Lieber handelte ich nicht, zog mich in ein Wissensgebiet wie die Archäologie zurück, in dem ich mich geschützt wusste, doch allein und abgeschnitten vom Leben war. Diese Einsicht verunmöglichte mir, das Experiment mit Regina abzubrechen und mich wiederum zurückzuziehen. Auch wenn mein letzter Besuch ein Fiasko war, ich mehr als berechtigte Gründe hatte, ein weiteres Treffen abzulehnen, ich wollte noch einmal zu Regina hingehen, zumal ich durch Max Voegeli wusste, dass es ihr leid tat, was geschehen war. Ich sei in den Schatten Klecks gefallen, der damals – wie ich beim letzten Besuch mit Turel – mit literarischen Exkursen versucht habe, Eindruck zu machen, bevor er zugelangt habe, und es gehöre zur ausgefeilten Planung einer dritten Begegnung, alles zu vermeiden, das an Kleck und seinen Versuch der Vergewaltigung erinnern könnte.

Regina hatte einem weiteren Besuch zugestimmt, wiederum an einem Samstag. In der Dachkammer versuchte ich durch Notizen, mir zu vergegenwärtigen, was sich ereignen konnte, und hielt ein paar Grundsätze fest: Ich musste handeln, mich durchsetzen, an meinem Willen festhalten. Ich müsste das tun, was ich bisher am meisten gefürchtet hatte, in einen Konflikt hineingehen und mich behaupten. Ferner notierte ich, was am folgenden Samstag geschehen werde:

»*Ich habe nicht sehr gut geschlafen. Schon kurz nach dem Erwachen die Gewissheit, heute werde sich alles entscheiden. Schweißausbruch, die Haut aufgeweicht und klebrig. Trinke Kaffee, zum Essen keine Lust. Vorstellung, wie es sein wird, aber die Bilder sind verschwommen. Es ist, als lägen die Gestalten und Farben unter einer welligen Wasserfläche, und ich hätte Angst, hinabzugreifen und sie heraufzuholen, weil ihr Anblick grässlich sei. Sie könnten bestätigen und vorwegnehmen, dass ich versage, zu schwach bin, der mir gestellten Aufgabe zu genügen und mich zu behaupten.*«

Da ich zu nichts anderem fähig war, begann ich, bis in die Details die Handlungen und Dialoge aufzuschreiben, die sich am Abend vielleicht ereignen konnten:

»*Die Wohnungstür, ich gehe hinein und fühle, wie meine Motorik auseinanderzufallen droht. Eine Ungeschicklichkeit liegt in der Luft – aber das ist im ersten Augenblick nicht schlimm. Es holt das Ich zurück, das vor der Tür zurückgeblieben ist. Der Schreck verlangt nach der erfahrenen Instanz. Ich lege ab, gehe zu R.E. an den Tisch, lächle gezwungen. Achtung, die Rolle! Sie bietet sich sofort an: der Vornehmtuer!*«

Doch der Empfang war ein anderer, als ich in mein Buch notiert hatte, und statt der Ungeschicklichkeit war es eine Unschicklichkeit, mit der Regina mich überraschte:

– Ziehen Sie sich gleich im Badezimmer aus!

Sie hatte die Wohnungstür geöffnet, war ohne Gruß ins Wohnzimmer gelaufen, stand jetzt am Flügel.

– Wenn es weiter nichts ist, sagte ich.

Als ich zurückkam, stand sie noch immer an das Instrument gelehnt da, und wenn ich erwartet hatte, dass auch sie nackt sein würde, hatte ich mich getäuscht.

– Dann schauen wir uns die Pracht einmal an, sagte sie, musterte mich mit hinuntergezogenen Mundwinkeln.

– Ist ja nichts Überwältigendes, was Sie da vorne baumeln haben.

Sie ging zum Sofa, setzte sich, und als ich mich näherte, stand sie auf, sagte, sie würde sich allein ausziehen, verschwand und kam nach einer Weile zurück, setzte sich nackt neben mich hin.

»*Was nun begann, war eine pausenlose Verhöhnung, und ihr Ton war Hass, Verachtung, Abscheu*«, notierte ich am anderen Tag in mein Tagebuch. »*Hauptthema: Machen Sie mal mit Ihrem Schwanz vorwärts, ich möchte sehen, wie ein Versager einen Ständer produziert.*«

Die Demütigungen hielt ich eine halbe Stunde durch. Dann stand ich auf, ging ins Bad. Erschöpft stützte ich mich auf das Waschbecken, blickte nach einer Weile hoch. Zu dem Gesicht, das mich aus dem Spiegel ansah, sagte ich:

– Ich gebe alles her, die Kunst, das Schreiben, irgendwelche Erkenntnisse über mich und meine Familie, alles gebe ich her: Ich will nur weg!

Hinter meinem Spiegelbild lagen die Kleider auf dem Stuhl. Mich umdrehen und ankleiden? Noch hielt ich mich am Waschbecken aufgestützt, und in mir kämpften wortlos widerstreitende Kräfte, als wären sie ein von mir unabhängiges Ringen, auf das ich keinen Einfluss hätte. Und die Entscheidung fiel unerwartet, war klar und unumstößlich.

Ich löschte das Licht, stand einen Augenblick nackt im Dunkel, atmete tief durch, dann drückte ich die Klinke und stieß die Tür auf.

10

Im letzten Sommer der Seminarzeit, als ich allein ins Tessin gefahren war, stieg ich an einem Nachmittag zu einer Kapelle auf einem Felssporn hoch. Auf dem Pfad, der durch einen Kastanienhain an der Bergflanke entlangführte, waren mir Wörter zugefallen, die sich später zu einem ersten Gedicht ordneten. Doch hatte es an dem Nachmittag ein zweites Erlebnis gegeben, das mich auf eine, wie ich glaubte, künftige Aufgabe wies: Die Kapelle war verschlossen, und als ich durch das Schlüsselloch in den dämmrigen Raum spähte, überkam mich die Gewissheit, ich müsste den »dunklen Raum« öffnen, in den ich sah und der in mir war.

Jetzt, zehn Jahre später, trat ich aus dem Dunkel des Badezimmers ins helle Licht des Wohnraums, kehrte zurück zu dem Sofa und den Demütigungen. Durch den Moment der Selbstüberwindung, dort vor dem Spiegel, über dem Waschbecken, war eine Festigkeit in mich gedrungen, die mich ruhig und selbstgewiss machte. Hatten die Demütigungen mich zuvor noch verletzt, waren sie jetzt nur komisch, berührten mich nicht mehr, und der Abend nahm einen immer absurderen Verlauf, der damit endete, dass Regina den Hauswart holte, um mich wegen »Aufdringlichkeit« hinauswerfen zu lassen. Vor mir stand ein biederer Mann um die vierzig, der nicht wusste, wo er hinschauen sollte, da ich ja nackt auf dem Sofa saß. Er fand sich vom Fernsehabend weg in einer Situation wieder, die es vielleicht auf dem Bildschirm, doch nicht in seinem Wohnblock geben durfte. Ich konnte sehen, wie er nach Worten suchte, doch seinen Text nicht fand, und schließlich hervorkrümelte: »Die Dame möchte zu Bett gehen!« Als ich entgegnete, leider nein, wie er sicher bemerke, hätte ich mich darum bereits bemüht, trat er achselzuckend den Rückzug an, gefolgt von Regina, die durch die Haustür hereinrief, sie übernachte in einem Hotel.

Ich saß einen Moment noch auf dem Sofa, horchte in mich hinein. Ja, jetzt konnte ich gehen. Im Bad zog ich mich an, dann verließ ich das Haus.

Seite um Seite füllte ich wieder in meinem Tagebuch, um zu verarbeiten, was bei jener dritten Begegnung geschehen war, vervollständigte die Aufzeichnungen und Analysen über meine Kindheit und Familie. Dann schloss ich das Tagebuch und würde es nicht mehr öffnen. Das tägliche Schreiben über Themen wie Sexualität, Selbstvergewisserung und -erfindung, Entwickeln eines asketischen Stils brauchte es nicht mehr. Mich bestimmende und wichtige Menschen wie Max Voegeli, Hermann Levin Goldschmidt oder Adolf Portmann glitten wie die literarischen Vorbilder, Adrien Turel oder Alexander Xaver Gwerder, in den Hintergrund, gehörten nun einem Lebensabschnitt an, der abgeschlossen war: Auch ihre Bücher schlug ich nicht mehr auf, sie gehörten zu den Sedimenten ausgelesener Bücher im Regal.

Max Voegeli trug mir das Du an. Wir hatten diese schwierigen Wochen in engem Austausch verbracht. In vielen Stunden, die er auf Tonband dokumentierte, hatte er meine Familiengeschichte mit mir durchgearbeitet. Gleichzeitig war ich wie die Figur einer Erzählung von ihm für die Besuche bei Regina – aus Gründen, die ich nicht durchschaute – eingesetzt und auch manipuliert worden. Ich vertraute ihm blind, doch nun war seine Rolle als Lehrmeister zu Ende, und das wusste er auch. Eine Freundschaft begann. Das hieß, er kommentierte meine Texte nicht mehr, ich legte sie ihm auch nicht mehr vor.

Als ich Pippa von meinen Besuchen bei Regina erzählte, spottete sie, ich hätte wohl wieder den umständlichsten Weg gewählt, um mich mit meinen Neurosen auseinanderzusetzen. Doch dann wurde sie ernst und sagte, dass sich ihr Engagement in der »Frauenbefreiungsbewegung« nur in anderer Art mit gleichen Problemen beschäftige. Auch sie müsse sich aus Prägungen und Strukturen lösen, die sich durch den frühen Tod der Mutter, der Notwendigkeit, ihre Rolle zu übernehmen, und der bewundernden Nähe zu ihrem Vater ergeben hatten. Pippa war genauso wie ich mit dem Versuch beschäftigt, sich aus alten Bindungen zu lösen, und dieses gegenseitige Wissen um unsere ähnlichen Bemühungen schaffte ein starkes Band zwischen uns.

In den Wochen nach jenem dritten Abend fühlte ich mich leicht, befreit, erfüllt von einer Lebenslust und Beschwingtheit, wie ich sie zuvor nie verspürt hatte. Ich stürzte mich auf die Diplomarbeit, begann mit den Vorbereitungen auf die Schlussprüfungen. Mila hatte eben das Staatsexamen bestanden, zog aus der Dachkammer am Spalenberg aus, und auch ich wollte das Studium nun zu Ende bringen. Was dann sein würde? Ich wusste es nicht.

Doch es kümmerte mich nicht.

TEIL 3

Der Joker

1

»Der Park war wunderschön« – dieser literarisch schlichte Satz flog mir zu, als ich Mitte Juni, an einem heißen Vormittag, zum Gottlieb Duttweiler-Institut fuhr und auf der Höhe des Hügelzugs die Gartenanlage über dem Zürichsee betrat: Eine künstlich gestaltete Landschaft von Senken und Hügeln, die Abstufungen von Grün schufen, in die als Kontrast Baumgruppen gesetzt waren, dunkle, senkrechte Elemente, die ihrerseits mit den im Wind sich wiegenden Wipfeln einen Gegensatz zu einer Bruchsteinmauer bildeten. Diese zog eine Waagrechte vor die Sicht auf den See und den gegenüberliegenden Hügelzug, schloss am äußersten Punkt des Parks mit einem Rund ab, von dem aus sich der Blick zu den Alpen hin weitete: Der Park war tatsächlich »wunderschön«.

Ich folgte einem künstlichen Bach, überquerte eine Holzbrücke im Schatten tiefgewölbter Buchen. Ich war zu früh da, wurde um elf Uhr erwartet, und kurz vor dem Termin verließ ich den Park und begab mich zum Eingang des Instituts. Der Vorplatz war durch einen kleinen Fichtenwald mit Farnen auf der einen, durch eine Stützmauer auf der anderen Seite begrenzt, und ein kreisrundes Beet blühender Azaleen verdeckte die kupferne Eingangstür. Seitlich an der Wand zum Eingang stand in Bronzelettern:

DER MENSCH IM MITTELPUNKT.

Das Licht in der Eingangshalle war gedämpft, drang durch ein Oberlicht herab, und von einem fast gänzlich von Bäumen zugewachsenen Panoramafenster fiel ein grünlicher Widerschein auf die Steinfliesen. An der Holzwand gegenüber dem Eingang war die Bronzebüste des Gründers angebracht, ein in sich gekehrtes, massiges Gesicht, und auch da stand eine seiner Maximen:

»Freiwilligkeit ist der Preis der Freiheit.«

Ich meldete mich im Tagungssekretariat, wurde kurz danach von John Cartwright abgeholt und über die geschwungene Treppe hinab zum Stockwerk mit Speisesaal, Bibliothek und dem Büro des Institutsleiters geführt.

– Wir setzen uns draußen hin, sagte John Cartwright, und öffnete eine Glastür, die zu einer Terrasse mit Gartenmöbeln, Sonnenschirmen und Blumenkästen voll blühender Fuchsien ging. John Cartwright war Leiter der Sozialen Studien, ein schlanker, gelenkiger Mann mit ungesunder Gesichtsfarbe und haselnussbraunen Augen hinter einer Hornbrille, die schwer auf der Nase und über einem weichen Mund saß, zwischen dessen Lippen die Schneidezähne hervordrängten.

Wasser plätscherte in einen Weiher, und die Aussicht war auch hier so anziehend, dass es meinen Blick hinaus auf die Landschaft zog, während die Sonne im Rot des Tisches leuchtete und eine Serviererin Weißwein und Gläser brachte. Der Institutsleiter Hans A. Pestalozzi und Ruedi Brun, der für die Presse und die Herausgabe der »Brennpunkte« zuständig war, hatten sich zu uns gesetzt. Zurückgelehnt in den Stühlen wurde von Leuten und Geschehnissen geredet, die ich nicht kannte, John Cartwright zündete eine Habana an und Ruedi Brun eine Toscanelli, es wurde angestoßen und getrunken, dann setzte sich Hans A. Pestalozzi mit einem Ruck auf, sah mich unter langen Wimpern hervor an, während er den linken Arm rechtwinklig auf die Lehne stützte.

Es war Professor Goldschmidt gewesen, der mir empfohlen hatte, mich beim Gottlieb Duttweiler-Institut zu bewerben. Ich hoffte auf eine Stelle als Aushilfe während des Sommers. Ich benötigte dringend Geld, und da Hermann Levin Goldschmidt der Ansicht war, das Institut könnte »etwas für mich sein«, schickte ich sieben Gedichte, eine Studie über Tarentola mauritanica, die ich mit Olivier Rieppel gemacht hatte, und eine zweite zur Typologie frühmenschlicher Artefakte als Bewerbung.

– Und Sie wollen bei uns arbeiten?

Ich nickte.

– Was wissen Sie von uns?

– Nichts, außer dass das Institut internationale Tagungen und Kongresse organisiert.

Die Unverfrorenheit meiner Antwort, über ein weltbekanntes Institut, an dem man sich bewirbt, nichts zu wissen, bewirkte ein Rücken der Stühle. Ruedi Brun erwachte aus einer fülligen Lethargie, und Hans A. Pestalozzi sagte:

– Dann erzählen Sie von sich.

Ich berichtete von der Archäologie und dem Theater, meinem Entschluss, Schriftsteller zu werden, von Turel und dem Studium.

– Mit dem Abschlusszeugnis stehen Ihnen doch andere Türen offen. Was wollen Sie denn bei uns?

Ja, sagte ich, es habe ein Angebot gegeben, am Biozentrum in Basel.

Martin Schwab hatte mich gefragt, ob ich mir vorstellen könne, in der Forschung zu arbeiten. Ich stand da in seinem auf neuestem Stand eingerichteten Labor, blickte durchs Fenster über die Häuser der Stadt, senkte den Blick, sah in der Tiefe zwei Maler, die Tücher in einen Hinterhof schleppten. Sie schüttelten sie mit kräftigen Bewegungen aus. Es stob – und ich stand in einem weiß gekachelten und klimatisierten Raum.

– Ich lehnte ab. Dort unten, im Dreck, im Staub, in der kräftigen Bewegung war mehr von dem, was ich für mein Schreiben brauche, als ich es in einem Labor finden würde.

Die drei sahen sich an.

– Schon wieder einer!, sagte Pestalozzi, ohne zu sagen, was er damit meinte – und sie lachten.

– Hier bekommen Sie genügend Stoffe für Romane. Aber keiner schreibt sie mehr, wenn er im Institut gearbeitet hat.

Dann erzählte HAP, wie er von seinen beiden Mitarbeitern genannt wurde, von einer Veranstaltung mit Erich Fromm, dass man sich mit ihm und seiner Theorie gesellschaftlicher Prägung gegen die Verhaltensforschung wehren müsse, die jetzt in Mode gekommen sei. Mit Konrad Lorenz gelange wieder altes, faschistisches Gedankengut in neuer Form in die Gesellschaft zurück...

– Das ist Unsinn, sagte ich. Sie haben ihn einfach nicht gelesen. Weder die moderne Genetik noch die Verhaltensforschung gehen von einem deterministischen Konzept aus.

Man müsse endlich aufhören, erbliche Anlagen und kulturelle Einflüsse als einfache Gegensätze zu sehen.

Mein Widerspruch, etwas heftig vorgetragen, schaffte eine betretene Stille, und ich war mir sicher, nach Ansicht der drei Herren würde ich nicht hierher gehören, nicht in diese Höhenlage von Terrasse, künstlicher Landschaft, internationaler »Round-Table-Gespräche«.

– Darf ich Sie einen Moment hereinbitten, hörte ich in das Schweigen hinein Hans A. Pestalozzi sagen. Ohne die Antwort abzuwarten, stand er auf, und ich folgte ihm ins Innere des Instituts. Als die Glastür hinter uns ins Schloss fiel, sagte er:

– Ich habe keine Stelle für Sie frei. Doch Sie fangen nächsten Montag um acht Uhr an.

2

Einen Monat lang las ich Artikel aus dem »Guardian«, der »Financial Times« und »Harald Tribune«, dem »Economist« und »Science«, fasste sie in fünf Stichworten für eine Dokumentation zusammen. John Cartwright hatte die Ausschnitte gesammelt, und sie berichteten über Themen, die für das Institut von Wichtigkeit waren und neue Entwicklungen, gesellschaftliche Veränderungen, wirtschaftliche Prognosen oder technische Neuerungen betrafen. Ich lernte Themen kennen, mit denen ich mich noch nie beschäftigt hatte, und dass sie in ausschließlich englischsprachigen Publikationen erschienen waren, gab mir das Gefühl, ich stünde intellektuell in einem internationalen Austausch. In Blockschrift trug ich Begriffe wie »Mobilität«, »Stadtentwicklung«, »Gesundheitswesen« in vorgezeichnete Rechtecke ein, notierte die aufgewendete Zeit und schämte mich für das viele Geld, das ich am Ende des Monats ausbezahlt erhielt.

Eines Morgens kam ein Anruf, ich möchte um zehn Uhr im Institut zu einer Besprechung sein. Sie fand, wie schon das erste Gespräch, auf der Terrasse statt, und ich setzte mich zu Hans A. Pestalozzi, John Cartwright und Ruedi Brun an den Tisch. Es gehe um eine große internationale Tagung, wurde mir gesagt, das »Forum Davos«. Das Thema liege im Bereich des Gesundheitswesens. Doch eigentlich gehe es um eine These, die Erich Fromm sehr prägnant herausgearbeitet habe, nämlich, dass im Kapitalismus die Macht entpersonalisiert worden sei, sich in den Mechanismen von Angebot und Nachfrage verberge, dem der Einzelne als Wirtschaftsfaktor ausgeliefert sei. Und ich verstand, dass diese Macht kritisch am Beispiel eines Zusammenwirkens von Nahrungsmittelkonzernen und pharmazeutischer Industrie gezeigt werden sollte.

– Die einen sorgen dafür, dass die Menschen übergewichtig werden, damit die anderen sie mit Pillen wieder schlank machen können.

Sie lachten, und Hans A. Pestalozzi weitete zwei, drei Mal Applaus heischend die Augen, wandte sich dann mit einer raschen Bewegung an mich.

– Machen Sie das Projekt?

Bevor ich mir klar wurde, was es bedeutete, eine internationale Tagung zu organisieren, sagte ich Ja.

John und Ruedi saßen da, die Augen gesenkt. Vom Park her tönte das Schreien und Lärmen von Kindern.

– Gut!, sagte HAP.

Dann in knappem, militärischem Ton:

– Wie gehen Sie vor?

Ich antwortete, was mir gerade einfiel:

– Ich werde zur Bibliothek gehen und mich anhand der Literatur in das Thema einarbeiten.

– Das ist genau das Falsche! Wir bezahlen Sie nicht, damit Sie Literaturstudien betreiben. Ihre Aufgabe besteht darin, die richtigen Leute zu kennen. Sie fliegen nächste

Woche nach London. Sie werden am Flughafen abgeholt und treffen einen der bedeutendsten Forscher, der sich mit Fettleibigkeit beschäftigt hat.

In den folgenden zwei Tagen sei ein Symposium, an dem ich mir die Referate anhören könne, wichtiger sei jedoch, mit den Vortragenden Kontakt aufzunehmen, zu spüren, was diesen Leuten auf den Nägeln brenne.

Ich flog nach London, wurde am Flughafen abgeholt und zu Dr. Trevor Silverstone chauffiert, saß in seiner Privatbibliothek, notierte Namen und mögliche Themen, hörte mir am »First International Congress on Obesity« Referate an, von denen ich kaum etwas verstand, schlenderte durch die Straßen Londons und blieb schließlich in der Nähe einer U-Bahn-Station bei einer Gruppe von Leuten stehen. Auf einer hochkant gestellten Kiste wurde ein Spiel gespielt, bei dem drei verdeckte Spielkarten untereinander verschoben wurden, zwei Asse und ein Joker. Die flinken Hände kippten die Karten leicht an, sodass jedermann sehen konnte, wo sich der Joker gerade befand. Die Hände stoppten, die drei Karten lagen in einer Reihe, und der Spieler wurde aufgefordert, auf den Joker zu zeigen. Hatte er richtig getippt, bekam er seinen Einsatz doppelt zurück, irrte er, war sein Geld verloren.

Ich sah eine Weile zu, und es war ein älterer Mann – ein »worker« wie mein Landlord in Folkestone, den ich in Gedanken »John Bull« nannte –, der eben am Spielen war und mit breitem Grinsen seinen Gewinn einstrich. Klar, dass er nochmals setzte. So leicht käme er nicht zu Geld, und es war ja offensichtlich, welche der drei Karten der Joker sein musste. Er tippte, sah triumphierend in die Runde, und ohne dass er es bemerkt hatte, waren die Karten vertauscht und John Bull seinen Gewinn wieder los. Er konnte es nicht fassen, war sich so sicher gewesen, und also griff er in die Hosentasche, nahm ein Bündel Scheine hervor – den Wochenlohn, wie ich vermutete – setzte, und stand dann da mit hängenden Armen, ungläubigem Gesicht. Ganz allmählich breitete sich darin die Erkenntnis aus, nichts mehr zu haben, blank zu sein, und ich glaubte in seinen wässrigen Augen das Aufblitzen von Angst vor einer Hungerswoche zu sehen.

Das Spiel war ein Witz und ein Betrug, und es empörte mich. Diesem windigen Burschen mit seinen flinken Händen, dem schmalen Gesicht, in das eine fettige Strähne fiel, wollte ich es zeigen, und ich trat an die Kiste heran, zog mein ganzes Reisegeld hervor und presste dann den Finger auf die Karte, die der Joker war. Der Kerl war dran!, denn jetzt würde ihm nicht gelingen, die Karten noch schnell zu vertauschen.

– You'r sure, Sir?

– Yes, absolutely.

– Really?

Und er drehte die Karte langsam und genüsslich um, grinste mit schlechten Zähnen.

Pik-Ass!

Ich lief eine gute Stunde durch die Straßen, ohne etwas zu sehen, doch brennend vor Scham. Ich war es, der blank war. Außer ein wenig Kleingeld hatte ich nichts mehr in der Tasche. Und es war noch nicht einmal mein Geld gewesen, das ich verspielt hatte, sondern das des Instituts.

Zum Glück war Olivier Rieppel in London. Er arbeitete an seiner Dissertation, und ich rief ihn an, damit er mir ein paar Pfund lieh. Wir setzten uns in einen Pub, ich erzählte ihm vom Institut und der Tagung über Fettsucht, und als er fragte, womit ich mein Reisegeld verspielt habe, sah ich die Szene wieder vor mir.

– Ich bin der Einsatz gewesen, sagte ich, außer mir waren alle eingeweiht, kannten ihre Rollen, spielten sie hervorragend und erwischten mich bei meinem Tick, etwas schlauer als andere sein zu wollen.

Olivier, der das Spiel sofort durchschaut hätte, wäre er denn überhaupt je stehen geblieben, sagte:

– Dann weißt du jetzt zumindest, worauf du künftig achten solltest. Das Spiel wird nicht nur auf der Straße gespielt.

3

Nach Abschluss des Diploms hatte ich meine Dachkammer am Spalenberg aufgegeben und war zurück nach Zürich zu Pippa gezogen, in die Einzimmerwohnung an der Titlisstraße. Seit jenem letzten Abend bei Regina gab es für mich den inneren Druck nicht mehr, von Pippa wegziehen zu müssen, und das ermöglichte uns, unbeschwert die Änderungen in unseren Leben zu besprechen. Ich brauchte ein Arbeitszimmer, und Pippa hatte ein Engagement an der »Innerstadtbühne« in Aarau in Aussicht, an einem jener Theater, an dem sie stets hatte arbeiten wollen. Da Urs Bihler, mit dem wir seit den Aufführungen von Ionescos »Die Stühle« im »Theater an der Winkelwiese« eng befreundet waren, zu Peter Brook nach Paris ging, konnte ich sein Zimmer am Heuelsteig übernehmen, in einem alten Weinbauernhaus, zwei Minuten von der Titlisstraße entfernt. Pippa plante allerdings, nach Aarau umzuziehen, und so war ich froh, nach ein paar Wochen, während denen ich die Zimmer am Heuelsteig mit einer Mitbewohnerin geteilt hatte, die Wohnung übernehmen zu können: Drei kleine Kammern mit einer noch viel kleineren Küche, in der es einen Kaltwasserhahn und ein Gasrechaud gab, und in zwei der Zimmer gusseiserne Öfen zum Einheizen im Winter.

Pippa sagte nicht viel zu meiner neuen Anstellung, doch ich spürte ihre Skepsis. Das Gottlieb Duttweiler-Institut wurde von der Migros finanziert, dem größten Detailhändler der Schweiz, mit der Aufgabe, das geistige Erbe des Gründers zu bewahren und durch Tagungen und Kongresse weiterzugeben. Gottlieb Duttweiler war ein außerordentlicher Geschäftsmann gewesen, der unbeirrt seinen Weg gegangen war, einen Weg, der von unkonventionellen Entscheidungen bestimmt und von hohem sozialem Bewusstsein geprägt gewesen war. Sein Denken war rebellisch und sein Handeln pragmatisch, dazu kam ein Gespür für die Zeit und ihre Bedürfnisse. Der »neue Mensch«, der in der Zwischenkriegszeit überall propagiert worden war, würde kein »Übermensch« sein, wie ihn die autoritären Regimes in ihrem je eigenen Nietzsche-Missverständnis heraufkommen sahen, sondern ein Konsument, der kaufen wollte, und zwar günstig. Duttweiler schuf ein Imperium, das er zu einem Bund von Genossenschaften, die den Kunden gehörte, umschuf, ein föderales Gebilde, das im Boom der Fünfziger- und Sechzigerjahre enorm gewachsen war. Die Migros war reich und mächtig geworden, und genau deswegen war Pippa skeptisch. Sie fand, bei all den gut gemeinten Anfängen sei der Konzern ein genauso kapitalistisches Unternehmen geworden wie Brown Boveri, Escher Wyss, die Chemie oder die Energiekonzerne. Die Ideale des Gründers würden noch beschworen, die Migros aber sei ein Wirtschaftsunternehmen wie andere auch.

Ich widersprach, behauptete, das Institut verhalte sich zum Konzern wie der Papst zum Kaiser im Mittelalter, repräsentiere die geistige Tradition gegenüber der weltlichen, und gab dann die von John Cartwright formulierten Sätze zum Besten: Das Institut sei eine utopische Insel, auf der die Gleichberechtigung aller angestrebt werde und Foren und Kongresse die Mittel seien, um mit subversiven Strategien die Mächtigen in Staat, Gesellschaft und Wirtschaft anzugreifen.

Doch mehr als von diesen politischen Zielen war ich vom Zutritt in mir völlig fremde Welten fasziniert. Bisher hatte ich nur Schule und Universität kennengelernt, war Hausbursche gewesen, hatte hausiert und Sitze im Kino angewiesen. Entdeckungen unbekannter Welten hatte es in Dachkammern durch Lesen von Büchern gegeben. Doch nun bekäme ich Einblicke in Sphären unserer Gesellschaft, die nicht allzu vielen gewährt wurden.

Erst letzte Woche war ich am Paradeplatz im Büro des Generaldirektors der Schweizerischen Bankgesellschaft gewesen, hatte Niklaus Senn gegenübergesessen, um die Finanzierung der Forum Davos-Tagung zu besprechen. Ich hatte an einer Sitzung mit Rudolf Suter, dem Präsidenten der Verwaltungsdelegation des Migros-Genossenschafts-Bundes und Neffe des Gründers, teilgenommen, zwei Tage, in einer Prachtvilla am oberen Zürichsee. Ich bekam die Gelegenheit, an einer Tagung von John Cartwright im Suvretta House in St. Moritz teilzunehmen, begleitete Golo Mann, der während der Fahrt von Zürich ins Engadin mir im Fond des Wagens eine Privatvorlesung über die Dichotomie der europäischen Geschichte zwischen römischem und christlichem Erbe hielt.

So fasziniert ich von den neuen Erfahrungen auch war,

ein Teil von mir blieb kritischer Beobachter, dem nicht entging, wie bei einer Morgensitzung drei zentrale Projekte vom obersten Boss der Migros kommentarlos vom Tisch gewischt worden waren, weil beim Frühstück das Stück Emmentalerkäse gefehlt hatte, das nicht fehlen durfte, und jeder im Konzern zu wissen hatte, dass es ein unabdingbarer Teil von Ruedi Suters Frühstück war.

– Ich erlebe, sehe und erfahre, sagte ich zu Pippa, wovon andere nur gelesen haben. Ich bekomme im wörtlichen Sinn »Einsicht«. Doch was mir wichtig ist, ich handle auch, greife ein und schaue nicht nur zu.

Pippa blickte, wie sie es immer tat, wenn sie meine Ausführungen als abgehoben empfand: Mit glitzerndem Spott in den Augenwinkeln.

Ich bat sie, mich ans Institut zu begleiten. Ich wolle ihr zeigen, wo und mit wem ich zusammenarbeite. Und ich führte sie durch die Tagungsräume, die Bibliothek, den Speisesaal, durch Büros und Küche. Während des Rundgangs stellte ich sie Ruedi Brun, John Cartwright und Hans A. Pestalozzi vor, und Pippa in Pumps, Jeans und überfallender Hemdbluse, die sich mit ihren großen, aufmerksamen Augen umsah, war witzig, schlagfertig und distanziert. Als wir abends am Küchentisch saßen, »Hörndli mit Schabzieger« aßen, sah sie mich ernst an:

– Lass dich warnen!, sagte sie. Ich bin einiges vom Theater gewohnt, doch so viele kaputte Typen an einem Ort wie an diesem Institut habe ich noch nie gesehen.

4

Seit ich an der Forum Davos-Tagung arbeitete, saß ich nicht mehr in der Bibliothek, sondern im Büro von John Cartwright im Keller des Instituts, zusammen mit seiner Sekretärin. Ich hatte ein eigenes Pult, zu dem ein schmaler Gang zwischen Stapeln von Büchern, Zeitschriften und Zeitungen führte, Papiergebirge, die sich mit gerutschten Hängen unerledigter Post und Tagungsentwürfen auf Johns Pult fortsetzten. Über dieser Landschaft allmählich vergilbenden Papiers hingen die Nebel von Cartwrights Zigarren, schwarzen Habanas, deren Rauch er tief in die Lungen zog, um einen feinen Strahl über die Stapel Briefe zu blasen, wo sie sich zäh in den Papierbergen festsetzten.

Mir wurde schnell klar, dass es John Cartwright war, der dem Institut den Glanz gab, und der es zu einem internationalen Zentrum von Zusammenkünften gemacht hatte. Er besaß nicht nur ein Gespür für Themen und verfügte über außergewöhnliche Beziehungen, er hatte die seltene Gabe, noch die gewöhnlichsten Dinge in funkelnde Einzigartigkeit zu verwandeln: John war ein grandioser Erzähler, und wir saßen an den Abenden in der »Moosegg«, einem ehemaligen Landgasthaus unweit des Instituts, Gertrud, Johns

Sekretärin, Ulla, eine Projektleiterin der wirtschaftlichen Studien, und ich, wir aßen, tranken, und Johns Geschichten wurden auf unerklärliche Weise auch zu unseren Geschichten, machten uns glauben, allein durch Zuhören ein Teil von weltbewegenden Ereignissen zu sein, und ich schrieb, was ich gehört hatte, in der Nacht und am frühen Morgen als Skizzen zu einem Roman auf, den ich erst im Begriff war zu erleben:

Und Ben – so hieß John Cartwright in meinen handgeschriebenen Aufzeichnungen – beschwor seine eigene Mythologie mit blitzenden Augen und den Gesten seiner schmalen Hände, trank dazu Grappa und zog den zähen gelben Rauch seiner Habana in sich hinein.

»›Und warum soll ich mir heute nicht einen besseren Rauch für meine Lungen leisten als den Ruß aus den Yorkshire Schloten, den ich eine Jugend lang eingeatmet habe? Sie sind ohnehin schwarz wie Anarchie!‹

An diesen Abenden in der »Moosegg« erzählte er von den »miners«, die mit ihren Fahrrädern, den Schirmmützen und Hungertaschen in die Zechen fuhren, jeden Tag zehn Meilen hin und zurück, mit der Erinnerung an den Streik 1926, an jene »Beinahe-Revolution«, wäre sie von den Unions nicht verraten worden.

›Ich ging zu meiner ersten Demonstration, eine Kundgebung der schottischen und walisischen Nationalisten, doch ich demonstrierte nicht für Schotten und Waliser, ich hatte mein eigenes Transparent: ‚Unabhängigkeit für Yorkshire!‘‹

Und Ben wieherte vor Vergnügen, ließ Geschichten aus verrauchten Jazzkellern in Leeds folgen, Geschichten, die den

Rhythmus des New Orleans-Revival hatten und den Geschmack von dünnem Ale. Er hatte selbst Klarinette gespielt und auch mal ein Stück lang ins schwarze Rohr spucken dürfen, als Zutty Singleton zu Gast war.

Er schrieb seine ersten Gedichte gegen den Krieg, gegen Macht und Staat, entdeckte William Blake und später die Anarchisten – und diese ihn. Code-Wörter, Flugblatt-Druckerei, Fehlanzeigen bei der Polizei: Er gab Stories mit all dem romantischen Sozialzauber zum Besten, die einen glauben ließen, es sei wahr, dass auch heute noch eine kleine Gruppe mit nichts als ihrer Cleverness die hässliche Macht besiegen könne.

Und irgendwann am Abend, nach der Schilderung eines Aufenthalts im Gefängnis, erzählte er von einem halbwüchsigen Jungen, den die Polizei während einer Demonstration gegen den Bau eines Kraftwerkes in eine der großen Betonmischer-Trommeln geworfen hatte.

›Und sie ließen den Mischer laufen. Eine Minute, drei Minuten. Als sie den Knaben herauszogen, war er blutüberströmt, zerschunden und zerbrochen. Sie klatschten ihn wie einen nassen Lappen auf den Boden und ließen ihn liegen. Seither, sagte Ben und blickte auf seine Habana, bleibe ich nicht nur dem Ruß aus den Schloten von Yorkshire treu.‹

Und dabei lächelte er nicht.«

Ich studierte die Briefe, die John bei Anfragen an Referenten schrieb, hörte bei seinen Telefongesprächen genau hin, und während der Tagungen beobachtete ich seinen Umgang mit Berühmtheiten wie John Kenneth Galbraith, George Wald oder Lewis Mumford. Was immer er tat, ob er Briefe schrieb, Tagungsentwürfe skizzierte oder Gespräche führte, John ging von »Geschichten« aus, nur waren es nicht seine, sondern die Geschichten jener Personen, die er für seine Veranstaltungen haben wollte, und er erzählte von Geschehnissen oder Begegnungen, dass sie sich gespiegelt und bestätigt fühlten. Bevor er einen Brief schrieb oder ein Telefonat führte, studierte John Interviews, blätterte durch Publikationen oder Bücher, und mir wurde klar, dass sein Erfolg beim Verpflichten hochkarätiger Referenten darin bestand, eine bestätigende Figur ihrer Ansichten zu sein: In ihm sollten diese Berühmtheiten den Mitverfechter ihrer Thesen finden. Und John hatte neben dem Einverständnis, das er jedem gab, auch noch etwas Wertvolleres zu bieten, nämlich ein Forum, auf dem diese berühmten Leute ihre Thesen vor den Kameras und Mikrophonen der Medien verkünden konnten.

– Eine Tagung, sagte ich zu Pippa, ist einem Theaterstück sehr ähnlich. Es gibt ein Thema, das verhandelt wird, und Referenten, die verschiedene Rollen zu spielen haben.

Pippa gehörte neu dem Ensemble der »Innerstadtbühne« Aarau unter der künstlerischen Leitung von Peter Schweiger an, einem Theater, das die Mitbestimmung einführte und wichtige Entscheidungen in Vollversammlungen traf. Zu diesen gehörte auch der Spielplan, der einerseits literarisch experimentelle oder unbekannte Texte wie »Der karierte Charmeur« von H. C. Artmann auf die Bühne brachte, andererseits sozialkritische Stücke oder Stücke von Autoren wie Klaus Merz, mit denen das Ensemble zusammenarbeitete.

Pippa hatte eine Wohnung unweit des Theaters gemietet, und an den Wochenenden fuhr ich nach Aarau, saß an den Abenden im Theater, sah mir die Stücke zum wiederholten Male an, ging danach mit den Schauspielern in die Kneipe, schrieb an meinem Roman »Das Institut«, und stritt mich mit Pippa über meine Arbeit am Gottlieb Duttweiler-Institut. Sie lehnte meinen Vergleich einer Tagung mit einem Theaterstück ab. Das Ensemble, und sie ganz besonders, wolle die eigene Sicht auf Probleme der heutigen Zeit mit theatralischen Mitteln ausdrücken.

– Das Theater ist meine Ausdrucksform, in der ich gestalte, was ich erkannt habe und durch die schauspielerische Arbeit mit anderen als eine Kritik an bestehenden Verhältnissen vermittle.

Das würden wir am Institut genauso tun, sagte ich, auch wir nähmen gesellschaftlich relevante Themen auf, stellten sie zur Diskussion, versuchten die Sicht des Instituts durch die Kongresse und die Wahl der Themen und Referenten sichtbar zu machen. Doch in einem provozierend mütterlichen Ton wandte Pippa ein, das sei nicht das Gleiche. Warum ich denn den Unterschied nicht erkennen wolle, er sei fundamental. Sie auf der Bühne sei Künstlerin und vertrete nur sich selbst, in den Stücken würden Möglichkeiten von gesellschaftlichen Entwicklungen gezeigt, die Bühne sei Spiegel kritischer Reflexion. Ich jedoch würde bestenfalls das Institut, nicht aber mich selbst vertreten.

Was aber vertrat das Institut? Seit einiger Zeit irritierte mich eine Beobachtung. Waren HAP, Ruedi Brun und John Cartwright unter sich, so geschah es nicht selten, dass sie sich sowohl über die Referenten wie über die Themen, die mit großer Ernsthaftigkeit verhandelt wurden, lustig machten. Glaubten sie selbst nicht wirklich an die Anliegen, die sie vorgaben, so vehement zu vertreten? Empfanden sie keine echte Wertschätzung für die Berühmtheiten, die sie umwarben?

Pippa gegenüber mochte ich nicht klein beigeben, verteidigte weniger das Institut als mich selbst. Durch meine Arbeit, sagte ich, lernte ich genau das, was sie stets gefordert habe, nämlich mich mit der Gegenwart und ihren Themen zu befassen. Ich machte dabei Erfahrungen, die anderen verwehrt seien, und ließ als Beleg meiner Behauptung einen Katalog »erlebten Anschauungsmaterials« folgen: Er reichte von Begegnungen mit Geistesgrößen über Kontakte zur amerikanischen Regierung bis zu subversiven Gruppen in Hinterhöfen. Einen Katalog, den durcharbeiten zu müssen ich mit dem Argument begründete, als Schriftsteller könne ich nicht genug Erfahrungen sammeln.

Pippa kannte mich sehr genau, und sie spürte meine wachsende Skepsis dem Institut und meiner Tätigkeit gegenüber. Ich hatte geglaubt, nach meinen Dachkammern nun endlich »die große Welt« kennenzulernen. Damit verband ich die Vorstellung, »endlich in der Gegenwart und Wirklichkeit anzukommen«. Doch je länger ich mich mit der Organisation von Kongressen beschäftigte, je mehr ich Johns Technik bei der Anfrage von Referenten übernahm, desto klarer sah ich, wie wir Probleme konstruierten und an Fiktionen bauten. Eine Tagung wurde auf dem Papier nicht nur wie ein Theaterstück entworfen und mit Referenten besetzt, als wären sie Schauspieler. Wir versuchten auch eine Atmosphäre hoher Glaubwürdigkeit zu schaffen. Die Hörer im Saal sollten glauben, da sie an einer »Resolution zu Händen der Regierungen der Welt« mitformulieren durften, wirklich die Welt bewegen zu können.

War das verwerflich, moralisch fragwürdig, vielleicht sogar zynisch? Nein, es war nur nicht das, was ich mir erhofft hatte. Ich wollte nach vielen Rückzügen und einem Studium endlich in der Welt ankommen und war nur wieder in Geschichten angelangt, Geschichten, die nicht einmal meine eigenen waren.

Ich beschloss, das Institut zu verlassen, bewarb mich auf verschiedene Ausschreibungen. Dass ich schließlich am Institut blieb, verdankte ich weniger dem Umstand, keine andere Anstellung gefunden zu haben, als John Cartwright. Er nahm mich während eines Kongresses mit zu Johan Galtung, dem Begründer des »Instituts für Friedensforschung« in Oslo. Wir saßen in einer sternklaren Bergnacht im Wohnmobil, und Johan Galtung erklärte uns anhand von Beispielen, was sich augenblicklich auf der Weltbühne tat, wie die Statements von Politikern, die Drohungen und militärischen Aufrüstungspläne ein für das Publikum hergerichtetes Drama waren, das gespielt wurde, um die wirklichen Motive des Handelns zu verschleiern. In einer bravourösen Analyse, die einem Detektiv wie Hercule Poirot alle Ehre gemacht hätte, zeigte uns Johan Galtung, was tatsächlich hinter dieser und jener Verlautbarung, Maßnahme, Drohung stand. Nein, sagte er, in der Weltpolitik gehe es kaum einmal um die Sache selbst, sondern um die nackte Macht. Diese sei jedoch etwas so Unansehnliches, dass man sie in Themen, Sachfragen und zu lösende Probleme einkleiden müsse.

Nachdem er uns in einem mehrstündigen Exkurs die Hintergründe sowjetischer und amerikanischer Politik erklärt hatte, stieg ich im Morgengrauen aus dem Wohnmobil, von Johns Zigarrenrauch halb erstickt. Doch in mir war ein neues Interesse geweckt worden: Es mochte so sein, wie Johan Galtung sagte. Und die Kongresse des Instituts waren auch nur wie die offizielle Politik ein Spektakel für Medien und Zuschauer. Doch auch am Institut, hinter meinen Veranstaltungen, verbargen sich heimliche Motive, ging es um Machtinteressen. Als Organisator hatte ich die Möglichkeit, hinter die Kulissen zu sehen, Einblicke in die Machtgefüge zu erhaschen, um die es Teilnehmern und Zielgruppen an den Kongressen tatsächlich ging. Ich musste aufmerksam sein, versuchen, die tatsächlichen Beweggründe herauszufinden. Dort fände ich endlich die Wirklichkeit.

5

Am Institut ging das Gerücht, es brauche eine »Blutauffrischung«, neue Leute, neue Ideen, und es war Gertrud, Johns Sekretärin, die mir mit besorgtem Gesicht und gedämpfter Stimme hinterbrachte, HAP habe gestern Abend zu ihr von notwendigen Veränderungen gesprochen. Er habe zwar John nicht erwähnt, aber es sei klar, dass er vor allem seine Position gemeint habe. Sie begreife nicht, weshalb John gewisse Arbeiten, die von ihm verlangt würden, nicht mache, und ich sehe ja selbst die Berge von unerledigter Post, von unbeantworteten Briefen und die Stapel ungelesener Zeitungen.

– HAP hat übrigens deinen Tagungsentwurf für das »Forum Davos« sehr gerühmt.

Gertrud hatte mich vor zwei Tagen zu sich eingeladen. Sie war etwas über zwanzig, eine gutmütige, noch etwas unsichere Frau, mit dunklem, offenem, gewelltem Haar und einer ausgeprägten Mundpartie, die durch ihre dunklen Augen gemildert wurde. Ihre Wohnung war einfach und schlicht eingerichtet, in sich stimmig, bis auf eine Kristallvase mit einer Orchidee, die im Wohnzimmer auf der Kommode stand und so fremd wirkte, dass sich ihre Exotik dem Blick immer wieder aufdrängte.

Während Gertrud von HAPs Plänen erzählte, die auf Vertrautheit und ein abendliches Zusammensein hindeuteten, dachte ich an diese blühende Geschlechtlichkeit. Vielleicht sollte ich beginnen, ein Dossier anzulegen, um gewisse Heimlichkeiten und Machenschaften zu dokumentieren. Wer weiß, ob es nicht einmal nützlich sein konnte. John geriet zwar immer mehr in HAPs Schusslinie, doch er fühlte sich sicher: Er wusste – wie er sagte – zu viel von Dingen, die andere nicht wissen durften. Auch wenn Ruedi Brun ihm Vorwürfe machte, er solle doch endlich all das erledigen, was ihm an Versäumnissen vorgeworfen werde, grinste John, sagte, er sei ein naiver Tropf, es gehe nicht um die paar unerledigten Arbeiten.

Wusste John, worum es ging? Wusste er, welche von den drei Karten der Joker war?

HAP stellte eine Falle, und sie bestand aus einem A4-Blatt mit dem Namen einer Stiftung und dem hingekrakelten Fragezeichen. John sollte eine Defizitgarantie für eine seiner Tagungen bei jener Stiftung einfordern. Sie war für einen Fall gegeben worden, der nicht eingetroffen war, weshalb John die Summe auch nicht verlangte. HAP jedoch behauptete, ohne eine generelle Zusage habe die Tagung gar nicht stattfinden dürfen. John war klug genug, HAPs Spiel zu durchschauen. Was immer er tat, es setzte ihn ins Unrecht. Weigerte er sich, an die Stiftung zu schreiben, machte er sich einer Unterlassung schuldig, tat er es, würde die Defizitgarantie abgelehnt. Also tat John gar nichts und zwang dadurch HAP zu einem nächsten Schritt.

An einem Montagmorgen betrat ich ein vollständig geräumtes und gereinigtes Büro. Keine Bücherberge mehr, keine Stapel von Zeitschriften und Zeitungen, die vollen Aschenbecher und leeren Kaffeetassen waren weggeräumt, und Gertrud saß an ihrem Schreibmaschinenpult, sah mich mit ihren großen Augen unter den Stirnfransen an und sagte, sie und HAP hätten über das Wochenende das Büro geräumt, Kisten und Körbe voll Papier weggebracht.

– Und ja, John ist beurlaubt.

Und der saß in den folgenden Tagen in der »Moosegg«, verbannt vom Institut, doch überzeugt, HAP könne sich nicht leisten, ihn auf die Straße zu setzen. Was würde aus Ruedi Brun und dem »Brennpunkt« werden, der Zeitschrift des Instituts, ohne seine Tagungen? Keiner der Referenten, mit denen er befreundet sei – all die großen Namen – würde mehr zu einer Tagung kommen, wenn er nicht länger am Institut arbeite. Und als es einen Monat später um seine Entlassung ging, spielte er den Trumpf aus. Er rief die großen Namen an, die Nobelpreisträger, Professoren, Vorstandsvorsitzenden von Großkonzernen, die er mit Du und Vornamen ansprach, schrieb ihnen Briefe, und sie alle, ohne Ausnahmen, bedauerten, was ihrem besten Freund widerfuhr, und ließen ihn fallen. Sie kamen auch weiterhin zu den Tagungen, wenn ich sie mit einem Brief einlud, den zu schreiben ich von John gelernt hatte.

6

»Werner stand an der Haltestelle, ungerührt vom Alltäglichen, aber zutiefst überzeugt, dass die Tram Nummer fünf so pünktlich wie möglich käme. Der Fahrplan war verlässlich, durchdacht, dahinter stand Organisation. Es war sinnlos, auf die Uhr zu sehen, aufgeregt auf- und abzugehen, zu schimpfen. Es gab ein Gesetz, das hieß Fahrplan, war verbindlich und unabänderlich und letztlich – auch bei Verspätungen – korrekt. Verspätungen geschahen, sie waren unvermeidlich. Sie entsprachen dem Spielraum, den man in allen menschlichen Belangen einrechnen musste. Aber nach Möglichkeit waren sie zu vermeiden.

Werner fühlte sich als eine Art von Gebäude aus moralischen Grundsätzen. Daher war es ihm auch gänzlich unmöglich, das Boulevard-Blatt zu lesen, sich zu kratzen, wenn es juckte, den Kaffee zu schlürfen, wenn er zu heiß war. Er konnte nicht fluchen und schimpfen, denn dann hätten sich zu anarchische Kräfte geäußert, und Träumereien und die Kraft der Phantasie hätten ja buntere Möglichkeiten zeigen können, als die Abfahrt einer Trambahn. Werner war nicht unter Menschen, er war um sie herum: in den Bauten, in den Konstruktionsplänen eines Kirchturms, in der Verkehrsanlage eines Platzes. Er konnte deshalb die Menschen auch nicht verstehen, deren Sehnsüchte, Laster, Wünsche ...«

Ich schrieb neben dem Romanprojekt »Das Institut« auch an Entwürfen zu Kurzgeschichten wie »Porträts aus einem Keller«, deren Stoff ich den Erfahrungen vor der Zeit des Studiums entnahm. Damals hatte ich in der Adressen-Abteilung einer Versicherung gearbeitet, war im Kino Platzanweiser gewesen und mit Fragebogen eines Marktforschungs-Instituts von Tür zu Tür gezogen. Durch die Arbeit an Turel und das Studium lagen die Ereignisse weit genug zurück, um bearbeitet zu werden, hatten gedämpfte Töne und Farben angenommen. Thematisch kreisten die Erzählungen um mein damals ausgeprägtes Lebensgefühl, das zugespitzt in Sätzen seinen Ausdruck fand, wie zum Beispiel, dass »*Werner nicht im Raum war, sondern irgendwo in dessen Begrenzung*«, er gar nicht unter Menschen lebte und sie auch nicht verstand.

Nun aber war ich der Nachfolger von John Cartwright geworden, und eine Haltung, wie dieser Werner in meiner Skizze sie besaß, konnte ich mir nicht mehr leisten. Ich leitete die Abteilung »Soziale Studien«, war auf einen Schlag für das Budget und die großen Tagungen verantwortlich, hatte ein Team zu führen. Mich lediglich als Beobachter an der Peripherie der Geschehnisse zu sehen, konnte ich mir vormachen, solange John die Abteilung führte, jetzt nicht mehr. Durch meine neue Stellung wurde ich beachtet und beobachtet, ich war »in den Raum« gestoßen worden, war für meine Mitarbeiter, aber auch im Rahmen des gesamten Institutes eine bestimmende, mit Befugnissen ausgestattete Figur. Ich musste mein Verhalten ändern.

Pippa, mit der ich über die Folgen meiner neuen Stellung sprach, sah mich schweigend an. Ihr Gesicht drückte

Gelassenheit aus, und man hätte ihre Miene leicht als freundliches Zuhören missverstehen können, wäre nicht diese feine Andeutung eines spöttischen Lächelns gewesen. Ich kannte es nur zu gut, wusste, sie sähe in meinen Ausführungen lediglich geschickte Rechtfertigungen, mich tiefer auf die »Scheinwelt« des Instituts einzulassen, mich in ihr und ihrem Talmiglanz zu verlieren. Ich ließ mich durch ihr schweigendes Lächeln provozieren, und in einer Art Trotz entwickelte ich eine »Theorie der schmutzigen Hände«, um Pippa von der Richtigkeit meines Tuns zu überzeugen. Wolle man etwas über die Welt erfahren, behauptete ich, dürfe man sich nicht zu schade sein, in den Schmutz zu greifen, Dinge zu tun, die mir – meinem Weg und Wesen – widerstrebten. Habe sie mir vor Jahren nicht das Gleiche gesagt, als sie das Engagement bei der Tourneebühne angenommen habe? Das Wesentliche sei, sich im Dreck die Hände nicht schmutzig zu machen: Ein Paradox, jawohl, doch gerade darum gehe es, Situationen herbeizuführen und zu leben, die in sich paradox seien.

Ich nahm mir vor, es nicht bei der Theorie bewenden zu lassen. Ich wollte und würde mir »schmutzige Hände« machen, indem ich absichtlich die Grundsätze, die ich mir in den letzten Jahren gegeben oder auch von Max Voegeli übernommen hatte, verletzte oder ganz missachtete. Ich wollte Dinge tun, die ich bis dahin als für einen Schriftsteller unpassend empfunden hatte, ging mit den Mitarbeitern des Instituts kegeln, hatte an diesem Inbegriff bürgerlichen Vergnügens auch noch Spaß. Was immer ich fürchtete, versuchte ich anzugehen. Ich müsste den Mut aufbringen, mich zu exponieren. Also schrieb ich Aufsätze zu wissenschaftlichen Themen für die Wochenendausgabe des »Badener Tagblatts«, griff in literarische Streitigkeiten ein, legte mich mit Hugo Loetscher an, kanzelte in einem Brief Heinrich Böll ab oder riskierte meine Stelle, als der Vorstandsvorsitzende eines Weltkonzerns den Diktator Pinochet im Pausengespräch einer Tagung rühmte, mir einen Flug und Aufenthalt in Chile anbot, damit ich mich überzeugen könne, wie gut es der Wirtschaft seit dem Sturz Allendes gehe. Melodramatisch verkündete ich, von Leuten wie ihm ließe ich mir noch nicht einmal einen Kaffee bezahlen.

Trotz meiner Bemühungen, »forsch und entschieden aufzutreten«, würde ich nie zu einer Führungskraft werden. Meine Stellung, das wenige an Einfluss und Macht, könnten mich nicht verführen und korrumpieren, wie Pippa befürchtete. Zu deutlich spürte ich die Distanz zu dem, was ich vorgab zu sein. Wer außer mir wusste, wie lange ich die Treppenstufen zählte, die ich auf und ab lief, bis ich die Angst überwunden hatte, mir eine Telefonverbindung nach Amerika oder Asien geben zu lassen. Ich schnitt mit den Tricks auf, die ich anwandte, um die Bollwerke der Sekretariate zu überlisten und verschwieg mein Zögern und die beinah unüberwindbaren Hemmungen, bis ich mit einem Bluff wie »Office of the President, connect me to Mr. X please« besonders abgeriegelte Persönlichkeiten dennoch ans Telefon bekam.

Ich benötigte eine innere Stütze, um zu bewältigen, was mir nicht leichtfiel. Um das »Schmutzigmachen der Hände«, das ich so gezielt praktizierte, zu ertragen, brauchte ich eine innere Traumfigur, die an ihrer Integrität und ihren Grundsätzen unverbrüchlich festhielt. Sie lieh ich mir von einem Film aus, den ich gegen Ende des Studiums in Basel gesehen hatte: »Samurai Rebellion« von Masaki Kobayashi. Die Figur des Schwertkämpfers, der sich gezwungen sieht, für Recht und Gerechtigkeit das erste und tiefste Gesetz eines Samurai zu verletzen, nämlich die Loyalität zu seinem Fürsten, beschäftigte mich wochenlang und tauchte jetzt aus der Erinnerung wieder auf. Wie in meinen pubertären Einschlafphantasien, als ich damals als ein unbezwingbarer Indianerhäuptling die Feinde meines Vaters bekämpfte und dabei Mädchen rettete, zog ich nun während der Jahre am Institut Nacht für Nacht als Schwertkämpfer durch das japanische Mittelalter. Ich wanderte von Burg zu Burg, besuchte die Vasallen eines zu Unrecht an die Macht gelangten Daimyō, sorgte mit der Schärfe des Schwertes für die Rückkehr der legitimen Herrschaft, der um ihr Recht und Erbe gebrachten Fürstin. Am Tag pfiff ich die Melodie aus dem Film »Die sieben Samurai« von Kurosawa, nachts spann ich an meinem Trivialroman weiter, und es konnte nicht ausbleiben, dass sich mir in der Tagwelt die Traumfigur der unnahbaren, doch rechtmäßigen Erbin näherte, wenn auch da – wie hätte es anders sein können – in literarischer Form. An einem Herbstabend hatte HAP zu sich, in das Haus neben dem Institut, eingeladen, das ursprünglich Duttweiler für sich hatte bauen lassen. Die Fensterfront des geräumigen Wohnraums sah auf die Rasenfläche und die Umrisse der Bäume, in der Feuerstelle brieten in der Eisenpfanne die Maronen, und in kleinen

Gruppen saßen die Angestellten des Instituts auf Hockern und auf dem Teppich zusammen, tranken Wein, aßen von den Maronen. Man redete, wie an solchen Treffen üblich, von der Arbeit, erfuhr den neuesten Klatsch oder gab Anekdoten zum Besten. Ich hatte eben einen ersten Entwurf zu einer Tagung vorgelegt, die verschlüsselt die Nuklearindustrie angreifen sollte, und erzählte von einer Veranstaltung, bei der Edward Teller, der »Vater der Wasserstoffbombe«, aufgetreten war. Während ich Tellers Argumente lächerlich machte, in warmen Unterhosen entstünden eher Mutationen als durch radioaktive Strahlungen, setzte sich Gisela Sandor, die Leiterin der Institutsbuchhandlung, zu unserem Kreis, und in Giselas Gesicht drückte sich eine staunende Erwartung aus, die in mir Bilder einer weiten nördlichen Landschaft wachrief: Sandige Böden mit lichten Laubwäldern, von Sträuchern und Hartholzgewächsen bedeckt, dazwischen Tümpel, Rohr und Wiesen, ein helles Gutshaus hinter der aufsteigenden Allee – und über allem ein Himmel mit hohen Sommerwolken. Ostsee, dachte ich, eine Figur aus einer Erzählung von Keyserling, groß und kühl, voll verhaltener Zärtlichkeit und einer blassen Landjunker-Vornehmheit. Und es entging mir nicht, dass sie einen Siegelring trug, mit Wappen und Krone: Durch die literarische Folie von Keyserlings grandiosen Erzählungen war die schockierende Fremdheit, die ich zuvor stets bei näherer Bekanntschaft mit Frauen empfunden hatte, aufgehoben und nicht vorhanden. Durch blühende Gärten des Baltikums, über die Freitreppe und den Salon konnte ich zu der wirklichen Frau gelangen, und durch Gisela Sandor erwiesen sich alle bisherigen Befürchtungen und Ängste, die Intimität sei allein auf Pippa beschränkt, als haltlos. Das »lose Ende der Seele« hatte endlich seinen Platz gefunden. Es saß fest.

7

Den Namen Pierre Arnold hatte ich zum ersten Mal von John Cartwright gehört. Er nannte ihn, während er mit Ruedi Brun stritt und ihm vorwarf, er müsse eben die Zeitungen lesen.

– Wenn man die Pressestelle eines internationalen Instituts betreut, dann sollte man auch die Westschweizer Presse verfolgen.

Er lese »Le Monde«, das genüge wohl, und Ruedi Brun zog den Atem kurz und geräuschvoll ein. Doch John überging Ruedis Einwand, fuhr mit einem spöttischen Unterton fort:

– Dann hättest du in der gestrigen »Tribune« das Interview mit Pierre Arnold nicht verpasst.

– Pierre Arnold?

John genoss es, Ruedi Brun zu demütigen, sich für die Vorhaltungen, er solle endlich tun, was HAP von ihm verlange, zu rächen. Mit schlecht versteckter Schadenfreude fuhr er sich mit der Zungenspitze über seine vorstehenden Zähne. Pierre Arnold sei überraschend zum Präsidenten der Verwaltungsdelegation des Migros-Genossenschafts-Bundes gewählt worden. In dem Interview habe er gesagt, er werde sich an diejenigen erinnern, die ihm geholfen hätten, und er werde diejenigen nicht vergessen, die ihn bekämpften.

– Und nun kannst du dir ausrechnen, zu welcher Gruppe wir hier gehören.

Ein paar Wochen nachdem John gekündigt worden war, wurde an einem Morgen um zehn Uhr die gesamte Belegschaft des Instituts in den Lesesaal der Bibliothek bestellt. Die Reihen schwatzender Angestellter verstummten, als durch die Glastür, die Pestalozzi diensteifrig aufhielt, Pierre Arnold eintrat. Er schritt zum Tisch, das Kinn vorgereckt, den Mund nach unten gekrümmt. Sein Blick, unter buschigen Brauen, schweifte durch die Reihen, schien jeden Einzelnen kurz zu fixieren, streng und urteilend. In seiner wuchtigen Erscheinung erinnerte er an einen Weinbauern aus dem Lavaux. Er setzte sich, legte auf dem Tisch die Hände übereinander, blickte auf, und in sein Gesicht drang ein joviales Lächeln, der Blick milderte sich zu einem beruhigenden Zwinkern, das besagen sollte, es sei nicht ganz so schlimm, wie wir befürchten würden. Die Spannung in den Tischreihen löste sich, doch dann ließ Pierre Arnold diesen väterlich-freundlichen Gesichtsausdruck ebenso unvermittelt fallen wie zuvor die strenge, urteilende Miene.

»*Wichtige Neuerung*«, schrieb ich als Titel auf meinen Schreibblock und setzte in Klammern dazu: »*(im Sinne von ›Erkenne die Lage‹)*.«

Neutral und geschäftsmäßig erläuterte Pierre Arnold seine Konzernstrategie im Allgemeinen und die Zielsetzungen des Instituts im Speziellen, und ich hörte auf die

Begriffe und Worte, die dieser wuchtige Mann im grauen Geschäftsanzug gebrauchte. Ich notierte die Stichworte: Straffung der Organisation, Vereinheitlichung, Wachstum, Kontrolle, Schulung der Mitarbeiter, Zentralisierung, Effizienz. Dann teilte Pierre Arnold der versammelten Belegschaft mit, dass ihr Chef, Hans A. Pestalozzi, zu seinem persönlichen Berater ernannt worden sei, und das Lächeln, mit dem er das sagte, war von Genugtuung und verhaltenem Triumph unterlegt.

Die Kollegen waren beruhigt, fanden den Auftritt Pierre Arnolds sympathisch. Die Neuerungen im Führungsstil, nun ja, entsprachen nicht gerade dem, was wir am Institut in den Seminaren vertraten, doch man müsse abwarten, nichts werde so heiß gegessen, wie gekocht. Ich blieb skeptisch, glaubte nicht daran, dass Herr Arnold dem Institut und seinen Aktivitäten sehr wohlwollend gegenüberstand. Hans A. Pestalozzi war sein Gegner gewesen, und dass Herr Arnold ihn als Berater an sich zog, bedeutete, ihn unter Kontrolle zu halten. Nein, ich teilte nicht die Ansicht meiner Kollegen, und es würde auch nicht mehr genügen, nur zu wissen, dass Spiele gespielt wurden, wie zum Beispiel vom Geschäftsführer der »Schweizerischen Vereinigung für Atomenergie«. Als ich vor ein paar Wochen mit einem Tagungsentwurf nach Bern fuhr, zu Peter Feuz sagte, das Papier sei vertraulich, zog er meinen Entwurf als Kopie aus der Schublade: »Sie meinen dieses Papier?« Ich müsste, um die Motive hinter den »Inszenierungen für die Öffentlichkeit«, wie Johan Galtung erläutert hatte, in Erfahrung zu bringen, aus Andeutungen und Vorkommnissen die wirklichen Absichten herauslesen.

Ich begann, Notizen zu machen, Details zusammenzutragen, mich an Bemerkungen John Cartwrights zu erinnern. Allmählich setzte sich ein Bild zusammen, in dem – zu meiner Überraschung – ich selbst als eine Figur im Spiel um Macht und Einfluss vorkam.

Pestalozzi war Duttweilers langjähriger Sekretär gewesen und besaß ein intimes Wissen über die inneren Vorgänge des Konzerns, hatte Verbindungen in die Konzernzentrale, und dieses Wissen und die Beziehungen hatten in der Ära von Rudolf Suter genügt, um am Institut tun und lassen zu können, was er wollte. Man hatte ihn zwar als Leiter auf einen Posten außerhalb der Konzernhierarchie gesetzt, doch er baute das Institut zu einem Gegenpol der Migros aus, an dem das Erbe und der kritische Geist Duttweilers bewahrt würden. Pestalozzi behielt dadurch eine bedeutende Rolle, er galt als einer der Königsmacher bei der Wahl der Konzernleitung, doch beging er den Fehler, auf Frank Rentsch, mit dem er ein Konzept des »qualitativen Wachstums« erarbeitet hatte, als Nachfolger von Rudolf Suter zu setzen.

Pestalozzi hatte sehr viel früher als irgendwer am Institut gewusst, dass er den Kampf um die Nachfolge Rudolf Suters verlieren würde. Sein Favorit hatte ein paar Millionen mit einem Datensystem zur Warenverteilung verloren, und nach der Wahl von Pierre Arnold zum Präsidenten der Verwaltungsdelegation kam Hans A. Pestalozzi unter Druck. Er war auf Seiten der Verlierer, sein »Wissen« schützte ihn nicht mehr, da er gegen Pierre Arnold nichts in der Hand hatte. Doch musste er selbst nun möglichst rasch ein »Wissen« über Vorkommnisse am Institut loswerden, das gefährlich war, bekämen seine Gegner Kenntnis davon. John Cartwright musste deshalb gehen, weil er nicht nur viel, sondern zu viel wusste.

In dem Spiel, so begann ich allmählich zu begreifen, war ich von allem Anfang an eine Figur gewesen, genauso wie damals vor der hochkant gestellten Kiste in London. Ich hatte geglaubt, dass ich an jenem Morgen, als ich mich mit Gedichten und einer Arbeit über Tarentola mauritanica vorgestellt hatte, wegen meines Auftretens und des frei geäußerten Widerspruchs eingestellt worden sei, obwohl keine Stelle frei war. Doch ich irrte. Ich war der Joker im Spiel der drei Karten, um John Cartwright die falsche Karte ausspielen zu lassen. Und er tat es: Er setzte, um HAP zu schaden, statt auf sein Wissen auf die Referenten, die bei Veranstaltungen nicht mehr auftreten würden, müsste er das Institut verlassen. Doch sie traten auf, und John war aus dem Spiel.

8

Vater hatte die Zweigstelle der Westschweizer Firma aufgebaut, zu der ich ihm – nach Auszählen der Bambusstäbchen und dem entsprechenden Zeichen des I Ging – geraten hatte. Doch die Wirtschaftskrise 1974 hinterließ in den Jahren danach Spuren, die Umsätze gingen zurück, und zum Jahreswechsel erhielt Vater einen Brief, in dem angekündigt wurde, sein Gehalt werde gekürzt und der dreizehnte Monatslohn nicht mehr ausbezahlt. Vater war verletzt, fand das Vorgehen ungerecht und unannehmbar, saß in seinem Lehnstuhl mit dem Rücken zu den Fenstern, die auf die Felder am Fuß des Hügels und den sie einfassenden Wald sahen. Er gab auf, und ich schrieb für ihn an die Geschäftsleitung einen Brief. Meine Sätze hatten die Schärfe eines Samuraischwertes, hinterließen an den Hälsen der exekutierten Herren Geschäftsleiter nur gerade ein fadendünnes Rot.

Vater war von den lebenslangen Kämpfen und Enttäuschungen müde geworden. Er traf seine Freunde zum Kartenspiel, ging mit dem alternden Jagdhund spazieren, fuhr mit Mama zum Markt. Doch mit dem Ende seiner beruflichen Tätigkeit kam eine alte Angst wieder zum Vorschein. Er hatte ein bezahltes Haus, ein Barvermögen und die staatliche Altersrente, doch keine Pension – zu wenig, wie er fand, für ein sorgenfreies Alter.

An einem Sonntag, an dem ich meine Eltern in Lenzburg besuchte, wir beim Kaffee saßen, sagte Vater, er finde es jetzt an der Zeit, dass ich mein Studium in monatlichen Raten zurückzahlte, ich sei nun fest angestellt, er aber habe lediglich die Altersrente, und die reiche zum Leben nicht aus, wenigstens nicht auf Dauer. Mein Gehalt war nicht sehr hoch, da ich auf einem reduzierten Arbeitspensum bestanden hatte, um genügend Zeit für meine schriftstellerischen Projekte zu haben. Die mir gestellten Aufgaben, so wurde vereinbart, hatte ich im Rahmen vorgegebener Termine zu lösen. Das gab mir einige Freiheiten, sie gingen aber auf Kosten des Einkommens. Ich fand, Vater habe noch immer mehr Geld zur Verfügung als ich. Und deshalb sei ich nicht bereit, mich wieder auf ein Minimum einzuschränken. Ich versicherte ihm jedoch, in einem Notfall einzuspringen und ihm zu helfen.

Vater war enttäuscht. Er fühlte sich auch von mir hintergangen. Nicht nur die Firma hatte sich nicht an den Vertrag gehalten, auch sein Sohn tat es nicht, der für ihn großartig über Gerechtigkeit in dem Brief an die Geschäftsleitung geschrieben hatte. Doch selber hielt er sich nicht an die eigenen Wörter, und Mutter hinterbrachte mir, dass ihn meine Weigerung in lähmende Ängste versetzt habe. Er selbst gestand mir, beim Mähen des kleinen Rasenstücks sei ihm schwarz vor Augen geworden, die Beine hätten nachgegeben und es sei Nacht um ihn gewesen.

– Ich saß lange hinterm Haus und habe gehofft, dass es endlich vorbei ist.

Das war der Notfall, zwar nicht finanzieller Art, doch ich müsste handeln. Ich ging zu Hans A. Pestalozzi, schilderte ihm die Verfassung meines Vaters und schlug vor, Vater in meiner Abteilung als Dokumentalist einzustellen. Nach den Tagungen war es außerordentlich mühsam, die Referate für die Dokumentation zusammenzutragen und sie fristgerecht einzufordern. Einige hatten frei gesprochen, andere wollten den Text nochmals überarbeiten, viele versprachen, das Manuskript zu schicken, ohne es jemals zu tun. Es sollte Vaters Aufgabe sein, während der Tagungen die Manuskripte einzusammeln oder mit den Referenten verbindliche Termine abzusprechen.

Ich wusste, dass mein Vorschlag gegen die Bestimmung verstieß, Verwandte einzustellen, und HAP wusste es auch. Dass er in einer für ihn kritischen Zeit dennoch zustimmte, gehörte zu Hans A. Pestalozzis Stärken. Er unterschied sich von anderen Vorgesetzten, die ich kennengelernt hatte, wie dem Leiter der Funktionsgruppe Ökologie. Nach einem Gespräch über einen Einsatz in einem indischen Tierpark sagte dieser, mein Abschluss in Biologie mit »summa cum laude« nütze mir gar nichts, das Studium sei von Anfang an nutzlos gewesen, denn ich hätte durch die Jahre zuvor mit der Bürgerlichkeit gebrochen. Für Pestalozzi dagegen bedeuteten Brüche und Umwege eher Auszeichnungen. An einem Morgen, als ich bei ihm im Büro saß, fragte er mitten im Gespräch, ob mir eigentlich aufgefallen sei, dass meine Hände nicht mehr zitterten, wie sie es zuvor getan hatten?

Ich bekam den Vertrag für Vater, fuhr nach Hause und eröffnete ihm, er sei ab sofort in meiner Abteilung eingestellt. Dabei gelte es allerdings, einige Regeln zu befolgen. Am Institut werde er mich nicht mit »Christian« ansprechen, sondern mit »Herr Haller«, und es gebe auch keine Hinweise wie »das ist mein Junge«. Meinen Sekretärinnen gegenüber habe er sich freundlich zurückhaltend zu geben, er sei nicht Chef mit Weisungsbefugnis, der Chef sei ich. Nächste Woche würde ich ihm das Institut zeigen und ihn den Mitarbeitern vorstellen. Die Termine der nächsten Tagungen solle er sich in seiner Agenda eintragen, er habe während der ganzen Zeit anwesend zu sein.

Vater stand bei einer Veranstaltung im Geschäftsanzug um acht Uhr im Foyer des Instituts, er, der Fabriken geleitet, Geschäftsstellen aufgebaut, Großaufträge abgewickelt hatte. Unterm Arm trug er eine schmale Mappe, und ich beobachtete ihn aus einer der Tonkabinen, wie er nach dem Vortrag eines englischsprachigen Referenten, kaum war der Applaus verebbt, zum Rednerpult trat. Da das Mikrophon noch eingeschaltet war, hörte ich, wie er sich vorstellte: I am Mr. Haller, the documentalist of the Institute…, und ich spürte eine Rührung diesem Menschen gegenüber, der mein Vater war, der die subalterne Rolle ernsthaft ausfüllte, und ich war vielleicht zum ersten Mal nicht nur stolz auf meinen Vater, nein, ich liebte ihn, wie er dastand, vor dem Rednerpult, das Mäppchen in der Hand. Ich sah und erkannte einen anderen Menschen als denjenigen, den ich all die Jahre geglaubt hatte zu kennen. Er hatte an dem, was ich ablehnte, genauso gelitten, war wie ich nicht sonderlich tauglich für eine Welt, die mit Hammer und Nägeln, Betonmischern, Förderbändern, Kränen zusammengeflickt wird und in der die feineren Empfindungen eher hinderlich sind.

Sein Puls ging unregelmäßig, das Herz war geschwächt, der Kreislauf nicht mehr fähig, das Wasser aus dem Körper zu schaffen. Vaters Gesundheitszustand verschlechterte sich, er war müde, und etwas von seinem Charme und seinem Witz blitzte nur noch auf, wenn ich mit Gisela Sandor zu Besuch kam. Auch darin fanden wir uns: Vater mochte sie, und Gisela weckte ihn mit ihrer heiteren, humorvollen Art, der unverhohlenen Sympathie für ihn. Auch er hatte dieses »lose Ende der Seele«, eine unstillbare Sehnsucht, die keine Entsprechung im Alltag hat, ein Bric-à-Brac nicht genau zu bestimmender Empfindungen, die nach etwas strebten, das »man selbst war« und nie sein würde. In Gisela bekam dies Unbestimmte ein Gesicht, einen Körper, eine Stimme. Vater begegnete in ihr einem Leben, das auch möglich gewesen wäre und sich näher an der ruhigen, etwas rückwärtsgewandten Lebensweise von Mamas Familie bewegt hätte, fern der geschäftlichen Sphären, in die Großvater ihn gezwungen hatte. Was für ihn am Ende seines Lebens wie ein Traumbild eines anderen Daseins erscheinen mochte, war für mich der Anfang einer neuen, nicht geahnten Schwierigkeit. Jahre hatte ich nach einer Liebe wie der zu Gisela gesucht, jetzt hatte ich sie gefunden. Doch durch sie wurde mir eine Spaltung bewusst. Pippa brachte mich »herunter auf die Erde« und verankerte mich in den Wörtern und Sätzen. Sie war Teil meines Schreibens. Gisela verhalf mir zum Erleben und Erfahren mir nicht zugänglicher Bereiche des Alltags. Ihr gehörte das unmittelbare, vor allen Wörtern existierende Dasein. Beide Teile brauchte ich, und beide Einschränkungen auf einen Aspekt wurde den Frauen nicht gerecht. Sich entscheiden? Pippa wie Gisela zeigten sich großzügig, sie drängten mich nicht, und wir führten eine Ménage-à-trois, fuhren gemeinsam nach Schweden in die Ferien. Doch in den Wäldern, an Seen, in den weiten Landschaften des Nordens spürte ich, dass Pippa, wie das Schreiben auch, stets einen schicksalhaften Vorrang haben würde. Ohne Erleben jedoch, das jetzt durch die Wucht der Natur so drängend im Vordergrund stand, käme ich zu keinen eigenen Stoffen. Und mich erfasste im Sommerlicht und den weißen Nächten eine tiefe Melancholie. Die Spaltung ließe sich nie schließen.

Vaters Kopf sank auf die Brust, er dämmerte weg, schrak auf, redete wirr, während ich gegenüber auf dem Sofa saß. Ich kämpfte gegen diesen Schatten, der immer mächtiger sich über Vater senkte. Ich bat ihn, einen Plan des Hauses zu zeichnen, das ich nur einmal als Kind mit ihm besucht hatte, jenes kleine Taunerhäuschen im Reistel, das Urgroßmutter bewohnt hatte, befragte ihn zu Gontenschwil, unserem Heimatort, an dem er in früheren Jahren noch zur Jagd gegangen war, benutzte die Vergangenheit, um Vater in der Gegenwart zu halten, aus der er immer öfter wegglitt.

Er habe ein viel zu großes Herz, hatte mir der Arzt nach einer Untersuchung gesagt, es fülle fast den ganzen Brustkorb aus.

An einem Nachmittag begleitete ich ihn auf einem Spaziergang. Schweigend gingen wir nebeneinanderher. In dem Waldstück beim Wildistein sagte Vater unvermittelt:

– Mach nur immer das, wozu du dich gedrängt fühlst. Geh deinen Weg, auch wenn er keinen Erfolg verspricht. Ich habe mich dem Willen anderer gefügt, habe gemacht, was sie verlangten. Das war falsch. Doch eines musst du wissen, ich habe in der Baubranche viel Betrug gesehen, und mir wurden nicht nur einmal Bestechungsgelder angeboten. Doch ich bin ehrlich geblieben.

In seinem letzten Satz schwangen Stolz und Genugtuung mit.

Vaters Zustand verschlechterte sich so sehr, dass der Arzt einen Sanatoriumsaufenthalt verordnete. Gisela brachte ihn nach Degersheim, wo Mutter und ich ihn am folgenden Wochenende besuchten. Mutter wollte bleiben, und ich verlängerte das Wochenende. Der Arzt hatte uns nach der Ankunft mitgeteilt, wir müssten »mit dem Schlimmsten« rechnen, er glaube nicht, dass Vater die nächsten Tage überleben werde, und ich erschrak, ihn so schwach und mit getrübtem Bewusstsein wiederzufinden. Ich benachrichtigte meinen Bruder in Kanada, und Peter setzte sich ins Flugzeug, stand einen Tag später in Degersheim im Sanatorium, sagte, er mache mit Vater jetzt eine vierzehntägige Kur. Und Vater blühte auf, kam zu Kräften, erholte sich zum Erstaunen des Arztes. Er freute sich so sehr, dass sein Sohn Peter alles hatte stehen- und liegen lassen, um ihn zu besuchen, dass er neue Lebenskraft schöpfte: Er wurde geliebt, und daran hatte er im Geheimen stets gezweifelt. Nach einem seiner Zusammenbrüche vor Jahren hatte er Peter und mich nicht sehen wollen, weil er sich vor uns schämte und glaubte, wir würden ihn verachten. Nun bekam er die Bestätigung, dass es nicht so war. Und es gab ihm die Kraft, noch eindreiviertel Jahre zu leben, ruhig und versöhnt, bis er an einem Novemberabend während der Tagesschau in seinem Sessel sitzend den Kopf zur Seite legte, als wende er sich von der Welt und ihren flimmernden Fernsehbildern ab.

9

Ich hatte die Figur, den Ton und den Rhythmus gefunden und schrieb die Novelle »Die Hoffnung der Macht« in drei Tagen nieder. Der Stoff ging auf eine Feier zurück, die der Migros-Genossenschafts-Bund zum 80. Geburtstag Erich Fromms in Lugano veranstaltet hatte. Seit dem Machtkampf zwischen Hans A. Pestalozzi und Pierre Arnold vertrat oftmals ich das Institut und bekam als Leiter der Sozialen Studien eine Einladung zum Bankett und der anschließenden öffentlichen Ehrung. Während ich in der Hotelsuite am Fenster stand, hinaus auf den See und die gegenüberliegenden Berge sah, beschäftigte mich die Frage, was Pierre Arnold und die Migrosmächtigen bewogen haben mochte, Erich Fromm zu ehren. Auf der gedruckten Einladungskarte, die ich wieder in die Hand nahm, öffnete und wendete, war Migros nirgends vermerkt.

»Wozu also sollte ein milliardenschwerer Konzern eine ›Hommage‹ zu Ehren eines Philosophen veranstalten und dazu die Honoratioren aus Politik und Wirtschaft einladen? ... Welches waren die Motive der Milford-Gewaltigen (so verfremdete ich den Namen der Migros in der Novelle)*?«*

Erich Fromm war ein geschätzter und begehrter Referent des Instituts, eine kritische Stimme bei Tagungen, die für das »Sein« und gegen das »Haben« auch im Wirtschaftsleben focht. Erich Fromms existentielle Sicht widersprach Wachstum und Effizienz, den Zielen von Pierre Arnolds Präsidentschaft, vollständig. War eine »Hommage« für den greisen Philosophen deshalb schon verblüffend genug, so erstaunte mich der Name des Laudators noch mehr. Ivan Illich war ebenfalls einer unserer Referenten und ein weit schärferer Kritiker der Doktrin Pierre Arnolds, die seit seinem Machtantritt im Konzern durchgesetzt worden war. »Die Tat«, jene Tageszeitung, in der zum ersten Mal ein Gedicht von mir gedruckt worden war, wurde boulevardisiert, dann eingestellt. »Ex Libris«, ein Buchclub mit einer Schweizer Autorenreihe, wurde zum Discounter ohne literarischen Anspruch degradiert, Duttweilers Partei, der »Landesring der Unabhängigen«, dem Stadtpräsident Dr. Sigmund Widmer angehörte, wurden die Mittel entzogen.

Was also, fragte ich mich, konnte das Motiv einer solchen Ehrung sein? Ausgerechnet mit Referenten unseres Instituts, die sich klar gegen die Migros und ihre Exponenten aussprachen?

»Es gab kein Motiv! Wenigstens kein offensichtliches! Klar würde jeder, der seinen Kopf schon mal zwischen zwei Seiten einer linksliberalen Zeitung gesteckt hatte, höhnisch lächeln: Imagebildung, Alibiübung! Gut, nichts dagegen, das mag als Erklärung für weltfremde Geister angehen. Aber es sind Klischees – und vor allem, sie entsprechen keinerlei Wirklichkeit. Denn die Mächtigen – und dazu gehörten die Bosse der Milford – haben

längst gemerkt, dass das Image bestenfalls eine Zierleiste an der Karosserie ihres Unternehmens ist, ohne Einfluss auf den Motor. Sie braucht nicht blitzblank zu sein, um mit dem Wagen Vollgas zu fahren. Es ist bestenfalls komisch, wenn gewisse Leute an den Zierleisten rummäkeln und glauben, Tempo und Fahrtrichtung dadurch zu beeinflussen. Nein, wegen des Images werden keine Philosophen gefeiert. Weshalb aber denn? Dass die Bosse der Milford etwas ohne Absicht taten, war unwahrscheinlicher als ein Goldzahn im Mund eines Neugeborenen. Dafür waren die Herrschaften zu sehr Söhne und Töchter des großen Nutzens.«

Während ich mich für das Bankett umkleidete, mit der Krawatte vor dem Spiegel rang, nahm ich mir vor, während der Abendveranstaltung herauszufinden, was die tatsächlichen Absichten waren, zu denen ich vorerst lediglich widersprüchliche Teile eines Puzzles besaß, die jedoch kein Bild ergaben.

Ivan Illich hatte ich vor Kurzem in Rimini getroffen, wo er als Redner bei einem Anarchistentreffen teilnahm. Ich war hingefahren, um mit ihm über neue Themen des Instituts zu sprechen. Ökologische Themen begannen die gesellschaftspolitischen abzulösen. Auf die Frage, welche Konzepte wir den Mächtigen der Wirtschaft vorlegen sollten, antwortete er, »gar keine. Die Mächtigen besitzen keine Macht mehr, die Leute hier«, und er zeigte auf die Masse meist jugendlicher Menschen: »Sie haben die Macht.«

Illich hatte die jungen Leute mit seinen schlanken Händen, die er, auf einer Kiste stehend, ausgebreitet hielt, beschworen. »Ich spreche in keine Mikrophone, habe es nie getan und werde es nie tun«, hatte er über die Köpfe der dicht gedrängten Masse in die Fabrikhalle gerufen. »Keine Technik soll zwischen unserer Kommunikation sein, der Mitteilung unseres ganzheitlichen Wesens.« Und die Leute brüllten: »Jaaaah!«

Doch nun war Ivan Illich in keiner Fabrikhalle, sondern in einem Fünf-Sterne-Hotel, eingeladen von den Mächtigen der Wirtschaft, und ein Mikrophon wäre mit Bestimmtheit installiert.

Ich fuhr im Aufzug zur Hotel-Lobby, ging zur Lounge, einem Raum mit abgeteilten Sitzgruppen, und trat an den Tisch, an dem am oberen Ende Pierre Arnold saß, umgeben von den seitlich aufgereihten Regionalleitern der Genossenschaften.

»*Ferbalaix* (so hieß Arnold in meiner Erzählung) *saß in einem hochlehnigen Armstuhl, die Wangen leicht gerötet und ließ sich von den Regionalleitern und hiesigen Direktoren berichten: Januar-Umsatz, Jahresentwicklung, Verkaufsflächen-Anteil – und immer wieder:* »*Mille-Fleurs*«. *Jeden einzelnen Sprecher sah er dabei aus seinen grauen Augen an, die buschigen Brauen zusammengezogen wie Gewitterwolken, das Kinn leicht vorgeschoben. Aktionen der Mille-Fleurs, Presseecho, Stand der Mitglieder, Chancen bei den Wahlen... Ein kleiner, grauhaariger Herr mit einer blassen Nelke im Knopfloch berichtete, bemühte sich in seinem besten Schulfranzösisch, die altersfleckigen Hände ordentlich nebeneinander auf den Knien. Er drehte seinen Kopf wie ein Sperling auf dem Futterbrett hin und her – er war, wie alle hier, auf Brosamen angewiesen.*«

Mille-Fleurs – mit dieser Alliteration des Konzernnamens »Milford« in meiner Erzählung bezeichnete sich ein Zusammenschluss von Leuten, die sich die Milford mit ihrem großen zitronengelben M ausgesucht hatte, um an ihr die Auswüchse und Fehlentwicklungen unserer Wirtschaft beispielhaft darzustellen. Die Milford war trotz ihrer Größe eine Genossenschaft, und wenn auch bis dahin die Wahlen zur Konzernleitung nur immer geheim und ohne Öffentlichkeit stattgefunden hatten, so musste das nach Ansicht der Mille-Fleurs-Leute nicht so bleiben. Sie empfahlen sich mit einem grünen M für die nächsten Wahlen im Frühsommer.

»Nachdem der kleine, grauhaarige Mann sein »très bien« aufgepickt hatte, sagte Ferbalaix mit der Stimme, von der er wusste, dass ihr Klang den Leuten das Brustfell in Schwingung setzte:

›Messieurs – wir müssen diese Bewegung von Genossenschaftern sehr ernst nehmen. Wir müssen ihre Argumente prüfen. Sie wissen, dass nicht alle falsch sind. Jedes Unternehmen braucht die Kritik. Nehmen Sie sie nicht zu leicht. Mais luttez!‹«

Pierre Arnold hatte mich bei der Befragung aus gutem Grund übergangen. Hans A. Pestalozzi hatte mit provokativen Vorträgen, in denen nicht allzu verschlüsselt auch die Migros angegriffen wurde, sich einen Namen gemacht: Er war zur öffentlichen Figur geworden, die nicht mehr so leicht aus ihrer Stellung im Konzern gedrängt werden konnte. Jeder Angriff auf ihn würde nur die Thesen bestätigen, die er unter großer Anteilnahme und Applaus verbreitete. Der Erfolg brachte Pestalozzi auf einen Schachzug, mit dem niemand gerechnet hatte. Er gründete den

Verein »Migros-Frühling« – die Mille-Fleurs-Bewegung meiner Erzählung – um an den Wahlen zum Präsidium der Verwaltungsdelegation des Migros-Genossenschafts-Bundes teilzunehmen. Die Bewegung forderte Grundsätze wie ein begrenztes Wachstum, das im Gegensatz zur bestehenden Konzernstrategie stand, und empfahl, anstelle von Pierre Arnold Hans A. Pestalozzi als Präsidenten zu wählen.

War die Ehrung Erich Fromms also eine propagandistische Veranstaltung gegen Pestalozzi und seinen »Migros-Frühling«?

Die Vermutung lag nahe, nicht nur, weil sich Pierre Arnold bei seinen Trabanten so genau nach den jeweiligen Aktivitäten des »Migros-Frühlings« erkundigt hatte. Neben Pierre Arnold, und von ihm als »mein guter Freund« bezeichnet, saß Aurelio Peccei, Gründer des »Club of Rome«, Vorstandsvorsitzender der Fiat-Werke und von Olivetti, ehemaliger Widerstandskämpfer: ein wirklich Großer in der Welt des Handelns. Die mit Alexander King 1972 veröffentliche Studie »Die Grenzen des Wachstums« hatte die stetige Zunahme wirtschaftlicher Leistung infrage gestellt, und Aurelio Peccei erläuterte in einer leisen, die Worte suchenden Rede seine Idee, einen Ort zu schaffen, an dem junge, begabte Menschen aus allen Weltteilen an wichtigen Gegenwartsfragen arbeiten und forschen könnten.

Ich hörte Aurelio Pecceis Überlegungen zu und war mir sicher, sie interessierten Pierre Arnold nicht wirklich. Die Bekanntschaft mit dem Chef der Fiat-Werke mochte ihm schmeicheln. Sachlich und im Kampf gegen den »Migros-Frühling« war Aurelio Peccei, wie sein Projekt, ohne Belang. Ich hatte vor wenigen Tagen ein vertrauliches Dokument zugespielt erhalten, in dem der Beschluss zur Änderung der Wahlbedingungen festgehalten war. Die Leute um Pestalozzi hatten danach kaum noch eine Chance zu gewinnen. Folglich konnte es bei der Veranstaltung auch nicht wirklich um Wahlkampf gehen.

Bei der öffentlichen Ehrung, während ein Bekannter von Erich Fromm, ein Psychiater, eine Rede zu Fromms Werk hielt, saß Ivan Illich vorne auf dem Podium, die Arme um ein Blatt Papier gelegt, den Stift zwischen den Fingern. Ich spürte seine Anspannung und kannte den Grund: Er saß da vorne, würde in wenigen Minuten reden müssen, und das Blatt vor ihm war leer. Ich wartete auf einen Moment der Selbstentblößung, den es braucht, um alle Hemmungen abzulegen, und der Moment kam in der Mitte der Rede des Psychiaters: Ivan Illich hob die Arme, ließ das leere weiße Blatt sehen, danach begann er, Notizen zu machen. Er hielt eine blendende Laudatio, beschwörend, das bereits Gehörte zugespitzt, voll überraschender Wendungen, wiederholend. Tosender Applaus.

Nachdem es im Saal wieder ruhig geworden war, sagte Erich Fromm, ohne sich von seinem Platz zu erheben, mit brüchiger, dünner Stimme:

»Ich danke Ihnen. Ich kann mir nicht vorstellen, weshalb man mich ehrt – und soweit ich mir darüber Gedanken gemacht habe, denke ich, dass man mich für etwas ehrt, das weder mir gehört, zukommt, noch irgendwie mein Verdienst ist. Man vergisst nur zu oft, dass die Wörter weniger da sind, um die Wahrheit zu sagen als um sie zu verbergen. Doch die Lügen sind nicht gar so schrecklich, sie sind zum Teil schön, angenehm und meistens auch notwendig. Denn sehen Sie, es ist nicht so, dass wir die Wahrheit ertrügen. Ihr können wir so wenig ins Antlitz sehen wie der vollen Mittagssonne. Und auch die wenigen Berufenen – auch sie können es nicht mehr als einmal – für den Preis der Blindheit – –«

Das Sprechen bereitete ihm Mühe. Er sah sich hilflos im Saal um. Er spürte, die Leute wollten sich nicht mit ein paar Sätzen begnügen. Der greise Mann gab der dumpfen, aufdringlichen Forderung der Zuhörer nach und sagte mit leiser, versagender Stimme:

»Ich habe vieles – ich habe Entsetzliches erlebt. Es gibt jetzt nichts mehr – auch nach all den Schrecken – gibt es jetzt nichts mehr, das mir die Hoffnung nehmen könnte. Das möchte ich Ihnen allen noch sagen.«

Er streckte die zittrigen Greisenhände gegen den Saal. Sie waren leer.

Nach der Ehrung beorderte Pierre Arnold seine Leute wieder in die Hotel-Lounge, und diesmal überging er mich nicht, als er die Leiter der Genossenschaften einen nach dem anderen abfragte, was sie denn von Fromm gelesen hätten. Sie alle beeilten sich zu versichern, es sei heute die erste Gelegenheit gewesen, mit Erich Fromms Werk bekannt zu werden. Pierre Arnold genoss es, seine Leute in Verlegenheit zu bringen, und als er mit seinem abfragenden »et vous« bei mir angelangt war, sagte ich aus

Ärger, aber auch, um herauszufinden, worum es an diesem Abend überhaupt ging:
– Alles!
»*Die Stille war hörbar.*
›*Qu'est-ce que ca veut dire ‚alles'?‹*
›*Das gesamte Werk.‹*
›*Très bien. Dann können Sie uns auch sicher die Hauptaussage in zwei Sätzen darlegen. Allez-y! Für etwas werden Sie schließlich bezahlt.‹*

Osterholz zuckte die Schultern. Er sprach die Sätze, als gingen sie ihn eigentlich nichts an, als wären sie nur die Meinungen eines anderen, die er bereits müde war, immer und immer wieder zum Besten zu geben.

›*Dass es nicht darauf ankommt, was man ist, sondern wer man ist; nicht, was man tut, sondern wie man es tut. Es gibt die Welt der Macht, in der man den Menschen und Dingen seinen Willen aufzwingt, in der man an die Veränderung glaubt und der Zweck die Mittel heiligt. Und es gibt die Welt des Schöpferischen, in der man dem Wesen der Dinge dient, in der die Verwandlungen geschehen und die sich nur hinnehmen und darstellen lässt. Nichts verbindet die beiden Welten als nur der immer wieder versuchte Übergriff der Macht, sich das Schöpferische anzueignen. Aber eher geht ein Kamel durch ein Nadelöhr, als dass ein Mächtiger zur Schöpfung kommt. – Sie sehen, nichts Neues im Grunde.‹*

Ferbalaix lehnte sich in seinem Stuhl zurück. Er schien nicht unzufrieden.

›*Sie haben nichts von Morf verstanden, absolument rien!‹ Er sah sich mit einem versteckten Grinsen um.*

›*Messieurs, was uns dieser Herr da präsentiert hat, sind ein paar Gemeinplätze. Sie alle aber haben heute Abend die Hauptaussage des Morf'schen Werkes gehört. Er selbst hat sie uns gesagt: l'espoir, die Hoffnung! Sie brauchen wir, sie müssen wir den Menschen wieder geben, vor allem den jungen. Sie ist das Einzige, was zählt. C'etait formidable – : Was alles Schreckliche auch geschehen mag, es gibt nichts mehr, das mir die Hoffnung nehmen könnte! Das müssen wir den Leuten wiedergeben‹ – er hielt den Zeigefinger hoch – ›die Hoffnung!‹«*

Die Figur aus der Erzählung »Die Hoffnung der Macht«, Thyl Osterholz, beschäftigte mich noch Jahre, durch viele Hunderte von Seiten: Er, ein Wechselbalg, überall untergeschoben und nirgends zugehörig, stets bemüht, hinter dem äußeren Anschein die wirklichen Motive zu erkennen, war mein engster Vertrauter. Ich sah in ihm einen Detektiv des »geistigen Verbrechens«, der im Alltag Hannah Arendts »Banalität des Bösen« auf der Spur war, für sich gegen das scheinbar Unbedenkliche ermittelte, wie bei der Ehrung von Erich Fromm. Dessen Werk, aus Höllenstürzen geboren und geläutert, war an diesem Abend wieder in den Dienst einer Maschinerie gestellt worden, die zu den Höllenstürzen beitrug. Durch eine einfache Umdeutung war aus der »Hoffnung« Fromms als eines Glaubens an die menschliche Fähigkeit zu Vernunft und Einfühlung, ein Trugbild geworden, das man den Menschen gab, um das Schreckliche zu ertragen, das man ihnen zufügt. Mich erschütterte, dass dies so selbstverständlich geschah, ja Teil einer konventionellen Normalität war. Ließe sich nicht eine neue Form des Kriminalromans entwickeln, der solche »geistigen Verbrechen«

zum Gegenstand hatte? Die Frage beschäftigte mich am Schreibtisch viele Jahre. Sie trieb mich auch im Alltag um. Schließlich war ich am Institut selbst Teil eines noch lange nicht abgeschlossenen »Falls«.

10

Der Tod meines Vaters löste in mir Wut aus. Er war ein weiterer willkürlicher Eingriff eines »Mächtigen«, ungerecht und von besonderer Heimtücke: Jetzt, da Vater endlich zu sich und zur Ruhe gefunden hatte, durfte er das neu gewonnene Leben nicht genießen. Doch ich würde Vater rächen, die »Handlanger des Sensenmannes« nicht aus den Augen lassen und sie auf einem Terrain schlagen, auf dem sie nicht zu Hause waren: Im genaueren Hinsehen, im Registrieren des Unscheinbaren und der Analyse von Details. Und doch machte ich in den Wochen des Zorns und der Trauer auch eine versöhnliche Erfahrung: Ich spürte meinen Vater in mir, als sei er nach dem Tod in eine Kammer meiner Seele eingezogen, und es konnte vorkommen, dass er sich unerwartet in meinem Körper ausbreitete. Ich saß dann in seiner Haltung am Steuer des Autos oder machte in seiner Art einen Scherz zu einem Passanten, sah mit seinen – von der Augenkrankheit zerstochenen – Augen in die Juralandschaft, die er so sehr geliebt hat.

Mit Gisela Sandor konnte ich über Vater reden, da sie ihm zugeneigt war und seine späte Wandlung sie berührt hatte. Das Begleiten meines Vaters durch die letzten Monate seines Lebens mag ihren Entschluss bestärkt haben, nachdem ihre Buchhandlung am Institut geschlossen und ihr gekündigt worden war, nach Wales zu reisen. Leopold Kohr, einer der originellsten Köpfe, denen ich am Institut begegnet bin, lehrte an der Universität Aberystwyth über die Vorteile kleiner Nationen. Wir wurden Freunde, und Gisela fuhr zu ihm, um von dort nach ein paar Wochen Aufenthalt weiterzuziehen. Leopold besaß einen großen Bekanntenkreis. Neben seiner Theorie des »Peripheral neglect«, der vom Zentrum vernachlässigten Peripherie als schöpferischer Zone, beschäftigte er sich ausgiebig mit seinem Hobby. Dem einzig lohnenden, wie er betonte: der Pflege von Freundschaften.

Nach Gisela Sandors Abreise setzte ein Briefwechsel ein, der für mich obsessive Züge annahm. Ich lief zum Briefkasten, erwartete täglich einen Umschlag mit Giselas Handschrift und englischen Briefmarken, saß dann über die Seiten gebeugt an meinem Schreibtisch, las von ihren Erlebnissen und Begegnungen. Beruhigten mich anfänglich ihre Beteuerungen der Liebe für ein paar Stunden, verloren die Worte mit der Dauer ihrer Abwesenheit an Kraft, wurden blass und durch die Wiederholung formelhaft. Neid und Eifersucht suchten ihre Widerhaken im Text, mich quälte die Vorstellung, in der Zeit, da der Brief von Wales in die Schweiz unterwegs gewesen war, stimmten ihre Liebesworte nicht mehr, gälten sie einem Fremden, dem Sohn einer Familie, bei der sie neu untergebracht war, dem Jungen, mit dem sie einen Segeltörn machte – und ich litt und begann nun selbst, meine Worte mit Gefühlen aufzuladen. Wie schon einmal, als ich meine erste

Liebe, Veronique, mit Wörtern an mich zu fesseln versucht hatte, verausgabte ich mich in beschwörenden Seiten, pumpte die Sätze mit Metaphern auf, füllte sie mit der Schlagsahne großer Gefühle: Niemand und nichts sollte an die Beschwörungs- und Bezauberungsformeln heranreichen, niemand und nichts den Bannkreis durchbrechen, den ich mit meinen Sätzen um die Frau in der Ferne zog.

Ich schrieb, um meinen Gefühlsüberschwang etwas zu dämpfen neben dem Romanentwurf »Das Institut« an einem Aufsatz über die »Möchtesucht des Einzelnen«. Darin setzte ich mich mit unerfüllbaren Wünschen auseinander. Man möchte etwas sein, das man nicht ist, etwas können, das sich nur durch lange Übung erwerben lässt. Und ich dachte über die neue Mode nach, in Kursen ein Wissen oder Können wie eine Ware zu kaufen. In ein paar Stunden wurden Sportarten, Künste, Sachgebiete vermittelt, erregten Neugier, die bei den ersten Schwierigkeiten erlosch. Die Kurse waren Verbrauchsartikel, die den Wunschen entgegenkamen, man möchte ebenfalls können, was andere konnten: Eine Sprache perfekt sprechen, ein Bild malen, einen Tanz oder eine Kampfkunstart beherrschen, und dieses »Möchte« würde zu einer Sucht, die stets nach neuen, noch aufregenderen Betätigungen verlangte. Ich war von meinem Thema so eingenommen, dass ich während eines Radiointerviews darüber voller Inbrunst redete. Kurz danach erhielt ich auf Grund der Sendung – so nahm ich an – eine Einladung auf die Seismeralm. Der deutsche Adel traf sich dort im Winter, lud für die Abende jeweils einen Vortragenden ein, und ich hatte die Ehre, einer der Gäste zu sein. Pippa war beeindruckt, fand, die Gelegenheit dürfe ich mir nicht entgehen lassen, und so reiste ich mit dem überarbeiteten Manuskript »Die Möchtesucht des Einzelnen« ab.

Ich wurde freundlich aufgenommen, und während der Konversation bedauerte man allgemein, dass ich keine Skiausrüstung mitgebracht habe. Selbstverständlich würde man mir aushelfen, man mietete Schuhe und Skier, lieh mir Mütze und Handschuhe, und als ich auf den Brettern stand, mit Graf Zeppelin eine leichte Skiwanderung machte, fragte er mich, worüber ich denn gerade an der Universität läse. Ich würde nicht lesen, antwortete ich, sei an keiner Universität, und die Mitteilung löste Verwirrung aus. Man hatte den Falschen eingeladen, ich war ein Versehen. Man hatte geglaubt, einen Professor Haller der Universität Zürich in die winterliche Höhenlage gebeten zu haben, doch die Contenance verlangte, es mich nicht merken zu lassen. Ich hielt meinen Vortrag über »Die Möchtesucht des Einzelnen«, und die Gesellschaft hörte mir in gebotener Aufmerksamkeit zu. Mein Thema muss für sie befremdlich gewesen sein, denn die adligen Herrschaften auf der Seismeralm waren seit alters bereits das, was andere möchten und wünschen, nämlich Angehörige der gesellschaftlichen Hautevolee.

Kurz danach besuchte ich eine andere Veranstaltung, bei der es ebenfalls um die Gesellschaft ging, und auch diese Gruppe traf sich in luftiger Höhe.

Durch Pippa kannte ich Salecina, wir waren zwei, drei Mal in dem Steinhaus am Maloja-Pass gewesen, ein Ort prickelnden Gemeinschaftslebens. Amalie und Theo Pinkus hatten das alte Bauernhaus entdeckt, und in kollektiver Arbeit war es zu einer selbstverwalteten Begegnungsstätte umgebaut worden. Jeder Gast arbeitete in der Küche und beim Betrieb des Hauses mit, man wusch ab, schüttelte Decken aus, machte sauber. Wir schliefen in Gemeinschaftsräumen, und morgens standen wir vorurteilslos gemeinsam und nackt unter der Dusche, erneut überzeugt, das kollektive Zusammenleben habe durchaus reizvolle Seiten.

In der kargen Landschaft Segantinis traf sich ein kleiner Kreis. Eine Woche lang sollten die Möglichkeiten der gesellschaftlichen Veränderung mit Max Frisch und Herbert Marcuse diskutiert werden. Fraglos war, dass es eine Veränderung geben müsse, doch es blieb zu untersuchen, »welches die Hebel sein konnten, die verfestigten Strukturen aufzubrechen«. Die alten, revolutionären Konzepte Marx'scher Prägung, wie Herbert Marcuse erläuterte, hatten durch den geschichtlichen Wandel und die Folgen der russischen und chinesischen Revolution ausgedient. Welche neuen Konzepte konnten die ausgedienten ersetzen? Wir diskutierten Modelle einer veränderten Wirtschaftsweise, erörterten einzelne Experimente kollektiver Führung von Firmen. Dabei stellte sich die Frage nach der Aufgabe des Intellektuellen im Prozess der Umgestaltung. Max Frisch, entgegen der Erwartung, maß der Literatur kaum einen Einfluss auf die gesellschaftliche Veränderung bei, betonte jedoch, literarisches Arbeiten bedeute, das subjektive Erleben mit der Sprache als allgemeinem Ausdrucksmittel zu konfrontieren. Die gegenwärtige Sprache sei immer auch Herrschaftssprache, sie werde durch diese Konfrontation aufgebrochen, wodurch der Weg frei würde zum »magischen Bild« von jenen Problemen, die sich stellten, aber noch tabuisiert seien.

Zwischen Kochen, Duschen und kleinen Wanderungen in der alpinen Umgebung wurden Namen von Firmen zusammengetragen, wie der Kühlschrankfirma »Sibir«, welche selbstverwaltete Strukturen eingeführt hatten. Man sprach von Opposition gegenüber Großkonzernen, von Demonstrationen zur Verhinderung geplanter Atomkraftwerke, und ich saß an dem rauen Holztisch, das Notizbuch vor mir und war irritiert von der Ahnungslosigkeit einzelner Teilnehmer. Mit einer Heftigkeit, die meine Hemmungen durchbrach, berichtete ich von »Strategie-Papieren«, die mir zugänglich waren. Mich habe erschüttert zu lesen, dass bei Projekten, bei denen eine heftige Opposition zu erwarten sei, diese möglichst früh von den Konzernen angeregt werden müsste. Dazu gehöre, das Projekt überdimensioniert bekannt zu machen, überzogene Forderungen zu stellen, von denen man später als Konzessionen abrücken könne. Jede Opposition schwäche sich mit der Zeit ab, besonders unter der Wirkung von Zugeständnissen, die gemacht würden, um genau das zu erreichen, was man ursprünglich haben wollte.

Und da ich schon einmal am Reden war, brach all das aus mir heraus, was sich in den letzten Jahren angestaut hatte: Jene »geistigen Verbrechen«, wie ich sie nannte, die mich so tief erschütterten, weil ich sie nicht für möglich gehalten hatte. So erzählte ich im Furor der einmal begonnenen Rede, wie ich vom Institut als Schweizer Vertreter an eine UNIDO-Konferenz nach Wien geschickt worden sei. Besprochen wurden »Marketing-Technologien zur wirtschaftlichen Entwicklung in nicht-industrialisierten Ländern«, und ich saß in einem Plenum von Teilnehmern aus allen Kontinenten. Was sich hinter dem Begriff der »modernen Marketing-Technologie« verbarg, wurde durch Wortmeldungen sehr schnell klar, und es war ein Redner aus Nigeria, der unverhohlen aussprach, worum es ging: Erst müssten Märkte geschaffen werden, damit eine wirtschaftlich-industrielle Entwicklung ermöglicht würde. Traditionelle Stammesgesellschaften besäßen jedoch eine Subsistenzwirtschaft.

– Das heißt, sie sind bedürfnislos, und es ist die Aufgabe einer modernen Marketing-Technologie, diese Gesellschaften zu zerstören, die Menschen in die Slums der Vorstädte zu bringen, da einzig in der Entwurzelung die psychischen Voraussetzungen geschaffen werden, damit der Mensch Konsumwünsche entwickelt.

Man wies darauf hin, dass es nicht primär darum gehe, ein Produkt zu verkaufen, sondern um den damit assoziierten Gewinn. Der Slumbewohner solle nicht die Seife kaufen, sondern den europäischen Lebensstandard, den zu erreichen neue Bedürfnisse wecke.

Ich erzählte der Runde in Salecina, wie es mir von dem Gehörten übel geworden sei, ich den Zynismus nicht ertragen und auf ein Blatt Papier aus purer Notwehr ein Gedicht gekritzelt hätte:

*Ich höre Wörter fallen
aus Köpfen nach der Schur,
in Beton widerhallen –
Hymnen in Dur.*

*Andachten ohne Denken,
Fachsprachen-Liturgie:
es werden die Staaten lenken,
what ever we shall be.*

*Keiner braucht zu handeln,
dennoch findet statt,
dass sich täglich wandeln
Brot in Stein und Land in Stadt.*

Während wir in der Bergwelt über Veränderungen redeten, geschähe diese an Menschen, die keine Wahl und keine Chance sich zu wehren hätten.

Es war das erste Mal, dass ich über meine Erfahrungen sprach, über ein Wissen, das sich wie Verletzungen anfühlte. Es war erleichternd, zumal ich nicht auf Ablehnung, sondern auf gespannte Aufmerksamkeit stieß. Max Frisch musste die verbale Energie neugierig gemacht haben, die aus meiner Betroffenheit kam. Nach den Tagen in Salecina lud er mich zwei Mal zu einem Treffen ein, und wir verbrachten die Abende im Restaurant »Obere Flühgasse« in Zollikon. Ihn interessierte, was ich zu erzählen hatte, doch der junge Mann, der ihm gegenübersaß, war ihm gleichgültig. Und auch dies war eine Erfahrung, die ich dank John Cartwright früh durchschaute. Ich bekam Vergünstigungen und Zuwendungen wie die, mit Max Frisch einen Abend verbringen zu dürfen, doch ich erhielt sie als Abgesandter eines international wichtigen Instituts mit Möglichkeiten zu öffentlichen Auftritten, nicht jedoch als der, der ich war.

11

Als Gisela Sandor von ihrem Aufenthalt in Wales zurückkam, waren meine Gefühle für sie erloschen. Sie hatten sich in den Wörtern der Briefe zu Asche verbrannt, und Gisela war zu einer literarischen Figur geworden, die ich mit beschwörenden Sätzen zu erreichen und in meinen Bann zu ziehen versucht hatte. Nach ihrer Rückkehr kam sie mir fremd vor, wie ein vor langer Zeit geschriebener Text, der abgeschlossen und einer weiteren Bearbeitung nicht mehr zugänglich war und einer Zeit des Instituts angehörte, die zu Ende ging.

Nach der Wahl zum Präsidium der Verwaltungsdelegation, die Hans A. Pestalozzi und sein »Migros-Frühling« verloren hatte, war er als Leiter des Instituts nicht mehr tragbar. Ein »troubleshooter« übernahm vorübergehend die Leitung der Geschäfte, arbeitete eine »Schwachstellenanalyse« aus, befragte die Angestellten, und nach einem Verfahren von ein paar Wochen wurde Hans A. Pestalozzi entlassen, mit ihm auch einige Mitarbeiter.

Ich blieb, und Pippa war ungnädig. Sie fand, auch ich hätte kündigen müssen. Nun sei ich endgültig in die »Falle der Fremdbestimmung« gegangen, besonders als sie erfuhr, dass ich einen neuen Vertrag erhielt, in die Managerhierarchie des Konzerns eingestuft wurde und ein Gehalt in Aussicht hatte, das angesichts der Theaterlöhne »unanständig« war.

– Du wirst dich nie mehr lösen können.

Ich sei korrumpiert von der Art Ränkespiele, wie sie am Institut betrieben worden seien, gefiele mir in der Rolle des »Wissenden«, während alle anderen meiner Meinung nach naiv seien und nichts von den »dunklen Mächten hinter den Kulissen« ahnten.

– Dabei bist du der »tumbe Tor« und fällst immer neu auf den Trick mit dem Joker und den Assen herein.

Vielleicht stimmte, was Pippa sagte. Etwas in mir wollte noch immer den Betrüger mit seinen Karten überlisten. Doch ich würde die Welt des Instituts verlassen, wie ich sie betreten hatte, rasch und zum richtigen Zeitpunkt. Die Faszination, die Schmutzwinkel der Machenschaften kennenzulernen, war längst dem Ekel gewichen, der mich in kleinen Notizheften zu Analysen und wütenden Kommentaren trieb – mir aber auch ein Gefühl von Einsamkeit gab.

Mit Christian Lutz bekam das Institut einen neuen Leiter, den wir mit Vorbehalten erwarteten. Er käme von einer Bank, brächte seine Mitarbeiterin mit, und wir vermuteten, wir bekämen es wohl eher mit einem konformistischen als kritischen Geist zu tun. Ich stand an der Kaffeebar, als ein mittelgroßer Mann in gestreiftem Anzug auf mich zutrat und sich vorstellte. Sein Gesicht war offen, empfänglich für das Gegenüber, und hinter dem korrekten Auftreten verbarg sich eine Weichheit und Sensibilität, die mich beruhigte. Wir würden uns verstehen, zumal schon bald Witz und Schlagfertigkeit die Konversation bestimmten, in Herrn Lutz' Stimme und Ton eine Musikalität mitschwang, die ein künstlerisches Temperament verriet.

Christian Lutz erkannte früh, dass es mit den alternativen Konzepten, wie sie die Achtundsechziger-Bewegung entworfen hatte, vorbei war. Die Gegenwart wurde von der Ökonomisierung aller Bereiche durchdrungen, hatte bereits eine Wucht angenommen, die kaum noch andere als wirtschaftliche Argumente zuließ. Allein die Zukunft erschien noch offen für alternative Gestaltungsmöglichkeiten. Futurologie war das neue Stichwort für die Tätigkeiten des Instituts, mir jedoch ließ Herr Lutz freie Hand, und ich wollte die Freiheit nutzen, um nochmals einen großen internationalen Kongress zu veranstalten. Er sollte alle Elemente vereinigen, die das Institut groß gemacht hatten: subversive Strategie, Glamour, mediale Aufmerksamkeit – so wie zu den besten Zeiten John Cartwrights. Doch dazu brauchte ich ein Thema von internationaler Bedeutung und Virulenz.

An einem Nachmittag rief mich Dr. Imre Kerner, Chemiker bei Sandoz, an und behauptete, er müsse mich unbedingt sprechen, nein, nicht am Telefon, er komme vorbei. Eine Stunde später saß er am Besprechungstisch hinter Ordnern und Mappen und erzählte eine Geschichte von verunreinigten Farbprodukten. Da die verunreinigende Substanz ein starkes Umweltgift war und im Lösungsmittel bei der Pigmentproduktion vorkam, ging es um ein weltweites Problem, das nicht eine einzelne Firma, sondern die Branche betraf.

Es war der perfekte Stoff für einen Kongress. Unter John Cartwright hatte es eine Serie von Tagungen mit weltweiter Ausstrahlung gegeben, die im Titel stets drei Begriffe hatten wie: »Energie / Mensch / Umwelt«, »Medizin / Mensch / Umwelt«, und dieser Serie würde ich eine weitere Tagung hinzufügen: »Chemie / Mensch / Umwelt«.

Imre Kerner war ein hochintelligenter, idealistischer Mensch, besaß ein kämpferisches Naturell, und mich interessierte mehr noch als der sachliche der menschliche Aspekt seiner Geschichte: Imre Kerner war in der Firma zuerst isoliert, dann gekündigt worden. Er klapperte mit seinen Ordnern Ämter und Redaktionen ab. Man versprach zu helfen, nickte und tat nichts. Schließlich war es bequemer, in ihm einen Spinner zu sehen, besessen von einer »Wahnidee«, der nervte und von niemandem mehr ernst genommen wurde.

Nun saß er da hinter einem Becher Kaffee, arbeitslos, verbittert, redete mit ungarischem Akzent auf mich ein.

Nein, Imre Kerner war kein Spinner. Er besaß nur den Mut, zu den eigenen Einsichten zu stehen. Sein Weg durch Redaktionszimmer und Büros erinnerte mich an meine eigenen Bemühungen um Turel. Allein war er zu schwach. Doch das Institut konnte seinem Anliegen, keine Gifte in die Umwelt gelangen zu lassen, ein Gewicht geben, das nicht so leicht zu ignorieren wäre. »Verunreinigte Chemikalien« war überdies ein gutes Thema.

Ich würde Imre Kerner nicht auftreten lassen, sein »Fall« sollte nicht einmal erwähnt werden. Nach einem Einführungsblock zu den Problemen einer zunehmenden

Chemisierung der Umwelt nähme ich die verunreinigenden Stoffe lediglich als ein Beispiel, wie problematische Chemikalien in die Umwelt und dadurch auch in Nahrungsketten gelangten.

Einen ersten Tagungsentwurf legte ich der Direktion der Sandoz vor. Die chemische Industrie sollte ihre eigenen Referenten bestimmen, die sich zu dem Fall verunreinigter Lösungsmittel durch polychlorierte Biphenyle äußern würden. Zudem erwartete ich auch, dass die Firmen Teilnehmer entsenden würden, die in den Diskussionsrunden ihre Sichtweise erläuterten und Gegenexpertisen vertreten würden, dass es nämlich in den Lösungsmitteln keine Verunreinigungen gäbe.

Als ich auf der Direktionsetage in ein Büro geführt wurde, erwartete mich als mein Ansprechpartner der ehemalige Schulinspektor von Rheinfelden. Ob er mich wiedererkannte? Die damalige Zeit wurde nicht erwähnt, stattdessen unterhielten wir uns über präkolumbianische Kunst. Er lud mich zum Direktionstisch der Kantine ein und sah meinen Entwurf mit nachsichtigem Lächeln durch.

Vielleicht war mein erster Impuls gewesen, Imre Kerner zu helfen, einem Menschen, dessen Intelligenz und Integrität ich sofort gespürt hatte. Doch es gab noch ein anderes Motiv, mich in das Abenteuer dieses Kongresses zu stürzen, das mir erst im Verlauf der Vorbereitung klar wurde und mich amüsierte, als ich es bemerkte: Ich wollte mir und meinem verstorbenen Vater nochmals beweisen, dass ich mich nicht so leicht von den »Herrschaften« ausnutzen und herumschubsen ließe, wie sie es mit ihm getan hatten.

Ich wollte mich in seiner Welt behaupten, in der er so oft gescheitert war, und einem Machtapparat die Stirn bieten, der mich in einer mündlichen Mitteilung wissen ließ, die chemische Industrie habe beschlossen, dass am Kongress niemand teilnehmen werde, weder als Referent noch als Besucher, und der Beschluss gelte für alle Firmen weltweit.

Die Tagungen und Kongresse des Institutes – was immer das Thema sein mochte – richteten sich »an Führungskräfte aus Wirtschaft und Gesellschaft«. Das war die beschönigende Umschreibung für Leute, die sich eine Teilnahme leisten konnten. Die Gebühren waren hoch, und wenn die chemische Industrie niemanden zum Kongress, weder als Referenten noch als Teilnehmer, schickte, dann war das ein Desaster: Ein Defizit wäre die Folge.

Die Veranstaltung abzusagen käme einer Kapitulation vor dem Druckversuch der chemischen Industrie gleich und schadete dem Ansehen des Institutes. Was aber ließe sich tun?

Ich versuchte, dem Kongress einen offiziellen Anstrich zu geben und fragte das »Bundesamt für Umwelt« an, die Schirmherrschaft zu übernehmen. Danach lud ich den Chefredaktor des Fernsehens ORF als Tagungsleiter ein, um zu signalisieren, über die Ergebnisse der dreitägigen Veranstaltung würde in den Medien berichtet werden. Ich fügte der Voranzeige eine Liste prominenter Kritiker der chemischen Industrie hinzu, die als mögliche Referenten angefragt würden. Die Liste sollte klarmachen, dass ohne Gegendarstellung am Kongress ein äußerst kritisches Bild der chemischen Industrie gezeichnet würde.

Doch der Versuch, Gegendruck aufzubauen, schlug fehl.

Die Industrie blieb bei ihrem Boykott, und ich saß da und wusste nicht, wie ich weiterfahren sollte.

Es entsprach Imre Kerners Naturell, zu kämpfen und aus der Not eine Tugend zu machen. Wenn die chemische Industrie nicht teilnehmen wollte, dann musste man sie ausschließen: Zugelassen zum Kongress sollten nur noch Umweltorganisationen und -verbände sein, Fachleute aus Ämtern, Experten unabhängiger Labors. Über Beziehungen bauten wir ein weltweites Netz von »Supporters of the International Congress« auf, eine Trägerschaft, die zum Schluss siebenundsiebzig Organisationen umfasste, von den USA bis Neuseeland.

An einem Morgen wurde ich in die Bibliothek des Instituts bestellt. Pierre Arnold erwartete mich. In väterlichem Ton, doch mit vorgerecktem Kinn, erklärte er mir, Vertreter der Chemie hätten bei ihm vorgesprochen mit der Bitte, das Projekt zu stoppen und den für das Projekt zuständigen Angestellten des Instituts, also mich, zur Räson zu bringen.

– Alors, Monsieur, c'est fini. Sie sagen den Kongress ab.

Ich erklärte, dies würde ein Affront gegen das »Bundesamt für Umwelt« sein. Neben dem deutschen »Bundesumweltamt« hätten Vertreter der OECD, WHO, des europäischen Umwelt- und Konsumentenschutz Services in Brüssel zugesagt. International tätige Organisationen wie der WWF würden auf die Migros nicht eben zimperlich reagieren, erführen sie, dass die chemische Industrie Druck ausgeübt und die Migros nachgegeben habe.

Pierre Arnold hörte mir genau zu, und als ich mit meiner Aufzählung zu Ende war, verzog sich sein Gesicht zu einem breiten Lachen. Er liebte den Widerspruch, gab es ihm doch die Gelegenheit, seine Macht und Überlegenheit zu zeigen.

– Sehr gut, sagte er, Sie haben mich überzeugt. Machen Sie den Kongress! Doch wenn Sie den Saal nicht füllen und der Kongress einen Verlust schreibt, sind Sie entlassen.

Ich nickte und konnte gehen. Ich hatte zwei Monate Zeit, die Teilnehmerzahl zu erreichen, bei der ich keinen Verlust schreiben würde. Als japanischer Schwertkämpfer meiner Einschlafphantasien, der für Recht und Ehre kämpfte, wusste ich, dass nur, wer den Tod nicht fürchtet, gewinnen kann. Doch ich brauchte ihn nicht zu fürchten. Meine Chancen, die Teilnehmerzahl zu erreichen, bei der kein Defizit entstünde, waren gleich null. Pierre Arnold war ein vorzüglicher Spieler.

12

Seit Vaters Tod reiste Mutter jeden zweiten Sommer zu meinem Bruder nach Kanada, wo er seit Jahren lebte und ein Haus mit Atelier direkt am Ufer des Lake Ontario besaß. Ich verbrachte in jenen Sommern die Ferien in Lenzburg, gemeinsam mit Pippa, und wir genossen die ungeregelten und freien Tage, hielten uns, wann immer das Wetter es erlaubte, im Garten auf, grillten an Vaters Feuerstelle und kühlten uns in einem Bassin ab, das nicht größer als eine Freiluftbadewanne war.

In diesen Sommerwochen arbeitete ich an einer Dramatisierung von George Orwells »Farm der Tiere«. Das Stück sollte in der folgenden Saison an der »Innerstadtbühne« herauskommen, und ich sah darin die Möglichkeit, endlich einmal auf dem Gebiet wahrgenommen zu werden, um das es mir wirklich ging: des Schreibens, der Literatur. Dies empfand ich umso dringlicher, als ich mit einem Band Erzählungen, den ich fertiggestellt hatte, keinen Verlag fand. Absage um Absage heftete ich in einen Ordner ab. Doch nun hoffte ich auf mein Theaterstück, die Proben würden im September beginnen, und ich musste bis zum Ende der Ferien den Text fertiggestellt haben. Ich arbeitete wie besessen, und als an einem Vormittag eine erste Fassung abgeschlossen war, gab ich sie Pippa zu lesen. Sie saß in einem Gartenstuhl an der Hauswand, den Hefter vor sich aufgeschlagen. Ich trödelte im Garten herum, tat so, als betrachtete ich die Gegend, war jedoch mit meiner ganzen Aufmerksamkeit bei Pippa. Während ich die Asche aus der Feuerstelle räumte, saß sie im Gartenstuhl, den Hefter geschlossen vor sich auf den Knien und weinte. Sie brauchte nichts zu sagen: Der Text hatte sie erschüttert, und mich durchdrang ein Glücksgefühl. Pippa war eine schonungslose Kritikerin, und wenn ich sie gerührt hatte, dann konnte der Text nicht misslungen sein.

Wir besprachen einzelne Szenen, diskutierten, wie die Charaktere der Tiere zu spielen seien, erörterten Probleme der Besetzung. Pippa gab den Text ihren Kollegen zum Lesen, schickte ihn dem Regisseur, der eine Inszenierung zugesagt hatte. Ich nahm an einer ersten Probe im Theater teil, an der es um die Frage ging, wie die Schauspieler die Tiere darstellen sollten. Eine Woche später sollten die Proben beginnen. Doch am Tag vor Probenbeginn wurde mir mitgeteilt, man habe in der Vollversammlung beschlossen, das Stück nicht herauszubringen. Neben der Schwierigkeit, die Tiere zu charakterisieren, sei es hauptsächlich die politische Aussage, die den Ausschlag gegeben habe. Diese könne von den konservativen Kreisen der Stadt benutzt werden, um gegen die Sowjetunion und den Kommunismus zu polemisieren. Sie fänden sich durch das Stück in ihrer Kritik gegen den linken, gesellschaftspolitischen Kurs des Theaters bestätigt.

Pippa setzte sich für mein Stück ein, argumentierte und verteidigte, doch sie drang nicht durch. Ich war unsäglich wütend, zugleich perplex und voller Verachtung für die Begründung. Doch weit mehr als die ideologische Verbohrtheit kränkte mich, dass ich es auch mit dem Theatertext nicht schaffte, meine literarische Arbeit in die Öffentlichkeit zu bringen.

Doch schon bald sollte sich zeigen, wie sehr sich die Gräben zwischen dem Theaterensemble und der Stadt sowie dem Theatervorstand vertieft hatten. Die Finanzen waren seit der Gründung der Bühne stets prekär gewesen. Trotz Einschränkungen und niedrigen Löhnen häufte sich ein Defizit an, und dies gab den Geldgebern ein Argument an die Hand, einen gefälligeren Spielplan zu fordern, Stücke, die unterhielten, statt zu kritisieren. Auch sollten die Strukturen geändert werden, die als ineffizient beurteilt wurden, und diese Forderungen widersprachen all dem, wofür Pippa die Jahre hindurch gekämpft hatte. Sie arbeitete wie »Boxer«, das Pferd in Orwells »Farm der Tiere«. Sie tat es selbstlos und aufopfernd, um der Sache und ihrer Kunst willen, doch ich spürte ihre Erschöpfung, ihr wachsendes Gefühl der Ohnmacht, das sie im Kampf mit der Gegenseite empfand. Sie verstand nicht, weshalb intelligente Menschen so verblendet und uneinsichtig sein konnten, dass sie das Seichte der kritischen Auseinandersetzung vorziehen wollten. Und jetzt war es an mir, sie zu unterstützen, mich in Versammlungen und während Diskussionsabenden für Pippas Theater einzusetzen.

Pippa und ich waren mit Budgets und Defiziten beschäftigt, sie an der »Innerstadtbühne«, ich am Gottlieb Duttweiler-Institut. Während ich bei meinem »letzten großen Kongress« kein Defizit machen durfte und einen Kampf um Teilnehmer vor mir hatte, ließ man das Theater auf dem Defizit sitzen und strich zusätzlich Subventionen. Aus Protest kündigte das Ensemble kollektiv und spielte als letzte Produktion »Nur Kinder, Küche, Kirche« von Dario Fo. Franca Rame, die Frau von Dario Fo und Star seiner Stücke, kam aus Solidarität und Protest aus Mailand angereist, schaute sich die Premiere an. Nach der Vorstellung stand sie in der Garderobe, sagte »bravo, bravo«, aber »bambinette«, ihr habt keine Ahnung, wie Fo gespielt werden muss. Und sie lud Pippa und zwei ihrer Kolleginnen nach Mailand ein. Sie trafen sich mit Fo, sie begleiteten Franca auf Gastspiele, und Pippa kam begeistert zurück: Sie hatte eine Schauspielerin erlebt, die eine Werkhalle voll Menschen in Bann schlagen konnte und sie in die Utopie eines anderen Lebens entführte. Pippa würde weitermachen, auch ohne Engagement, sie wusste nur nicht wie und wo.

13

Am 4. November begann der Aufbau des Balkons, zum spätesten Zeitpunkt vor dem Wintereinbruch. Um acht Uhr früh zwängte sich ein Sattelschlepper durch die Gasse, die Arbeiter begannen mit dem Entladen, und die Stahlträger wurden auf die mit Spritzbeton vorgebauten Mauern verlegt. Vom Bauverwalter und dem von ihm kurzfristig angedrohten Baustopp war nichts zu hören, die Arbeit ging zügig voran, doch mein Vorgehen, den Balkon auf eigene Verantwortung aufbauen zu lassen, bliebe nicht unwidersprochen. Irgendein Hindernis würde mir noch in den Weg gelegt werden, und während ich zwischen Baustelle und Gasse hin und her lief, stets gefasst auf einen neuen administrativen Winkelzug, erinnerte mich die Situation an die Zeit, da ich am Gottlieb Duttweiler-Institut mit der Organisation des Kongresses »Chemie / Mensch / Umwelt« beschäftigt war. Ich stieg hinauf in mein Arbeitszimmer, holte aus dem Archiv die alten Romanentwürfe hervor, blätterte in den Notizbüchern, erstaunt und verblüfft, wie ich vor knapp vierzig Jahren versucht hatte, was ich erlebte, gleichzeitig in Literatur zu verwandeln. Von der Geschichte mit Imre Kerner und dem Kongress existierte ein Manuskript von fünfhundert Seiten in mehreren Fassungen, an denen ich nach der Zeit am Institut noch ein paar Jahre gearbeitet hatte, ohne einen Verlag für das Manuskript zu finden. Nach dem Treffen mit Pierre Arnold in der Bibliothek musste ich auf dem A4-Block nicht lange rechnen, um zu wissen, dass ich seine Forderung nach einem ausgeglichenen Budget nicht erfüllen konnte. Meine Tage am Institut wären gezählt. Ich konnte versuchen, den Saal mit Teilnehmern zu füllen, auch mit solchen, die den vollen Preis nicht zu zahlen vermochten. Ich rief die Organisationen des Unterstützungskomitees an, schilderte mein Dilemma, offerierte ihnen Spezialpreise. Zwei oder gar drei Personen je Organisation sollten zum Preis von einem Hörer an der Tagung teilnehmen können. Neben mir lag der Block, auf dem ich immer neu die Ausgaben gegen die Einnahmen aufrechnete. Ein Wort geisterte durch meinen Kopf, verfolgte mich am Tag und nachts in den Träumen: »break-even«, der Punkt im Budget, an dem die Einnahmen die Ausgaben ausglichen, an dem man noch nichts verdiente, aber auch nichts verlor. Diesen »break-even« musste ich erreichen und würde ihn im Budget bei aller Anstrengung doch nicht schaffen. Die Leute des Unterstützungskomitees ließen mich zwar nicht im Stich, zudem meldeten sich Fernsehstationen und Radiosender zur Berichterstattung an, Journalisten in- und ausländischer Zeitungen hatten ihre Teilnahme bestätigt, und ich ließ Pierre Arnold wissen, dass wir neben einer hervorragenden Beteiligung der Medien, um die hundertsiebzig Anmeldungen hätten. Ich verschwieg, dass ich noch eine fünfstellige Zahl vom »break-even« entfernt war, doch ich rechnete damit, dass Pierre Arnold meine

Informationen weitergeben würde, besonders die Liste der Fernseh- und Radiostationen. Sein Kommentar war lediglich ein »bon, continuez!«. Eine Woche später erhielt ich ein Schreiben der chemischen Industrie. Man habe den früheren Entschluss überdacht und werde eine Delegation von Fachleuten schicken, möchte aber auch durch Referenten bei den einzelnen Themenblöcken vertreten sein.

Ich rief Imre Kerner an:

– Wir haben die Chemie, und wir haben den »break-even«.

Es war genug. Ich hatte meinem toten Vater, vor allem aber mir selbst, bewiesen, dass ich mich in der Welt behaupten konnte. Ich musste niemandem mehr beweisen, dass ich schlauer war, und ich hatte erreicht, was ich als Motto über meinen Roman »Der Kongress« gesetzt hatte. Als ich das Zitat nach Jahrzehnten auf dem Vorsatzblatt las, war ich verblüfft, wie genau es auf meine damalige Situation zutraf. Ich hatte es vergessen, erinnerte mich nicht einmal mehr, dass ich Marc Aurels »Selbstbetrachtungen« gelesen hatte:

»Endlich solltest du doch einmal einsehen, was das für eine Welt ist, der du angehörst, und wie der die Welt regiert, dessen Ausfluss du bist; und dass dir die Zeit zugemessen ist, die, wenn du sie nicht brauchst, dich abzuklären, vergehen wird, wie du selbst...«

Und ich hatte diese Welt erforscht und mich an ihr »abgeklärt«. Jetzt würde ich mich von ihr zurückziehen. Ich hatte Erfahrungen gemacht und eine Fülle an Stoffen gewonnen, die ich gestalten wollte. Ich würde mich jetzt mit der großen Form, dem Gesellschaftsroman, auseinandersetzen. Die Notizen, Entwürfe, einzelnen Kapitel zum Roman »Das Institut« müsste ich ausarbeiten, zudem plante ich zwei weitere Romane, »Der Kongress« und »Osterholz«. Ich würde über die Welt der Macht, der Politik und des Handelns nach Opportunitäten schreiben, doch in ihr und mit ihr leben wollte ich nicht mehr. Ich ginge jetzt meinen Weg weiter, bräuchte Zeit und Ruhe. Beides würde ich in den drei Kammern am Heuelsteig finden. Ich kündigte an meinem vierzigsten Geburtstag. Es war mein Geschenk an mich.

Kurz vor Fertigstellung des Balkons wurde mir mitgeteilt, es sei beabsichtigt, einen Baustopp nach dem Besuch des Bauverwalters mit einer Vertretung des Kantons am folgenden Donnerstag zu verfügen. Man wolle die Baustelle am frühen Nachmittag besuchen.

Ich rief den Bauleiter der Felstechnik-Firma an. Ich fragte ihn, wann der Aufbau des Balkons abgeschlossen sei. Er antwortete:

– Nach Plan sind wir am Freitagabend fertig.

– Schaffen Sie es bis Donnerstagmittag?

Ein fertiges Bauwerk kann nicht mehr gestoppt werden.

– Die Vertreter des Kantons und der Herr Bauverwalter werden die Aussicht vom Balkon aus genießen, sagte der Bauleiter.

Er und seine Arbeiter hatten stets auf unserer Seite gestanden. Schlag zwölf zogen die Arbeiter die letzten Schrauben fest: Der Balkon stand hoch und gesichert über dem Strom.

Christian Haller

Die verborgenen Ufer

Roman

256 Seiten, btb 71583

**Der erste Teil der autobiographischen Trilogie
von Christian Haller.**

Christian Haller erzählt in diesem autobiographischen
Roman die Geschichte eines jungen Mannes, der immer
nur ausgewichen ist, sich weggeduckt hat vor den großen
Erwartungen – in den Freundschaften wie in der Liebe. Der
jedoch gerade darin eine Kraft gefunden hat, die ihn weiter
tragen wird, als selbst die ihm nahestehendsten Menschen für
möglich gehalten hätten.

»Christian Haller zählt heute zu den großen Stilisten der
Schweizer Literatur, die das Glück feiner Nerven haben.«

Paul Jandl, Literarische Welt

btb

Christian Haller

Der seltsame Fremde
Roman

384 Seiten, btb 74853

Manchmal sind wir uns selbst am meisten fremd.

Clemens Lang ist ein anspruchsvoller Fotograf. Der genaue Blick für die Strudel und Untiefen der Welt ist seine Stärke. Und doch ist er sich selbst am meisten fremd. Das jedenfalls beginnt er zu begreifen, als er sich auf die Reise zu einer bedeutenden Tagung in einer weit entfernten Metropole begibt.

»Haller erreicht eine sprachliche Präzision und Eleganz, die in der Gegenwartsliteratur rar geworden sind.«
Markus Bundi, Wiener Zeitung

»Die gelassene Genauigkeit von Christian Hallers Sprache ist ihre Schönheit.«
Manfred Papst, NZZ am Sonntag

btb